Being
06

半蝕

韓麗珠

散文

ACRO
POLIS

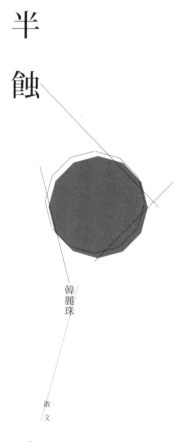

目次

中陰地帶

——讀韓麗珠《半蝕》

言叔夏（作家，東海大學中文系助理教授）

許多年前開始，人們就說：「城市正在死去。」「此城已死。」「這裡已徹底地死去。」或許，這都是精準的觀察，而死和生，是一體兩面的事。所以，人們其實也在說：「城市正在重生。」「此城有了新的面貌。」「這裡快要真正地誕生。」

——〈中陰生活〉

也許，不管是《黑日》（二〇二〇）抑或《半蝕》（二〇二一）——這兩部接續寫於前後兩年、其所敘之事幾乎和現實時間疊合的散文集，韓麗珠的書寫，毋寧都在一個陡然開展的亂世時空裡，展現了一種遠比現實政治更為曲折的縱深。對「散文」這樣慣習貼沿著地表紋理匍匐前進的文類而言，那實屬不易。尤其兩本作品的絕大多數篇章，皆來自她在反送中運動後的《明報》專欄。在先天的因素上，它們的物理性篇幅極為短小，成稿的物理性時間（週週見報）也極窘迫，然其所欲（也不得不）回應的，卻是香港近半世紀來最沉重龐大的政治現況。這些種種並不對等的容積，使得它的寫作勢必是一種壓縮的工法：如同製作一種救難口糧，將急迫而猛暴的「經驗」（甚至還來不及成為「經驗材料」）盡可能先祛除水分，搾成乾燥粉末，以「封存」起來。這個「封存」，自有香港眼前政治現實的擠壓。故它的隱語其實是「留待來日」——如果還有「來日」，那或許也是一個解壓縮的過程罷。來日裡，大疫終結，暴政或已幾番更迭。新世界的彼端若有一位陌地讀者，能為這乾燥封存的粉末重新注入活水，還原出一座佈滿瓦斯霧霾、黑衣面罩的城市——那會是幻影嗎？易言之，它的對話對象其實是時間本身——「來日」必將會來，如同時間，不待招喚，它即會湧來將我們覆沒。香港的現況會「過去」嗎？而怎樣，才叫做「過去」？香港的「現在」，莫不也是某種「過去」的「來日」嗎？在壓縮與解壓縮之間，《黑日》與《半蝕》，以一種接近日記的體例，看似直面「現場」，真正要叩問的卻其實是人與時間、人與歷史、人與他所在的「此刻」之間的千種綰結。

那或許也是令對此書抱持某種期待的讀者所不解的：為何發動於「政治」的一種寫作，其抵禦或對抗的對象，首先竟不是「政治」？為何驅動自一種「暴政」的寫作，其所欲反擊的對象，首先竟亦不是「暴政」？那還可能會是「什麼」？也或許，在當代「政治正確」彷彿早先於任何「政治」而先行「正確」的倫理情境裡，「香港」以它和極權暴力極為親近的距離，為我們示範了高樓地表底下那些錯綜盤踞的根莖，可能抵達地心的哪裡？那縱深像是這座城市遍地通天高樓的一個反語：樓有多高，往下崛深的地基就有多麼探底。有朝一日，那些樓房裡一格一格被現實圍柵、切割與分隔的「房間」若一夕崩塌，首先壓垮的不是別的，而是自身靈魂的凹陷之處。這或許才是韓麗珠近三年來逐漸浮現的書寫圖像——如果二〇一八年的《回家》延續著傘後的城市對家與空間的反思，二〇二〇的《黑日》則記錄了前此一年（二〇一九）香港反送中運動裡的各種激進現場；那麼，二〇二一出版的《半蝕》所指向的，或許是疫情與國安法籠罩下、漸次進入一種永夜狀態的香港。是韓麗珠在《半蝕》最末篇章裡指稱的：一種「中陰生活」。

「中陰」是什麼？在普遍的認知上，這個詞彙典出佛家，泛指人死後到轉生之前的一種晦明狀態。在中陰裡，萬物蟄伏，因果並置。這是五色孔竅的暫歇之地。在現實的指涉上，它或也是香港此刻情境的一種隱喻：大量墜樓落海的死亡肉身，尚未渡化的亡靈，還未來得及等到一方自由新土的倖存的人……如果「中陰」已然成為一種日常常態，那會是一種什麼樣的「生活」？

這是只有介於死亡與轉生之際的「香港」，才問得出的問題。我私以為那也是韓麗珠這一系列寫作的最終收煞。這個收煞，支撐起整部《半蝕》的結構與意義——從輯一的「城影」、輯二「穴居時期」，延續著《回家》以降的主題，對個人與所處的城市空間反覆摩挲，不同的是外界的暴力與侵擾加劇了，現實較二〇一八來得更為揣揣不安；於是，即使是「家」這樣充滿自我保護意味、人最後退守的現實生活場域，也不得不產生一種內向的暴裂。因此我們會看到如輯三「心裡有蛇」、輯四「吃人的家」這樣一種幾近自虐式的探問——「我想殺掉那個人」；「可是我可以殺掉的只有我自己而已」。

這些看似從個人生命經歷裡發動的情緒，或從家庭、童年、感情生活等個體場域出發，最終所降落的，竟是一整個城市裡，關於自己與自己、自己與他人的命運。《半蝕》的不易在於：在「暴政」面前，先低頭反身凝視的，先是「自己」，然後才能是「他人」。正因為人所處的時間、空間與歷史是一個巨大而張開的網羅結構；在網羅的交織裡，善與惡終究同源，罪與罰可以鬆動易位。本該向外投擲的石頭，第一個先丟擲的對象，竟也是「自己」。《半蝕》裡那些從窘迫的現實裡擠壓出的瑜珈時光，身與心的安放之處，其實都展現了一種雙頭蛇般的諦觀——在《半蝕》裡，被黑雲襲罩密布的世界理應陰翳。但韓麗珠筆下的白晝黑夜，卻仍有一所房子，一扇窗戶，一隻閉上半對眼睛的白貓，像是不忍，又像是忍不住窺看：細小的街道上有人行色匆匆；有窗台外千門萬戶的格子裡，彼此相連卻又萬象殊異的個體景觀。「香港」的專業讀者應都能敏銳地察覺到，那是「我城」自西西以來的定義被改寫——在暴力所為我們洞見的世局結構裡，「我」與「你」相連；「我」的病與惡，也與「你」的相連。在天象進入天王星主導的時代裡，香港其實是這波個體與共同體邊界被不斷反思、推移、解散甚而重組的前哨。而書中屢屢出現、接連起「我」與「你」、「我們」與「你們」的，是一個跟時間與歷史有關的詞彙：「業」——那即是來自於人在漫長的累世時間中為各種意志、選擇、決定的行動裡，所造就的結果。

《黑日》過後再讀韓麗珠的《半蝕》，那是一種類似隧道般的體驗。在隧道與隧道之間，短暫的光與白日轉瞬即逝。漆黑的隧道又淹過來吞滅了我們。人活於世上，那畢竟是一個太短太短的時間區段了。短到人即使死了，不會死滅的暴力仍像古老的植物孢子四處扎根蔓長。韓麗珠要說的或許是：暴力的歷史遠比我們來得更長更長。反送中或國安法，其實只是它的其中一站。而某些時刻，我們或許也曾在自己的身體裡，如同靈魂業力那樣，被他人或自己寄養過一株暴力的孢菌。它幾乎就是時間本身。二〇二〇，人人仰望過的日環食也是一種「黑日」。據說下次太陽再度環食，地球上今次看過它的人已全都死去了。人不可能活得比時間本身來得長，這是歷史的虛無與空妄。那麼，「半蝕」又是什麼呢？半蝕是，在歷史的舞台上，兩次燈暗的幕與幕之間，緩慢幽微、卻又隱密增長的時光；在那裡，時間如莖藤蔓長，萬物與萬物接連——惡與惡接連。惡與善亦接連。如果我們曾在這「半蝕」的一半陰翳、一半昏暝的時光裡，打撈過一個漂來眼前的人，那必是因為這時空裡渺小的我們可能有過一瞬間的想望，從我們內在那深不可探的深淵，嘗試想要接連到名為永恆的微光。

從《黑日》到《半蝕》

劉滄龍（德國柏林洪堡大學哲學博士，師大國文系教授）

以日記體裁為形式的文學作品通常是私密情感的自我揭露，然而《黑日》當中的個人感受不僅具有公共的意義，而且飽含描述的力量。在政治自由與公共空間急遽緊縮的香港，韓麗珠筆下平緩流洩的絮語，連通著港人的呼吸血脈，讓孤獨的心事、被掩蓋的真相大白於世。

二〇一九年超過大半年的抗爭行動，不論是否為香港的自由與自主創造了歷史，關乎它的言說與書寫令轉瞬即逝的行動得以傳述在口、銘刻在心，成為實實在在的時代見證，以抵禦系統性的謊言或冷漠惰性的遺忘。說出真話、走出營營苟苟的生活，捍衛自己鍾愛的城邦，即使因而隕命在所不惜，鄂蘭（Hanna Arendt）認為這是希臘悲劇的核心信念，所展現的勇氣也是公共領域最重要的德性。

短短兩年，奪人眼目的海上明珠就此陷落暗無天日的黝深海底。除了以僅有的肉身頑抗波波來襲的惡浪，還有什麼能支撐著純良的人們不至於在絕望中滅頂？韓麗珠用文字悉心包覆她珍愛的寶石，珍珠愈受摧折愈是溫柔堅定地發出幽光。面對不知伊於胡底的黑暗、衝突與分裂，在《黑日》中韓麗珠把最後的希望放在連結之上：

> 如果我們早已失去了感同身受的餘裕，以至陷入了無休止的分裂，只有重新建立連結才可以活下去。首先是大腦和心的連結，身體和土地的連結，和家人朋友情人動物的連結，最後是跟陌生人和對立者的連結。（《黑日》，頁二三三）

當敵意仇恨滲入骨髓，同理心成了空洞的道德呼籲。此刻唯有回到自身，讓身心同步、連結，才能找到「活下去」的力量。讓己身先跟腳下的土地、跟相愛的人貓相連，那陌異的彼方他者在未來才有機會連通。

然而，就在不斷擴大的政治風暴幾乎要滅裂一切的時刻，二〇二〇年初突然襲來的疫病剎停了香港持續超過半年的火熱抗爭。除了隔閡乖離的人心，現在連呼吸著的肉身也得為了健康之故而彼此隔開。群聚被指為不利防疫甚且違害國家安全。管治當局趁勢抓捕了那些最敢說出港民心聲的人們，要讓每個真話的人都不得不擔心被扣上罪名。因言入罪的抗爭者，如同在廣場上跟人論辯正義與美善的蘇格拉底，被執政者控以煽惑罪名，又像臺灣早年重大槍擊要犯一樣，戴著手銬腳鐐上囚車入監。執政者為何恐懼那些具有傳染力、傳播力的言論？誰害城邦染病？到底誰才是全民公敵？

不確定、失序的例外狀態成了日常，身心言行必須完全交託出去受到監管。從抗爭到疫情，本來還告訴自己要相信隧道盡頭終會有光的人們，在地獄還未來臨之時，已經「不自覺地步向自我實現的絕路」（《半蝕》，頁三五）。走上這條絕路從非所願，但也不明白除了自毀又要如何才能成就自己？還能做什麼？還在讀和寫的人是為了什麼而非讀非寫不可？又要如何閱讀、理解、書寫眼下的世界？

韓麗珠的文學視角帶著宗教超越的情懷。面對令人髮指的暴行，她舉村上春樹報導一九九五年東京毒氣恐攻的《地下鐵事件》為例，即使面對的是無差別攻擊無辜旅客的純粹的惡，也要放下是非對錯的判決，不帶立場、沒有前設地無條件聆聽。這樣的書寫就帶著文學所蘊藏的純粹之善（《黑日》，頁一六八）。韓麗珠希望能沒有前設地「無條件聆聽」不同的聲音：

> 無條件的聆聽又和寫作中的「零度經驗」相關。「零度經驗」就是，假想自己第一次認識面前的一切，暫時放下既有的看法、身份和價值觀，不加任何批判地細察眼前的人的臉面、經歷、想法和情感。（《黑日》，頁一六八）

雖然韓麗珠也表示，無差別的聆聽未必能療癒無差別攻擊造成的創傷。但在發生激烈衝突的當下，若是所有人都急著吐出話來，沒有人願意敞開自己接收異己的聲音，任誰都沒有能力可以回應什麼。以無條件聆聽為前提的書寫如同現象學的方法所要求的「懸擱判斷」、「回到實情本身」。既切身體驗沈浸其中，又靜觀細察臨在的現象。只觀察描述湧現的實情，而不下判斷與詮釋，讓自己的感知向世界敞開，無差別地聆聽最微不足道的聲音。

如孩童擁有混樸未割的原初經驗能力，無善無惡、無條件的聆聽、觀看、感受當下現前的一切。或者帶著寬闊柔軟的心，走入深不見底的黑暗洞穴，包容收納自己的痛楚、他人的尖叫與哀哭（《半蝕》，頁四一）。在「零度經驗」當中，極度惡行彷彿被文學的純粹之善救贖。文學的書寫、現象學的方法、宗教的修行救贖，在韓麗珠的筆下融為一體，文字甘露是立誓救度無邊苦厄的菩薩普施的法雨。

不過，韓麗珠坦言自己的同理心有其限度。眼見整個城市與自己因為掌權者的冷硬心腸而受害，過於尖削的現實讓她無法離開受害者立場，去理解冷硬心腸之下或許也埋藏著苦惱。唯一能做的只是「保持著我不理解這個人的痛苦這份基本的覺察」(《半蝕》，頁四二)。當荒謬的夢和謊言吞噬了現實，說出真相還能戳破謊言與幻夢嗎？即使無法確知自己相信的是否為真，抱持著希望是否還有意義？然而，誠實是韓麗珠寫作的首要前提，即使在幻夢中輪迴是唯一的真實，那麼覺察認識的限度並且坦白以告，就是唯一的立足點。

面對生命的脆弱、城市幽黯的前景，並未讓韓麗珠膽怯。她說，當愛貓灰灰突然罹病死去，在心裡挖開了一個永遠敞開的洞，只要一想到就會持續疼痛，但這個奇怪的洞，也長出了可以容納其它的貓的空間，而且新生的部分比疼痛的部分廣闊許多，甚至發現自己日後面對各式的失去和死亡，竟然並不懼怕。因為愛，我們願意付出巨大代價，接受命運的流放，在此生輪迴(《半蝕》，頁五八)。

港人接連受到政治、疫病的壓迫威脅與雙面夾擊，即使屢屢展現寧死不屈的勇毅與堅忍沈著的韌性，但眾所企盼足以扭轉乾坤的歷史時刻卻仍躊躇未至，席捲全球的病毒讓香江流離的命運更加詭譎難測。從《黑日》到《半蝕》，見證了港人在波盪的時代如何傲然挺立生命的尊嚴。即便時局如此晦暗，依然可以仰賴文字發光。依照韓麗珠的要求，作家得真誠面對自己，不計毀譽、不慮安危，敢於說出自己所見的真相。這個標準既基本又嚴苛，只有少數的作家勇於用最嚴格的尺度檢視自己，並且親身接受時代的考驗。同樣可貴的是，韓麗珠還願意放下身而為人對真理、正義的執見，不忘跟貓與植物學習，不帶批判地身受一切。

Being
06

半蝕

韓麗珠

散文

ACRO
POLIS

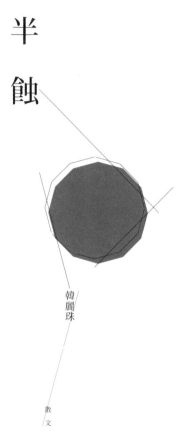

城影

HALF ECLIPSE

I

可怕的傳染病在全球肆虐前的一年，H城有許多離奇卻無人調查的死亡事件。

某天，H城的人從無病徵的遺忘進入了遺忘的相反——卡在受傷事件記憶的一點之中，無法前行或後退。自始，城市的紀念日愈來愈多，全以數字命名，例如「六一二」、「八三一」或「七二一」。有許多年，當人們聽到這些數字，臉容便會下意識地陰沉起來。每年到了那幾天，街道就會再次被血染滿。在人們的記憶裡，某些日子和街道，本來就是血色的，而在現實中，血在時間的循環裡，又會在相同的日子，再大量溢出。那時候，無法承受記憶之痛，同時也不願失去記憶的人，就會湧到街上去，為數眾多。大量裝備精良的執法者，便會以棍子、靴子、子彈或胡椒噴霧，攻擊這些人的眼睛、頸椎和頭顱，他們確信這些部位藏著最反動而張狂的記憶。統治者總是在記者會上強調，是記憶讓這些人傾向暴力，只有失憶才能讓城市回復正常。執法者的武器原是為了禁制記憶，可是他們製造出來的傷口卻使紀念日的意義更鮮明。

祖母見證了城市如何走向獨立，而許多人在城市獨立後仍然承受著無邊際的痛楚。她對我說，推倒控制著城市的圍牆，仰賴著善和惡兩種力量——有些人實踐善念卻因而受苦，有些人行惡卻得享富貴，而每個人都只是每種力量的一部分而已。時候到了，城市和所有人都經過了審判，在所屬的命運之中得到一個位置。

II

在世界地圖上，H城小得像一顆麵包屑，但祖母卻認為，自從新型肺炎蔓延全球，這城市的面積愈來愈廣闊。這裡跟世上其他國家不同之處在於，所占土地並非橫向延伸，而是從地面通向地底深處，或，朝高處發展。

在同一年，H城居民的臉面，和土地一樣，層次愈來愈豐富而複雜。祖母說，早在新型肺炎急速擴散之前，這裡為數不少的人紛紛戴上口罩，甚至防毒面具，卻並非為了防禦病毒，而是無處不在的催淚氣體，或其殘餘物。政府譴責口罩，說那是暴徒的象徵。數月之後，無藥可治的傳染病流行起來，城市裡的人全都戴上口罩，只有政府官員堅持裸露自己的臉。「惡意是所有病毒的源頭。」祖母說，沒有一種疫苗可以預防人心的黑暗。

所以，雖然我們的居所那麼狹小，幾乎相等於蝸牛的殼之於蝸牛，可是，內裡有數之不盡的可以摺疊和擴張的房間，在衣櫃頂部、飯桌底部、床下、洗手間的角落，甚至，冷氣機頂部。當我還是個孩童，每隔數月就會發燒，當熱氣在身體內燃燒，衝湧上頭部，我就會看見，平常看不見的、藏在房子各處的「房間」，每個房間都住著至少一個欲言又止的年輕人。他們不約而同地戴著口罩、面罩或頭盔，憂愁地看著我。高燒過去後，房間也會消失。

其實我早已忘記，是祖母替我記下，在我成年後再轉告我。「孩童的眼睛雪亮、老人記得一切，而成年人擅於遺忘。」祖母說。

III

祖母那麼喜歡收集瓶子和鐵罐，卻一直讓這些瓶罐保持著空蕩蕩。「必要時，這裡面可以收納一個嬰兒或兒童。」她認真地說。

隔離時期結束之後很久，影響仍然深埋在人們的腦子裡。那已是我出生之前的事，我只能在歷史教科書上讀到幾句關於那時期的描述。家裡那些布滿灰塵的瓶罐，祖母聲稱可以收容無家可歸的人，我卻看到那只能容納失去身體者，隔離期就像幽靈仍然飄浮在我們四周。

「並不是每個人都有遵守隔離令的條件。」祖母說，那年，傳染病大流行的範圍愈來愈廣，政府頒布隔離規則之後，便派員到街上撲殺流浪的動物，把無家者帶到收容中心──一個大型的貨櫃，內裡整齊地堆疊著許多設有空調的僅容一人的長方木盒。人走進去之後只能躺下來。收容中心每天有兩小時的放風時間。不過，如果他們走出來散步，便有可能被執法者拘捕，理由是他們違反隔離守則。在此城，執法者是一種可以罔顧法紀，卻不會受到制裁的人。我小時候的志願就是成為一名執法者，但這個志願卻和恥辱感連繫在一起。祖母曾經為此狠狠地揍了我一頓，就像站在她面前的我是個真正的執法者那樣。

「隔離時期，失蹤人口持續增加。總是有人在白天或深夜被帶走。處於隔離中的人和人之間，彼此相隔的不止是距離，沒有人能幫助一個處於危險的人。」祖母冷靜下來之後，為我的傷口上藥時，說出她憤怒的原因。

IV

根據祖母的說法，在H地，「隔離」早在被政府作為一項措施頒令之前，其實早已普遍地流傳於這個城市，類近一種古方，解決身體和心的各種疑難。例如，一個青少年突然無法適應學校生活，拒絕再穿上校服坐在課室內，每天都要躲在自己的房間裡，人們便會說這樣的人患上了「隱蔽症」；或，失去戀人或至親的人，往往要花上一段很長的時間，自絕於各種社交場合，讓自己除了上班或上課以外，留在家裡對著一堵沉默的牆壁，流淚或發呆；或，失去工作的人，為了向家人隱瞞無業的身分，每天穿著整齊的工作服，到公園去，坐在一張長椅上放空。

打從孩提時期，每次當我向祖母問及父母的去向，她都會說：「他們正在接受隔離。」我追問：「他們的隔離期何時完結？」她回答：「有時，有些人會被隔離一生。無論如何，都是最好的安排。」

於是，對我來說，隔離，就是所有失散的原因。當初戀的情人在某天突然不再接聽我的電話，把我從她的所有社交媒體封鎖，同時，我們的共同朋友不再在我面前透露任何關於她的消息，我就明白，我已被隔離。任職了七年的公司，把裁員名單和遣散費交到我手上時，我覺得，我和這職位互相隔離。以至，患上失智症的祖母，某天外出後再沒有返家，遍尋不獲，至今仍是失蹤人口，我的理解是，她在進行自我隔離。無論是哪一種狀況，隔離只有一個原因，就是阻止病菌傳染，避免身體內的免疫系統失守。

多年來，我知道，錯失的一切，其實都在身旁，只是，隔著一扇門、一扇玻璃窗、一段時光，生和死、記得和失憶，就像兩列在地底相遇的列車，乘客可以透過車窗看到彼此，然而觸摸不到，是為隔離。

V

在H城，有一個由監獄改建而成的藝術館，那裡曾經異常擁擠，參觀者肩摩接踵，擠挨著步進曾經是囚室的地方，只是為了看看小室內那個又黑又小的坑、一張沒有被鋪的床，也許還有冷森森的牆壁。他們可能並不知道，他們在觀看的是自己生活的真相。在我看來，如果那間看起來像一所高級酒店的藝術館還有什麼價值的話，就是保留了那些囚室內腥臭侷促的氣息，像一個失去所有蛀牙的口腔，絕不戴上假牙那麼誠實。

生活就是一個，字詞不斷流失原有意義的過程。我們所知道的超越了他們訂下的界線。最初，監獄收納了由法庭裁定觸犯了法律的人。於是城市裡的人，像過馬路時站在安全島上那樣奉公守法。不久後，監獄像一頭午睡醒來的獸，隨意吃去高聲抗議政策荒謬的人。城市裡的人低聲地商議，以後說話要控制音量，慎選詞語，要戴一種度數不符視力的眼鏡，避免清楚地看到什麼。「聽天由命吧。」有人說。監獄後來就成了一頭完全陷於瘋狂的獸，因為飢餓或失去常性，吃掉在街上散步的人、在家裡做夢的人、在圖書館閱讀的人、拿著手機收發訊息的人、在電腦前看電影的人、和伴侶牽手蹓躂的和孤身一人的。監獄是世界，是社會，是身體，是鼻子眼睛和口腔，是「你」、是「我」，出生便抵達監獄，存在即監獄。

「你已無處可逃。」假的執法者持槍對準我們的腦袋，因為我們是真實的人。

VI

幻痛不止出現在祖母的身體上，也在H城居民身上，像一種風土病。要是有一個人突然在聚會中鼓起勇氣地訴說，他的身體（常見於頸椎）又出現了原因不明的痛楚，其他人就會急不及待地紛紛指出自己身上的痛處。沒有人會查問原因或展示傷勢，因為最深層而頑固的痛點，往往是肉眼看不見的。

祖母的身上有一座痛楚的火山，那座火山總是毫無先兆地爆發，但她像貓那樣擅於忍受巨大的痛苦，以致，當她對我輕描淡寫地說起那種痛的時候，她已被各種不同階段的痛襲擊過，死去又活回來。她說，痛點每次都在頸椎。她的脖子美麗而修長，但，就像H城的大部分居民，脖子總是令他們憤怒而羞恥。脆弱的脖子無辜地承受了太多記憶的重量。關於H城居民脖子的遭遇，都並非由祖母親自告訴我，而是，在她離家失蹤後，我無論如何也找不到她，為了填補失去一個人的瘋狂的失落，我到圖書館的資料庫找尋父母失蹤那一年的報章。我看到許多人的身體被制伏在地面，他們的頭全都無法抬起來，因為他們的脖子上壓著一個執法者的膝蓋、一個執法者的臀部，或一個執法者的胯下。在那一刻，他們變成了一張椅子，可是他們並非真正的椅子，於是，那些令他們羞憤的胯下或膝蓋，一直銘刻在他們的頸背。

從圖書館回來後，我的眼睛和脖子前所未有地疼痛，後來，痛楚時常出現，取代了祖母，一直陪伴著我。

VII

在H地，每月二十一日是一個空隙時刻。「空隙時刻是什麼？」祖母失蹤前，我曾經這樣問她，可是，她每次回答的答案都不盡相同。她說，那是生者和亡者交滙的時刻，在地鐵站裡枉死的寃魂仍然卡在列車和路軌之間、地板的縫隙裡、車窗的反映之中，等待路人跟他們四目交投；她說，那是一個城市暫停運作的日子，街上只有神情茫然的執法者持棍遊盪；她說，那是一個流血不止的日子，以致多年以來，整個城市無法順利過渡至二十二日。我無法記住她所有答案。當我仍是個孩子，祖母就告訴我，每個月的二十一日必須把自己禁足於城市的X區地鐵站。

後來，當我長成了大人，二十一日就像平常的每一天，可是，我仍然無法忘記，當祖母仍然在家，每個月的那一天，她總是要我跟她一起，坐在中午的日光之中，閉上眼睛，在想像中把金色的光，傳送給那些死於暴力的人，他們或卡在受生中陰或靈魂徘徊在事件發生之處，還未知道自己已死的事實。「亡者的意識，清晰度是生前的七倍。」祖母告誡我，記念那些素未謀面的亡者時，心念要保持專注純正，因為他們只受益於無雜念的祝福。

我從沒有告訴祖母，在我的想像裡，枉死者的靈魂，像奔向天空的氫氣球，總會在高空的某一點爆破。不過，當我活到一個沒有祖母，也遺忘了枉死者的的年紀時，才驚覺，其實，這個不再被記憶刺傷的城市，才是爆破後的氣球。

VIII

在H地，每年的七月一日，都是象徵分裂的日子，包括一年的上半段和下半段的分裂、城市的頭顱和身體的分裂、叫嚷和沉默的分裂……直至那一年，一條從北部下達而至的新法例，使這個日子，從一種象徵式的分裂，過渡至真正的分裂，就像，從分崩離析，至完全碎裂，是一個漫長的過程，H地以二十三年抵達瓦解。我不知道這算不算是一種樂觀的看法。祖母對我說，那一年的七月一日，是一個關卡，H地就像一輛列車，突然駛進了完全漆黑的隧道，沒有人知道前方等待著自己的是什麼。「掌有權力的人希望藉著法例，把恐慌帶進這個城市，畢竟，沒有什麼比混亂和懼怕更能彰顯統治者的作用。」祖母告訴我，那時候，許多人紛紛逃離，像從一輛失控的列車車窗，使盡氣力跳進窗外的遠方，無論遠方在何方，那裡的危險至少還帶著一點希望。

「那妳呢？」我問她：「為何妳留下來？」

「沒有什麼驅使我離開。」祖母說，那年的七月一日，讓H地從相對的虛假，邁向相對的真實。「當我在這裡看到明目張膽的壓制、迫害、專權和橫蠻，我就失去了逃遁的欲望。正如，有些人被安定繁榮的假象所吸引，有些人無法把視線從血肉模糊的真相移開。」她說：「我想看更多。那時候，這就是我活著的全部意義。」

多年後，祖母失去了女兒和女婿，後來，連她也失蹤了。但我仍安然無恙地在H地活著，無論發生過多少不為人知的慘案和血案，太陽依然升起，活著的人仍然活了下來，人的適應力，有時近乎無情。

IX

有人說，H城一直都是個喧鬧，甚至粗鄙的城市，往往以一種聲音掩蓋另一種聲音，再在這些聲音之上堆疊更多的聲音；以一種人造香精的氣味，企圖覆蓋空氣污染所帶來的混濁氣息，再在這些令人難以忍受的窒息感之上，再鋪上一層聲稱以有機天然萃取精油製成的香薰噴霧；在一幢大型樓宇前，再建另一幢大型建築物，然後在大廈的外牆掛上巨大的螢幕，播放無人細看的影像，面對著一條被車輛和行人爭相使用的馬路。

不過，也有人認為，H城一直都是個沉默的城市。作為一個從來無法自主的城市，最初，人們有著的是一種找不到言語和表達欲望的沉默，不久後，當人們嚐到一點真正的壓迫和威嚇，城市裡被一種逆來順受的沉默籠罩。多年後，曾經有人爭相尖叫、怒吼、辯論和呼喊，不過，他們之中有許多人被捕，帶到法庭上，被控以失去理性、在公眾地方行為不檢、煽動他人情緒，危害城市安全，入獄的人多不勝數。監獄有堅實的牆壁，無論裡面發出如何淩厲的求救或哭叫，外面的人都有各種理由，聽而不聞，何況，其實所有被囚禁者，早已在進入監倉之前，把屬於他們的語言和聲音，連同所有私人物品，交給了獄吏。

我並沒有被捕，卻漸漸被一種近乎死亡的沉默，或比沉默更可怕的言不由衷所拘禁，這禁制如此幽微，任何人都可以不承認它的存在，但每個人都會感到。

有時候，我會對著不存在的祖母訴說，H城經過短暫的獨立之後，像低飛的鳥那樣又被抓進籠子裡。有時候，我渴望刺傷自己以達到痛苦，因為，皮膚和沉默相似，都有三層。表皮，真皮，皮下組織；真相，失語，謊言。我頻密地需要痛苦。安逸是沉淪。不知從什麼時候開始，痛苦是嗎啡，它令人得到昇華的幻覺。

X

當祖母告訴我，一個地方的土壤產生變化，在那裡生活的人也會跟著變形和扭曲時，我仍是個孩子，世界無限廣闊，面前有許多門，一扇一扇地推開，便可通向無限。她說，人其實也是一株植物，被所屬的土地的水、食物、空氣和意識育養著，當城市出現退化，人也會一點一點地失色。那句話很輕，像蒲公英落在我心裡，但我腦裡想到的是，人雖然沒有翅膀，卻在許多層面上都可以飛翔。

多年後，H城被許多經常強調建設、安定和繁榮的人一點一點地破壞。城市的崩壞，原來也像人生病和衰老，慢慢回歸塵土。祖母大概早已不在世上，但她種在我心裡的話，紛紛發芽，長出枝葉，漸漸成了一片茂密的樹林。H城出現了許多流浪者，有的從別的城市前來，但大部分都是土生土長的人。欄柵愈來愈多，有一類只是規管人們走路、過馬路和觀看風景的方式；另一類則會讓人無法回家和工作，也失去行動的自由；還有一類是長在心裡的欄柵，心裡長滿欄柵的人無論走到哪裡，都是一個被監禁的人。

有許多人離開了H城，或許，他們在這裡熟習了流浪的技巧，而且發現，與其在自己的城市流浪，倒不如在外面流浪更自在。有許多人陷進了欄柵最深最暗的所在，每刻都被摧毀著。有更多的人在欄柵和欄柵之間徘徊和猶豫，他們身上有一種強烈的色彩，刺痛了我的眼睛。那時，我就學會了分辨人身上的顏色。

XI

在H城，陷在欄柵和欄柵之間的人愈來愈多。有些人被夾在行人天橋上的欄柵和通向監獄的欄柵之間；有些人本來以為自己的愁苦，是被心裡的欄柵磨出來，一恍神，眼前便出現了牢房的欄柵；也有一些人依循著欄柵給他們指引的路向一直走，感到安全而且快樂。另一些人，被欄柵長久地磨擦著皮肉，被囚禁的恐懼早已把他們活活地綑縛，而且，所有勒索的痕跡都給他們帶來一種奇異的熟悉感。

B就像城市裡許多年輕的人，被一根繩索緊勒著脖子，繩索的另一端繫著一座牢獄的欄柵。眼看著繩索的長度愈來愈短，我趕緊對著B說：「正如之前許多的被捕者，他們把妳逮進囚室之前，會先解開妳脖子上的粗繩，那時候，妳會有片刻的自由，妳要趕快逃去，逃到離H城最遠的地方。」

但B說：「可是，一旦以那種方式離去，就再也沒法回到這城市。這裡有我喜愛的麵包店、山坡和海，還有我的父親。」我提醒她，那將是她唯一遠離牢獄之災的機會。

B沒有再說任何話。但我聽到她和其他人的聲音，像夜裡的蟬或牛蛙的呼叫。當H城只剩下欄柵，就出現了被夾在欄柵之間的人，他們被壓在鐵枝之間太久，久得使他們嚐到了劇痛中的愉悅，例如，被欄柵磨成粉末，滲進泥土裡，成為泥土本身，滋養城市裡所有的生命。我又想起了祖母說過，在城市裡生活的人會隨著土地的變化而變成不同的形狀。

六居時期

HALF ECLIPSE

隔離

農曆新年之前的大學寫作課上，我向同學交代了假期要在家裡完成的習作後，對他們說：「下週在家裡好好過年，吃油角，拿紅包，再下一週，我們再見。」那時候，誰也不知道，那是這個學期，我們最後一次面對面相見。

鼠年在疫症所帶來的慌亂中前來，學校宣布延遲開課，所有課程改為網上遙距教學之後，同學逐一以電郵交來習作。在電郵裡，有人說，因為家中口罩存量不足夠，無法到學校去交習作，有人說，寧願把家裡僅存的口罩留給要上班的家人，所以不能外出。似乎，在短短兩週之間，每個人就至少保存著一個關於口罩的故事。

臉書上許多人開玩笑說，口罩已成了一種新貨幣，甚至有人製作了圖表，以口罩的數量劃分貧富階級。這種幽默是絕望的黑色，因為在現實的街頭，人們通宵在店門外排隊輪候購買口罩，許多長者多次輪候都撲了空。不同形式的口罩劫案出現了，有人把口罩放在車子內，車窗被爆破，口罩不知所蹤，有人訂購了的口罩在運送途中被人搶掠。在平靜的日子，人們忙碌地上班，為了對金錢的匱乏感，在一天的大部分時間把自己出售；在患難的日子，人們焦慮地網購或四處尋找口罩的貨源，歸根結柢，都是源於對生命欠缺安全感，於是，鈔票或口罩才能輕易折磨脆弱的神經。

只是想起，剛剛離開全職工作的日子，失去了每月發放的安穩月薪，我不敢計算收入，因為無法面對入不敷支的實際狀況。那時候，我在想，金錢究竟是什麼？為什麼它像我血管裡一根無法拔出來的刺，常常在我不自覺的時候扎我，讓我坐立不安？雖然困乏，但，每次在要繳付帳單的時候，帳戶裡總是有足夠的金額。安然無恙地度過了一段寫作的日子以後，我才發現，鈔票說穿了就是一束能量。我鮮有細想物質上的缺乏，只是把專注力放在創作的過程和目的之上，有一段日子，只要帳戶裡的存款足以繳付一個月的租金，我就自覺豐足。這些無意識的行為，在日後看來，才發現原來也是一種創造——在生活中不斷為自己製造豐衣足食的感受，到了某天，這種感覺就會像終於成熟的果實那樣從樹上落到地面。

有人說，要是在過去幾個月曾經參與抗爭，家裡總會常備口罩，甚至防毒面具。這種戲謔的說法，帶著一種鳥瞰生命的目光，洞悉了每一件看來微不足道的事情，其實彼此有著不可分割的關連，牽動著命運。

瘟疫傳進城市之前幾天，我推門進入了家附近的一所獨立小書店，並在那裡發現了幾盒睽違多時的口罩，我猶豫了一下，終於並沒有買下來。只是在「共享書籍」的架子上發現英譯本的《愛在瘟疫蔓延時》。這本書的中文版，我讀過好幾次，其中一次在十七年前，SARS的陰霾密布了這城市的天空之時。後來，我把這本書借給當時的一位同事，她再沒有歸還。

停課在家的日子，我開始讀《Love in the Time of Cholera》。書中所指的瘟疫，是霍亂。主角之一烏爾比諾醫生的父親老烏爾比諾醫生，就是霍亂流行時期，其中一位抗疫英雄。只是，在疫症的高峰期的某天，他發現自己身上也出現了不可逆轉的症狀。於是他作出了一個決定，立刻把自己關在醫院的雜物房裡，不再進行徒勞無功的治療，避免再傳染他人，同時，不再理會躺在醫院走廊上痛苦無助的染疫者，也拒絕接聽同事的電話。他只是非常專注地，用生命裡僅餘的時光寫一封信，給摯愛的妻子和孩子，吐露自己對生命的感激，感激自己一生毫無保留地狠狠地愛過一切。那封信足足有二十頁，他愈來愈凌亂歪斜的筆跡，似乎流露了病毒如何逐步接管了他的精神和肉體。

如果瘟疫是一份可怕的禮物，它所帶來的是對日常的終止和停擺。在擔憂感染、懷疑感染、已經感染、等待康復或迎向死亡的過程裡，人得到的是赤裸地面對此刻和自己。老烏爾比諾醫生在自己生命裡的最後一段，把自己投向愛的回憶之中。隔離會令思念更真切而強烈。

放下書的時候，我並不懷念那盒沒有買下來的口罩。同時暗暗地決定，要是家裡的口罩用光了，就足不出戶，或戴上一個布製的口罩。如果隔離是一份禮物，或許，疾病或死亡也是。

疾病的意義

對我來說，二〇〇三年非典肺炎是重要的生命轉折。那一年的春天，張國榮從文華東方酒店跳下來，不久，SARS便在社區大規模爆發。人心惶惶，街上冷清無人，上班或上學的路人，全都戴著口罩，嚴陣以待。

不過，那時候，我心裡什麼感覺也沒有，既不懼怕，也沒法提防什麼。當年我在報館工作，每週上班六天，下班後，精神也全被工作充滿。我喜歡那份工作，那份工作大概也喜歡我，但，那種喜歡還未達到「非如此不可」的熱愛。因此，當身體和意志被工作消磨淨盡時，沒有儲存在心的倉庫裡的熱情源源不絕地補給。在辦公室的時候，我看著電視上二十四小時新聞，又在更新SARS的新感染個案和死亡數字，只是覺得，要是在下一刻死去也沒有所謂。

「可是，如果明天就要死，我今天想做什麼？」那時，我這樣問自己。到了年末，我就離開報館，從事「非如此不可」的寫作。當四周被病毒和恐懼充滿，無常取代了正常，未來顯出了不可預期的本相，人才能比較容易抓緊當下，發現自己心裡真正的感受。

新型冠狀病毒緊接著抗爭出現，社會裡深藏著的結構性問題，在疾病蔓延的時刻，暴露得比任何時刻更赤裸。城市生病，從一個隱喻成為一種現實。如果病變是為了令身體得到一種新的平衡，不知道要有多少人被感染，甚至病歿，握有權力的人，心裡才會出現慈悲和憐憫，排列出痊癒的秩序。

臣服

這個世界的一切，無非都是虛空，只有人們誠心相信那是真實的，才會把真實藉由信念創造出來。而那種無比真實的感覺，那種超越了肉眼可見的事物，還未曾見證、就已相信的無比信心，只有在極端地愛著或劇烈地恨著的時候，才會出現。例如，在抗爭的時候，人們踏著絕望的步伐，看到一個還未實現的想像世界，心裡生出比愛戀更暴猛的激情；或，被染疫所帶來的恐懼煎熬，看到一個還沒有出現的可怕地獄之時，不自覺地步向自我實現的絕路。

面對來勢洶洶的疫情，我最害怕的不是預見死亡，而是，目睹人們在面對災難，求生無門時湧現的恐慌。口罩被高價炒賣、二手口罩充斥市場、空氣裡瀰漫病菌，但沒有任何保護裝備的人硬撐著去上班。

失序成了一種日常。

所有安排都變得不可預期，學校停課、辦公室暫停辦公、原訂二月的台北書展延至五月。當我為了大學寫作課的課程被打亂，或書展的演講和訪問被影響而焦慮不安時，才意識到，人常常都想要掌控一切，以為凡事如自己所計畫的就是稱心如意，如果不如預期，就會若有所失。然而，人其實只是渺小而脆弱的生物。我只能承認，當下事物所呈現的好面向或壞面向，都不是絕對的，事情的發生總是藏著此刻未能徹底被了悟的深意。

就像置身在一個波濤洶湧的海裡，靠向岸的方法就是保持活著的意志，而不對抗湧現的浪。

團年

早上外出，到市中心地區和家人吃團年午飯，看到樓下有幾個工人在施工，把柏油路的泥土翻出來，修理藏在地底的渠道。於是我知道，這一區的洗手間將會暫停供水。

跟在外地回來的家人，還有剛病癒的母親團聚，各人都嚴陣以待戴著口罩，只有在吃飯時脫下。各人討論疫情，都感到在這個無法自主，甚至在疫症肆虐的時候，也無法限制旅客和檢疫的城市，每個人只能以自己的方法自我保護，或互相保護。

傍晚回家，工人仍在修理渠道，天色已黑，他們大概已錯過了團年飯。

除夕，很多人無法團年，留在醫院的，抽了生死簽照顧隔離病人的醫護人員、清潔工、在城市各個角落卻像隱形那樣的基層人員，都不一定可以跟家人團圓。有幸聚在一起的人，圍著取暖，卻早已失去新年。新年還沒有來，但已在運送的途中丟失了。

明天就是年初一，這裡的人只是想要在惡劣的環境中，平安存活下去。

無助

昨天，聽到那個坐在特首位置上的人說，醫護人員不要以激烈的手段爭取訴求，心裡感到非常悲傷。

SARS不過是十七年前的事。那時候，我仍在報館工作，辦公室的牆壁，整齊地排著一列電視機，不約而同地播放著二十四小時的新聞。那段日子，每隔數小時便在更新死亡病患的數字，以及不幸染疫逝世的醫護人員數目，還有新感染確診個案。那些僥倖撿回一命的人，卻被藥物的後遺症纏擾，骨枯或其他併發症者不在少數，只是，不在公眾的視線裡。

面對比SARS更惡毒的病毒，披著特首面具的人，堅持不封關，等於強迫前線醫護走向疫症虎口。掌握了權力的人，心裡的惡，把七百萬人籠罩在病毒的陰影下。十七年前SARS時期，全城嚴陣以待，洗手、消毒、口罩、漂白水兑清水一比九十九清潔家居及定期倒進渠口位置，以免細菌散播，在政府宣傳廣告上不斷循環，但現在，官員連叫人戴口罩也不願說出口。

感到悲傷的時候，給貓梳毛，告訴牠，我非常愛牠，然後回家吃開年午飯，因為生命那麼脆弱，所以和家人共處的時光顯得那麼快樂而珍貴，沒有人知道這是否最後一次。實在，所有的相遇也只有一次，之後，那就成為了存在於回憶裡的幻覺。然後，打算助養兩名人類小孩，和一名樹熊小孩，把自己像五餅二魚那樣分發。

煙花

夜深的時候，我仍然沒法入睡，雖然感到異常疲累，街道也是。

一整天下來，街道上的人比平日更少，家附近的幾所中學仍然在假期之中，零星的人在路上走著，臉上的口罩遮蔽著所有表情。走進餐廳裡，員工在討論哪裡可以張羅到口罩。走進商店，幾乎所有的消毒清潔用品都缺貨。人們對於難以抵禦病毒而存活下去的焦慮，具體化成對口罩和抗菌用品的渴切需求，當人的內在欠缺平安，就會把注意力轉移到外在世界，尋找填補匱乏安全感的途徑。白天，我在這種集體的恐慌之中異常疲憊，而無意識的恐懼，比任何病毒的傳播都更迅速，而且是難以防避的。

夜裡，在床上輾轉反側的時候，窗外忽然傳來爆炸的聲音，一陣又一陣，每一下爆炸的悶響，都緊隨著一束亮光劃過漆黑的夜。「難道是飛彈或有人開槍？」我不禁生起惶恐的想法，趕緊拉開窗簾，視線探向外面，只見遠處的海面連著天空之處，爆開了一個又一個，豔麗的花火。先是一束火苗徐徐引向上空，在半空中爆破成形狀各異、顏色鮮亮的花，瞬即消逝。花火從產生至幻滅只是一瞬間的事，我不覺坐在窗台上全神貫注地細看它，忘記了慌亂、疫症或憂慮。煙花放完後，夜空中只剩下白色的煙霧。街道上仍然有忙碌地通宵修理地下渠道的工人，對面大廈仍然有許多亮著燈光的窗子。煙花向我表達的是這樣的訊息：照見五蘊皆空，度一切苦厄。

他人的痛苦

理解他人的痛苦，是一種特殊的能力，並非每個人都生而有之。首先，明白他人痛苦的人，自己大概也經歷過複雜、深層而龐大的痛苦，才能具備對痛苦的想像力，同時，他們並沒有在痛苦來襲時，關閉自己的心，相反，他們一直把心敞開，如同進入了一個深不見底的暗黑洞穴。他們見識過地獄，又返回人間，如果他們沒有被痛苦擊垮，心就會變得廣闊而柔軟，不但可以收納自己的痛楚，也能包納他人的尖叫和哀哭。

城市密佈著疫症的陰霾，人們憤怒而恐慌，醫護人員疲勞而絕望，而坐在特首位置上的人仍然不願全面封關。我在想，為何這個人對於眾人的痛苦一直保持冷硬的態度？

在我看來，這個人對於他者缺乏同情共感的能力。可是，這個人也有著自己的痛苦嗎？這是肯定的，因為生而為人，就無法避免痛苦。而我能進入這個人的痛苦核心嗎？我覺得並不。因為當我認定了自己受害的位置，就是在削弱自己理解對方痛苦的能力。然而，即使如此，我還是沒法站在這個人的角度，想像並理解這個人的脆弱。因為現實過於尖削而具體，讓我暫時沒法生出餘裕，理解造成我此刻困境的人也有著她深藏的苦惱。或許，我先要承認屬於我的困難，不是任何人的責任，而是生生世世累積的因果。可是，在我到達領悟的盡頭之前，我唯一能做到的，只是保持著「我不理解這個人的痛苦」這份基本的覺察。

房子的關口

房子像人，也有各種器官。房子以其軀殼，包裹著住客的身體，兩者緊密相連，這是我在疫症蔓延期間領悟到的其中一件事。我聽從了醫生的防疫措施，每天晚上都把清水倒進廚房和洗手間的排水口，以防止水管的細菌滋生。從那天開始，我對房子的觀感，以及房子的氣味都改變了。

房子也像人體，有著各異的體味。剛搬進這個單位，我就發現，這所房子的氣味，不止由它本身發出，鄰近房子的氣味，也會經由排水口而傳遞到我家。當我在早上到洗手間刷牙時，聞到沐浴露或洗髮水的氣味，就知道鄰居正在洗澡，當我在週日中午，在廚房做飯時，聞到衣物柔順劑的氣味，就知道鄰居正在洗衣。現在，當我在晚上洗碗時，嗅到微微的漂白水氣味，就明白鄰居跟我培養了相同的習慣。氣味是一種暗號，坦露了生活的祕密。

當我發現排水口會傳出熱氣，原因不明，就想到，或許貓比我更早洞悉這些祕密。牠一直都喜歡注視我洗碗的過程，更正確地說，牠喜歡看著水流慢慢地在碗盆消失，然後遵循水流的聲響，跳到廚房排水口追查水的去向。牠常常趴在廚房和洗手間的排水口前，把爪子伸進去，或低頭思考著，我無從得知到底牠發現了什麼。唯一能肯定的是，牠早就明白，房子的渠道是除了門口和窗子以外，和外界連繫的通道，貓為了保護房子和人，一直密切注意這個關口，有沒有蟲子或看來可疑的異物入侵。

孤獨的放風

在政府不願封關，卻鼓勵人們盡量留在家裡的日子，外出成了一件令人愧疚的事之後，我常常都有強烈的走到外面的欲望。愧疚不僅因為口罩成了珍貴的必需品，而且，離家就意味著要暴露在不知名的危險之中。

那天，為了辦一件事到了熱鬧的城市中心地區。完成了要務後，仍不想立即回家，像以往那樣，漫無目的地亂逛一下，然而那時我還未明白，新型病毒已改變了一切。當我無意識地進入一所連鎖藥妝店，兩個店員嚴陣以待地走向我，一個說：「消毒！」我順勢伸出雙手，任由他把噴壺內的液體射向我；另一個說：「探熱！」然後不由分說把探熱針抵著我的前額好一陣子。之後有好一會，一陣奇怪感哽在我的喉頭。我以疑狐的眼神看著探熱針，生怕那未經消毒，店員立刻用手上的紙擦了一下。

任何人都是潛在帶毒者，每個人都不知道自己是否帶毒。最初，人們害怕的可能只是病毒，慢慢地，害怕成了害怕的核心。人們害怕接觸所有的物件，害怕被別人碰到，也害怕觸碰自己的任何部分。

全然陌生的外面，有一種莫名的氣氛把我推上回家的列車。進入家門，洗手，脫口罩，褪去外出服，換上家居服，把衣服丟進洗衣機以消毒劑清洗。當洗衣槽轉動時，貓站在冰箱頂部，和我高度相若地注視著我。我上前抱著牠的項背，把頭埋進牠柔軟的白毛之中。牠溫柔地低叫，像在說：「不怕，我總是在這裡。」

穴居初期（一）

昨天開始，已不想外出，愛上了禁閉的生活，省掉了交通時間，每天都有足夠時間打掃房子、做瑜珈和晨間寫作練習，貓也喜歡得到充分的陪伴。

今天要回中文大學取回上課用的書。校園人煙稀少得，像電影裡，災難後的世界，非常適合脫下口罩跑步，要不是今天穿裙子，我就會狂奔。校巴停駛，我爬上一條很長的樓梯，慢慢走到本部。那樓梯，我給它起名「祕密森林隧道」，以往，我只有在下課後走路到地鐵站時走下去，今天首次往上爬。如果想要知道自己的身體會否太孱弱，一定要試試爬這樓梯。我不斷喘氣，中途休息，很高興終於在流水聲和樹香之中做了一次深層帶氧運動。

辦公室大樓也沒有一個人。在寂靜中影印、列印、掃描書頁，想起電影《世紀末暑假》*中那個無人的校園。

之後，跟兩個朋友分別見面，把一些口罩分給她們。我自覺資源豐足，而豐盛其實是一種主觀的感覺，不是客觀的現實。我的採購能力，跟現任政府的相差無幾，那就是，什麼也買不到。然而，從疫情肆虐、防疫資源短缺的日子開始，我就什麼也沒有缺少過。一月初到中大上課，由於要避免吸入催淚彈殘餘物要用口罩，可是那時我已買不到，向居住海外的家人求助，農曆年就收到供應；知道要買酒精時，所有店子已缺貨，家裡也沒有搓手液，傻傻地甚至不懂得擔憂，卻突然收到朋友送贈的自製酒精搓手液；不知道為何家裡會有半罐大裝漂白水；農曆新年前剛巧買了兩條衛生紙……為了感激天然呆而得到的福分，只能盡力分享。我也相信，地球的資源原是足夠每個人使用，匱乏和豐盛，其實只是一種錯覺，問題在於，自己想要選擇相信哪一種錯覺。我選擇了相信，只要分享，就會足夠。這是「五餅二魚」故事的道理，和理性的積穀防飢有所違背，但，既然現實已陷於無理和瘋狂，只能用更瘋狂的邏輯應對。

穴居的臉

穴居的第四天，我感到，自己本來就是更適合足不出戶地過活的人，對於隔天必須出門採購食物和用品，心生不安。

人是習慣了依附習慣的生物，一旦把某種習慣養成，就會在那習慣中如魚得

* 編注：《世紀末暑假》（一九九九年の夏休み），由日本導演金子修介所執導，於一九八八年上映。

水。專家說，從培養習慣至把習慣完全內化，需時二十一天。

穴居的日子，無論是打掃房子、做飯、洗碗、閱讀或寫作，我都比平日更專注而且樂在其中。或許是因為不斷蔓延的疫情令人失去對未來虛假的盼望，而過去的影子也漸漸淡薄，於是，當下便前所未有地清晰起來。

也有可能，我再也不必為了在內在的臉和外在的臉之間反覆切換而焦慮不安。如果人至少有兩張臉，一張在禁閉獨處時釋放，另一張在外出與人共處時顯露，那麼，穴居的生活就是，暫時不必再經營外在的臉，以及與那張臉牽連相關的一切。穴居會令人產生一種錯覺，外面的世界突然停頓存封了起來，室內的空間成了唯一真實的世界。

但這並非真相。穴居的人看到的雖然是洞穴在眼前不斷擴張，但，內部和外在的聯繫仍然是結結實實的。例如，下週，大學的寫作課就會在網絡上恢復，我將要透過電腦螢幕和坐在電腦另一端的同學上課，那時候，我是否能在洞穴裡裝出一張外在的臉？或，在數週之間，我會否已經因為疏於操練而失去了那張外在的臉？還是，在穴居的日子，我可以練就第三張臉，介乎外在和內在之間？我感到非常苦惱。

封閉的根

穴居一週，我感到身體內部那根封閉的根開始萌芽，即將茁壯地成長。或許，人也該像動物那樣，趁著疫症蔓延的時期，讓自己冬眠，在生命裡掰出一個暫停的空隙。我開始整理家居，那些平日以各種藉口不願碰觸的凌亂角落。

偶爾，想念外出的日子，便會走到窗前，看著外面的街道、無人的中學校舍和公園。行人寥寥可數。在我的視線範圍內，只有不足十個人在街上同時走著，而人和人之間的距離，遠遠超過微生物學家建議的六個階磚，他們相距數十個或更多的階磚。

有時候，我想念的不止是在街上閒逛或在車子上看著窗外風景不斷往後流逝的感覺，而是，那些我原以為無關重要的人臉和事物。例如，大廈電梯的按鈕和大堂的閘門、樓下茶餐廳早餐的多士和奶茶、時常微笑的樓面大姐或親切的老闆，甚至只是附近超市和便利店裡熟悉的收銀員……所有構成社區生活經驗的微枝末節。

然而封閉的根一旦在身體內長成，我知道，大門就不止存在於房子，也在自己的內部。即使我掛念那些組成生活的陌生者，可是我已沒有走到外面的衝動，甚至可以清晰地感到，強烈的思念之後，接下來的只有巨大的遺忘，因為，想念的感覺是由之前的習慣所織成的，穴居時期的日子一旦延長，隱閉的生活習慣也會把之前遺留在社區各處的情感一一洗擦淨盡。

說穿了，人就是被自己的習性所形塑的生物。

說話的規訓

瘟疫讓人可以理直氣壯地宅在家裡。關上了通向外界的門，收起了要向別人呈現的臉面，也閉上向別人說話的嘴巴。不必與群體共處，對我來說是一種輕鬆的體驗。從小，當我坐在圓形餐桌的其中一個位置，身旁全是家人或朋友，或，置身在一個講座之後的飯聚中，我總是無法完全放鬆，因為，不能完全沉默，也不能想到什麼就說什麼。

關於成人的交際禮儀，關鍵在於，說出的話，不可太深或太淺，太多或太少。那些在聚會中所說出的話，與其說是為了溝通，不如說是維持淺薄的關係，避免滑向更深和更厚的程度，因為人們其實無法承受，太多過於親近的關係，因此，距離和親密同樣必要。人的本性，本來就有某種野性的、渴望說出不中聽的實話的、帶刺的和不馴的傾向。每一次，當我在群體中發現自己生出了和文明對立的溝通欲望，就會感到昏昏欲睡，只能離開現場，走上一輛回家的巴士，面朝車窗，在心裡編織並不打算向任何人說出的句子。

曾經有許多年，我不知道人和人之間對話的意義何在，直至接觸了「口述歷史」。相對於由政府機關所設定的大歷史，由民間無話語權的人所說出的小歷史，不但像野草般擁有放肆的生命力，也更具有質感和日常的叛逆。人和人之間，真正深刻的對話，很少。要不，在各種不發一言之間、在激烈爭吵的時候，要不，在陌生人決定要訴說自己的生命故事的時候。

清醒的夢

穴居期間，必須足不出戶，完成原本要外出完成的工作，例如，透過視像通話接受訪問。訪問者在溫州的家中禁閉，而我留在香港的家中，瘟疫帶來的連結消除了我們初次見面的陌生感。她說，在社會被疫情和各式紛亂事件充塞著的時刻，夜裡常做各種奇怪的夢，洩露了理性意識隱藏的部分。

已經有好幾年，早上醒來的時候，我無法想起任何夢的痕跡。多年之前，我曾經能清晰地記住各個夢境，並且在清醒的時候，一遍又一遍重溫夢裡的各個細節。最後一次記得的，是持續了大半年、幾乎每週都會做的夢，那是，窒息的夢，在各個日常的場景裡，毫無先兆地，突然一口氣喘不過來。睡醒後，我總是有一種險死猶生的倖存感。

美國小說家歐文．華盛頓的《李伯大夢》中，樵夫某天和愛犬一起打獵，進入了森林的深處，偶遇一名老人，跟隨他走到了廣場，和一群衣飾奇異的人一起喝酒和遊戲，不久便睡著了。他醒來回家時，發現所住的小鎮已面目全非，妻子已去世、子女長大了、親友老去……原來，他的夢耗去了現實的二十年。

我做了許多窒息的夢之後，從城市的中心地區遷到偏僻的小島，像殺掉了其中一個自己那樣活下來。去年，這城市被捲進一個暗黑的夢裡，有些人到街上去做夢，便再也沒有回來過，有些人被發夢時遇到的事改變了一生。夢的危險，在於它會動搖現實，而夢，從來都有戳破現實謊言的能力。

愛的輪迴

醫護罷工第一階段死線的那天，黃昏時從新聞中得知，工會投票表決停止行動，在繼續罷工爭取封關和回到醫院照顧病者之間，他們之中的大多數選擇了後者。那時候，我感到熟悉的悲傷重臨，並不是因為訴求再次失敗（這是一次體現了足夠力量的工業行動），而是，其中所包含的愛的脆弱。過去的大半年，數之不盡的軟弱的肉身，迎向了警棍、催淚彈、胡椒彈、水炮、警察的硬靴、刀子，還有黑暗中各式的刑罰，血從裂開的皮膚流出來。更多的人以自己的前途、工作和身分迎向冷硬的政權，他們將作出的犧牲可以預測，卻不是肉眼可見。

在同一天，臉書的回憶錄中跳出一段九年前的貼文，關於一張照片，照片中有我飼養的第一頭小貓灰灰，那時候，牠躲在一個紙箱裡，臉從圓形的洞中露出來，洞外是一隻米老鼠玩偶，玩偶在向牠拜年，但貓高傲地冷著臉，把視線別過一旁不予理睬。拍照的時候，我們和貓都不知道，兩個月後，牠將會染上無藥可救的貓腹膜炎。在去世前兩週，病毒襲擊牠的腦部和中樞神經，讓牠的頭無力地偏向一旁，腹水注滿了牠的肚子，使牠再也無力跳上椅子或我們的大腿。那時我們還沒有切實地體會到生命的無常，健康和外貌，都會突然流逝。

把灰灰帶回家裡飼養，並不是我的決定，可是，在家工作的我，和貓長時間共處，貓便把我當作最親近的人，而且，就像牠並不允許我關上家裡任何阻隔著我和牠之間的門那樣，在未經我同意之下，牠進入了我心裡從來沒有任何生物到達過的柔軟部分，這引發了之後的一場災難。

在佐野洋子的《活了一百萬次的貓》裡，貓咪在多生多世之間，一直被不同的人用心寵愛著，可是，牠一點也不快樂，因為牠心裡並沒有住著任何人。牠曾經是國王的貓、漁夫的貓、馬戲團魔術師的貓、老太太的貓，每一次牠去世時，主人都哭得死去活來，但貓，一點感覺也沒有，只覺得結束無愛的貓生也是一件好事。終於，在最後一世，牠輪迴成一頭野貓，牠很快樂，因為牠遇上了另一頭對牠興趣缺缺的白貓女。貓很愛白貓，用盡方法終於能跟白貓一起生活，生下了小貓，把小貓養大，白貓老了，貓就守在牠身旁盡心照顧，直至白貓老死，貓一直哭，一直哭，哭到自己也跟著牠死去為止。貓終於體驗了愛，也學懂了愛，便結束了輪迴，再也沒有回到人間。

我覺得，灰灰很像那活了一百萬次的貓。可是，為什麼我無法讓牠一直活得刁蠻任性受盡萬千愛憐，不必經歷任何痛苦也不必因痛苦而開悟，不斷輪迴在此生？為什麼我為了失去幾個人和一頭貓而幾度快要窒息之後，仍然沒有結束這人間的旅程？

在灰灰彌留之際，牠挺著幼小的身體悲哀又憤怒地哭叫，我致電母親，告訴她：「我的貓快要死了，我不小心把牠當作自己的孩子了。」似乎只有母親能明白這種感覺，她以她一貫的方式安慰我：「牠只是，一隻貓。」我對自己複述：牠只是貓。但，沒有用，無論灰灰是什麼，牠的離去，都在我心裡挖開了一個永遠敞開的洞。那是個會疼痛的洞，每次想到牠，傷口都會持續發炎冒膿，但那也是個奇怪的洞，它不斷生長出更多可以照顧和容納世上其他的貓的空間，而新生的部分比疼痛的部分廣闊許多。我知道，在以後的日子，我仍然要面對各式各樣的失去和死亡，而我竟然，並不懼怕。

愛是一件可怕的事。它把貓變得不止是一隻貓，也可以把一對陌生人變成密不可分的家人，甚至可以把城市變成和自己皮肉相連的部分，它也會把一個人從安全舒適的狀況拋擲到各種未知的凶險之中。

我知道，罷工的醫護人員並沒有別的選擇，只能回到需要他們的病人身旁；抗爭的人也沒有退避的空間，只能一次又一次回到街頭，因為愛像一頭不由分說地闖進所有私人空間的幼貓，人只能張開雙手向它臣服，即使為此付上巨大的代價，也只能接受命運的流放，在未知中踽踽獨行，只有狠狠地經驗過愛，才得以輪迴，而所有的輪迴，都在此生。

儲蓄陽光

我總是不好意思告訴別人，中午十二時之前，如果沒有約定的工作，我總是花很多時間在照顧各種生命，順序是：照顧白果貓、照顧植物、照顧房子，最後是照顧自己。早上八時或之前起來，給貓預備早餐換水清理貓砂；為植物澆水，細看它們的狀況；然後，拖地拭抹灰塵整理床鋪和房子，洗衣服晾衣服和疊摺衣服。最後，打坐和做瑜珈。十一時半左右，才吃當天的第一餐。早餐後，才開始當天的寫作和各種工作。

曾經試過不同的時間表。例如，村上春樹式的凌晨四時起來，以清晨的時間為一天寫作時間表的重心，但我發現，晚睡的我，必須有充足的睡眠，早起後還有太多掛心的事。中午是一天最溫暖的時間，太陽在天空的中心點，朝東的房子會被陽光包覆著，這時分，我的精神最佳，最適合寫作。忙碌的早上，也是把自己投入一天的預備工作。如果那天要上早課，或早上有約定的工作或會面，照顧工作被迫暫停，長久下來，我便會疲累不堪或情緒不穩。有時，我會質疑自己，花一個早上照顧貓咪植物房子和自己，是否太奢侈，但我又確實知道，如果省略了每天早上的照顧日程，沉睡在身體內部的獸便會醒來，變得焦躁巨大充滿攻擊力。我本來就是個容易焦慮、緊張、擔憂和憂鬱的人，晨起至中午的流程，就像緩慢地梳毛，為貓梳毛，為植物梳毛，為房子梳毛，為自己和獸梳毛，讓自己和四周慢慢平靜下來。

平常的日子，每天都有一餐在外面吃，以免為了照顧身體而把自己弄得太累。可是，瘟疫限制了出門的次數。這幾天都自己做早餐。因為前天晚上，向友人在南涌的農莊買了本地栽種的有機義大利生菜、車厘茄和番茄，於是一連兩天吃了沙律。不喜歡買現成的沙律醬汁。把蔬菜洗淨，切了，拌進橄欖油、岩鹽、黑胡椒、梅子醋，就非常鮮甜可口了。再煮一顆溏心蛋，放在上面。配一片藜麥米包。

今天是「八三一」的半週年了。外面的殘忍，並沒有因為疫情而停止，濫捕、警隊加薪又增加部門開支，屍體繼續浮在海面，被捕的人因為法庭停擺而遲遲無法審訊。因為世界沒有多餘的憐憫，才需要從內在釋出更多善意。正如，土地和陽光也沒有因為任何事的發生而停止過，蔬菜仍然能種出來，農夫也沒有因為四周黑暗而停止耕種，所以本地菜仍然持續供應。

白果從漫長的午睡中醒來時，總是會跟我交流照顧身體的經驗（貓是這方面的高手）。種植善意，從照顧自己的身心開始，因為過於陰冷的體質，無法承受陽光和溫暖。

穴居時期（二）

瘟疫給了人一個機會，可以名正言順、不懷一點愧疚地穴居。忘了這段時期已有多久。生活一點一點地朝向內在而改變，像缺乏陽光的多肉植物，會長出一個彎曲的形狀，不是好也不是不好，只是，順著生活之流而變化。

比如說：

一、往往在週末，已寫完下一週要交的專欄稿。

二、如無要事，三至四天才出門一次，如果忘了買什麼，也不可以立刻再去買，例如今天，回到家裡才發現忘了買芝士，但我已丟掉了口罩，那麼，就下一次再去買。

三、吃了太多巧克力。無法說明，為何穴居會令人渴望吃禁忌的食物，例如巧克力、出前一丁、香脆可口的食物，或，咖啡因。

四、每次完成視像教學，都想要出外走走。除了因為需要散步，讓腦袋放空，想想在課堂有沒有什麼遺漏或需要改善之處，還有，那是我除了家人好友和貓以外，唯一和人「見面」的機會（即便只是視像），某種平日不會有的激動需要排遣。

五、白果撒嬌的方式漸漸令人難以招架，端出來的食物，要不，整天都不願吃，要人再端出另一款他更喜歡的；要不，火速吃光，要人在一個早上給牠準備三次食物。不斷在說：「餓！餓！餓！」我懷疑牠只是喜歡看著我為牠忙得團團轉。我明明知道，只要我不在家，牠吃喝睡拉也正常，但我卻要留在家裡。

六、終於有比較充足的睡眠。

七、想起很久以前想看，卻一直苦無機會去看的電影，申請了線上影院，在腹中整理文字時，就去看一下；把一個喜歡的作者的書全拿出來，有系統地讀。

八、比平常更想念幾個人，卻比平常更怯於聯絡。

九、屋苑那個平日了無人煙的二樓平台，這段日子都是小孩和家長。孩子玩樂時的尖叫和笑聲，令我想起孩提時期，公共屋邨的走廊，都是嘻鬧的聲音。

十、為新書接受訪問時，記者問我：「肺炎令抗爭暫停下來……」然而，其實不是防疫打斷了運動，而是，抗爭令防疫暫時停止。在防疫的日子，人們保持彼此之間的距離，勤洗手和消毒，甚至避免接觸自己的身體，但在悼念的現場，警察把人打得頭破血流，用口罩止血，禁止救護員幫助昏迷者……在瘟疫蔓延的時候，流血和被捕意味著另一層驚心的殘忍，在拘留期間，被捕的人不一定獲發合規格的口罩。

溫暖的內疚

案頭的仙人掌再度開出豔紅色的花，也是在這個溫暖的二月。就像去年那樣，從冬入春，仙人掌的頂部便會爆發出一朵鮮豔的花蕾。春暖花開是祝福，但寒冬提早完結，也是全球暖化的副產品。

穴居的日子，缺乏日曬和大量步行，手腳總是異常冰冷。當身體的芯冷得無法忍受，我就會到樓下的公園散步，順道採購日用品，再走到茶餐廳吃想念已久的茶餐。只是那天，在猛烈的太陽照耀下繞著圈子走，才發現戶外已是接近夏季的溫度，路人都穿上單衣。暖意給身體帶來撫慰，我卻想到遠方的南極，已達到前所未有的高溫，冰塊慢慢地溶化。另一端，北極熊餓得吃掉孩子。

茶餐廳的食客在討論財政預算案中，政府向所有成年永久居民派發一萬元，但我想到的是，警隊的資金預算和部門開支同時也倍增。那些催淚彈、橡膠子彈、胡椒噴霧和水炮車。那些永久地受了傷的人，沒法被一萬元療癒，而未來很可能會有更多被重創的人，因為更多的武器只會創造更多的傷口。可是，就算拒絕全民派錢也無法阻止增加警隊撥款的決定，而只會造成基層的生活更捉襟見肘。

如果生活裡仍有向陽時光，會否也只是因為我並非首當其衝的被壓迫者？

蜷縮在陰影的日子，有時會覺得，生存的夾縫愈來愈狹窄，一邊累積能量，一邊承受無法反抗的鬱悶，像一顆煮壞了的溏心蛋，堅實的蛋白壁太薄，包裹不住即將湧出的蛋黃漿。

陌生人的善意

我在車站等一個朋友。車站本來無人，不久，穿紅花外套的婆婆來了，之後是幾個穿黑衣、蹲在地上抽菸的年輕人。友人短訊我，會再遲一點。我把手機放進手袋，抬頭便迎上了婆婆的目光：「妳穿得那麼單薄，不冷嗎？」這是搭訕的開端。我從不抗拒長者的攀談。於是，她再問我，在哪區居住和工作？我撒了一個謊。面對素未謀面的人，即使是長者，我也無法放下防衛。

「文革之前，我本來也是個小學老師。」她戴著口罩，只露出一雙滿布皺紋的眼睛，我點了點頭，表現出願聞其詳的理解神情。「文革開始，我被下放了。」她伸出雙手讓我看她粗糙的皮膚和扭曲變形的指頭。「那是一段異常艱苦的日子。」她苦笑說：「不知如何熬了過來。」我問她到了香港之後，生活狀況有沒有好起來。「我一個人把兩個兒子拉扯大了，他們長大後就有了自己的世界。」她對我說，十多歲的時候無憂無慮，日子過得非常幸福，但文革把她的世界粉碎：「去年示威者出來亂搞，之後就是瘟疫，妳看，人都是被命運擺布。」

或許再談下去，我們就會出現難以修補的分歧，幸好，黑衣少年在我們專注交談時突然朝婆婆喊：「車來了，美女。」我目送他們上車，同時感到由傾訴、聆聽和提醒上車而來的，陌生人之間的善意。萍水相逢，不必計較立場和觀點，才生出可以互相送贈的餘裕。有時，關係因為點到即止而美好。

身體茶餐廳

當我從居所的窗子，看著街道上稀疏的人煙，便會湧起走到外面去的渴望，那是因為禁絕而生的欲望。當病毒瀰漫四周，人便會前所未有地感到身體各部分強烈的存在——戴上口罩後感到侷促的鼻子和嘴巴、碰觸到什麼就像被沾污的十個指頭、異常脆弱的喉嚨和氣管、懷疑空氣的鼻孔、再也不適合和別人擁抱的身體、不敢走路到太遠的地方的雙腿。有時候，人們說，待疫情過去，回復正常生活，我總是在想，「正常生活」其實是什麼，或許只是，可以順利地忘記自己的軀體，只有在具備足夠安全感的時候，人們才能放心地遺忘。

所有工作都因為學校停課而改在家裡完成之後，工作再也無法成為外出的牽線。我只能乘著購買日用品和吃飯而找到離開獨居住所的理由。在大部分的情況下，我只會前往居所附近的茶餐廳，才不致被疑病的心折磨。在四周紛擾時，我仍然想要到那所茶餐廳去，或許是因為，那店子也像一個可以信任的身體的延伸。比如說，坐在收銀枱後的老闆，待客體貼而有禮，因為已有一點年紀，親切得恰到好處，樂於照顧每個員工和客人的需要，像一個父親，同時也像一個知性的指揮所有的大腦。

跟他熟絡之後，他記住了我只喝熱飲，有時也會問：「妳今天不用上班嗎？」疑惑的眼神，透露了他對我的職業的好奇。他也問過我好幾次：「以前常常和妳一起來的那位先生呢？」老闆大概是個溫暖的男人。但，我喜歡這家茶餐廳，因為它有家的氣氛，而我可以常常到這裡，因為這不是一個真正的家，才不會有過於親近而帶來的各種磨難，因此，鄰里之間才有維持距離的必要。有時候，人需要真實來得到某種確認，而在另一些時候，則需要虛假而得到某種補償。

為客人下單的兩位侍應大姐，一位個子纖小，臉上總是掛著溫柔的笑容，令人願意親近，另一位則相反，蓄著短鬈髮，說話直率，嗓門大，但，如果過了早餐時段卻仍想吃早餐，她還是會幫忙下單。她們是餐廳的兩枚肺部，吸入客人的點餐，和客人溝通，再向廚師轉述（呼出）各人的需要。最初我只喜歡其中一個，但後來卻發現另一個雖然冷著臉但也有著熱的心腸。

坐在餐廳的一角，可以直視廚房的狀況，這或許是另一個令人感到安全的原因。洗碗工總是躲在廚房的一角，穿著水靴默默地工作。這是個頻繁地轉換人手的職位。無論幹活的人是誰，臉上都有著疲累過度的痕跡，眉頭緊皺，眼神絕望。我無法肯定是餐廳的髒杯盤令他們難以招架，還是他們本來就背負著各自的包袱。有一段日子，我覺得茶餐廳的腎藏呈現出衰弱的徵兆，畢竟，清洗和丟棄垃圾，是一種重要的排毒功能。後來，終於有一個男人固定地站在那位置，某種艱辛在他的臉上風化成了一種隱忍的表情。

洗碗工之旁是身形嬌小，卻力氣強大的廚師小姐，她站在大鍋子前負責做出各種菜式。我不吃肉，難得會點她做的菜，但老闆說，她懂得做出抓住人們胃部的味道。於是，某天，我點了豉椒涼瓜，把食物一點也不剩地吃光之後，就知道，她把食客都當作自己的家人或朋友。

其實餐廳還有另一位廚師先生，站在水吧後，客人可以看到的位置，負責調配飲料、烹調粉麵等。廚師先生因為其位置，可以繞過「肺部」而跟客人交流。有時候，客人直接告訴廚師先生要吃什麼。「照舊？」廚師先生對於不同客人的口味有極佳的記憶力，甚至對部分客人常吃的餐點了然於胸。「照舊。」客人會這樣回答他。有時候，他會向廚房內的廚師小姐轉達某位客人沒有說出口的膳食要求，例如煎蛋的烹調方式是太陽蛋還是全熟。廚師小姐可以抓住人們的胃部，廚師先生則擅於解讀人心。但我始終不肯定，他的內心有沒有足夠的強度，承受「肺部」或「大腦」

的責備，責備其陰柔和善感而對餐廳效率的影響。如果一個人柔軟而不夠強韌，畢竟是危險的。但我不知道，我在擔心廚師先生，還是我自己。

離開茶餐廳後，我會走到附近的公園散步，在陽光下，要是我感到通體舒暢，我知道自己是健康的，如果我因為茶餐廳的任何一個人或任何一件事留下陰霾，我大概能推算，黑暗正躲藏在哪一個器官之中。

繼續運作

我感到自己在一輛高速衝往懸崖的列車上，那輛列車只有一個方向——不管如何，繼續運作。列車之上，全是住在這城市的居民。

於是，在傳染病的陰影下，學校停課，但公開考試如期舉行；無法供應足夠的口罩和保護裝備，但醫護人員要繼續當值；政府失去了民眾的信任，但仍然握有資源和權力；執法部門像一匹脫韁野馬，執法者依據個人好惡執法，駕駛列車的人對乘客說：「你們要包容執法者因辛勞工作而來的情緒。」

駕駛者是個被車外風向掌控的人。城市曾經推崇這種缺乏自己面目和想法的機智執行者，他們擅長適應各種制度，在學校裡得到優異的成績，可是畢業後再也不會看書和以自己的方式思考。因此，他們在發表言論時，常常有意無意地錯誤使用字詞，取用那詞語的好處而丟棄字詞的原意，例如以「包容」取代「縱容」，他們以為，乘客仍然是從前的乘客，會不假思索地忍受擊在身上的棍子或指著頭顱的槍械，而渾然無覺自己正在縱容制度下的罪犯。駕駛者還會用「進步」來形容各種墮落的狀況。

但，列車內的乘客從一個夢醒來後就張開了心眼，清楚地看到身邊的狀況，也看穿了即使更換駕駛者，下一個駕駛列車的人，還是無力對抗車外世界的風向。「不過，即使列車即將掉到不知名的所在，我們還是要睜著眼睛，清醒地察看這一切。」其中一名乘客這樣說。

習性

新型病毒當前，與其說適者生存，不如說，傳染病給人的終極考驗是，如何放下自己的習性。

在某個國度，人們堅持口罩無法預防感染，所以不戴口罩；在某個國家，大手會捂著想要說出真相的嘴巴，所有的消息都是假的，但人們仍然選擇信靠和轉述，因為誠實是一種會遭懲罰的特質；在某個區域，瘟疫蔓延的時候，仍然保持握手和擁抱的習慣；在某個角落，人們在做禮拜時用同一個杯子喝下帶著喻意的紅酒；在許多城市，人們仍然如常上課和辦公。在非常時期，堅持一切如常，本來就帶著人性裡的傲慢和僵化，深層的原因，會不會就是，人相信自己可以掌控一切？只要不幸感染過世的不是自己或至親，他人的死亡不過是一種無可奈何的犧牲。

西醫把身體視作分裂而各不相干的組件，作出針對局部的治療；中醫理解的身體是互相依存的整體；而在自然療法裡，身和心一體兩面，軀殼和靈魂不可分割。西醫角度所觀照的身體，非常適合資本主義社會的方便有效和快速，患病就像機器故障，只要藥到就會病除；中醫讓病人在煎藥和固本培元的漫長過程中，慢慢學會順應自然，而令許多人望而生疑的自然療法，則讓患者不斷叩問自己深層的心理原因，所求的不只是表面的症狀消失，而是意識層面的提升。

或許，來勢洶洶的病毒，並非為了取人性命，而是以一種激烈的手段，讓人經歷前所未有的進化。

熱鬧和死亡

當人們在瘟疫蔓延的狀況下待久了，適應了最初的震驚，並慢慢接受這將成為看不到限期的日常狀況，對防疫的態度，準確來說，並不是放鬆，而更接近故態復萌。人本來就有依附習慣的傾向，逐漸適應了隨時都可能染病或死亡，就最容易忘記染病和死亡不止是新聞報導中的個案數字，而是血淋淋的現實。

當我仍然把自己禁閉在家裡，透過單位的窗子，看到樓下公園的人數每天都在增加，接近疫症肆虐前繁華的景象，想到在日本，獨居者在家中死亡，過了很久才被發現，名為「孤獨死」，那麼，在新型肺炎之下，會否已出現了「熱鬧死」（在眾聚之中，不知不覺地染上了死亡的風險）？如果孤獨曾經和死亡並置而得到污名，那麼，在瘟疫時期，鼓勵每個人都盡量隔離自己以減低傳染風險，那些安於孤獨、擁抱孤獨，甚至樂於孤獨的人會否成了最容易活下去的一群？當我漸漸適應，甚至享受足不出戶的日子，擔憂的再也不是未來無法如以往一般外出活動，而是在迷宮一般的孤獨裡樂而忘返，甚至上癮。

但我知道自己沒有資格談論疫症下穴居的滋味，因為社會被瘟疫的陰影籠罩，最先受害的是階層裡最脆弱的一群——流浪者在街上的家當被丟掉，不斷重用口罩、大量貓狗被遺棄、外傭不是被迫重複為家居各處消毒，就是被禁止在放假時外出，這身受其害的一群無法掌握話語權，也無法選擇熱鬧還是孤獨。

圖書館的漂流者

當我在圖書館的咖啡閣碰到他時，他的髮鬢已染了白，眉間的摺痕藏著時間，但凝重的神情使他看上去像任何一個初老的人，即使他坐在沙發上，手中沒有書，只是注視著自己的手掌。

我不認識他，只是在年少時見過他。那時我還只是兒童，喜歡留連圖書館的成人借書區，他是圖書管理員中唯一的男生。最初，管理員經常把我驅趕回到兒童區，然而，日子久了，她們就假裝看不見我在那裡。某天，辦理借閱手續時，其中一個管理員向我指了指他，壓低聲線對我說：「當心點，他常看著妳傻笑。」我轉過頭去看他，他看到我，對我展開了一個純真得足以令人誤以為是淫邪的笑。他雖然有著成年人的身軀，卻似乎還沒有學會成人社會的各種禮儀，或，自我保護的手段。我感到他並不懷著惡意，只是不具備收藏自身的怪異的能力，單是這一點，就會令他成為被攻擊和排擠的對象。後來，舊的管理員離開了，來了新的管理員，只有他始終坐在相同的位置。

我沒有想到，多年後，從城市的東部遷到偏遠的北部，會在圖書館遇上蒼老憂鬱的他，他顯然再也不是管理員，卻仍然無法離開圖書館。城市裡的圖書館，因為疫症而關閉了一個多月後，我想起被圖書館一直收納的生活無所寄託的老人、疲累的失業者、家裡過於擠擁的學生，以及各種對制度不適的人，在整個城市近乎停擺期間，他們不知漂流在哪裡去了。

移情作用

當城市裡一天的確診個案超過了四十宗，剛剛鬆懈了的抗疫氣氛又回復緊繃。但對我來說，不過是在延長穴居的日子，讓一切已經改變的，慢慢牢固成一種更固定的形狀，直至動搖了「正常」的原意。

人和人之間的距離，開始了微妙的改變。鄰居那位從北方來的年輕太太，以往每天都會扯高嗓門尖叫咆哮和罵小孩。可是，疫情漸趨嚴峻，所有學校都停課之後，再也聽不到她絕望的呼叫。或許，她再也不用接送小孩，也有可能，頻繁來往中港兩地的丈夫，終於可以每天在家跟她分擔照顧孩子的壓力。

農曆新年後，我就再沒有見過母親，她叮囑我暫時不要回老家，以免把病毒帶給她。我也再沒有見過親密的朋友。定期見面的，是一位速遞員。在口罩供應短缺，城市籠罩在一片恐慌氣氛的日子，我曾經在收下速遞的箱子時，送他兩個口罩，只是因為他比我更需要。兩週後，當新的郵件又送到我家時，他給我一個外號：「送口罩給我的人。」之後，他再次把貨物送到我家時，便會對我說各種的話，又為我把在運送途中沾了油污的紙箱先打開：「否則妳會弄得滿手油膩。」他這樣說。

有時，當我出門扔垃圾，看到鄰居門外放著網購的紙箱，或，聽到鄰居開門收取速遞員送來的包裹，就不免會想，疫情把本來親近的人硬生生地分開，於是，人不免益發想念住在心裡的人，有時，甚至會把這種思念移情到陌生人之上。

倖存

疾病在全球大流行的時候，商店、食肆和書店陸續結業、學校停課，劇場和表演場地停止開放，人們隨時都會失去健康、財富、工作，甚至所愛的人。血肉模糊的真相出現在眼前：人原來也不過是隨風而盪的柳絮。

我想起《千面英雄》作者，神話學家坎伯（Joseph Campbell）尋找自我的經歷。一九二九年，華爾街大崩盤，全球經濟陷入大蕭條時期，坎伯結束歐洲的求學生涯回到美國，身上只有在學生時代兼職所賺的一筆錢。當他放棄攻讀博士學位時，就知道自己要做的，並非跟隨指導教授要他做的研究，而是自行進行一個研究項目。之後的五年，他在紐約上州伍茲塔克的一個破爛小空屋裡，每天都是，讀書和做筆記。在經濟大恐慌時期，每個人都一貧如洗，人和人之間有時以互助取代金錢交易。書價雖然昂貴，但書商願意先把他要讀的書寄給他，讓他有錢時再付款。只要口袋裡還有一塊錢，他就知道，日子仍可以過下去。五年後，女子大學莎拉・勞倫斯學院邀請他到校任教。坎伯在那五年所讀的書，成了他以後教學和著作的根基。

當繁榮表象被迫褪去，人們失去了保障，但同時得到了面對內在的機會，以及無窮的可能性，可以追隨心裡的熱情創造想要的生活。畢竟，人們普遍的痛苦，就是錯把焦點放在自己所缺乏或得不到的東西之上。恐慌的時候，要是能張開心眼，往往會重新發現自己所擁有的，比實際需要的更多。

屬於自己的幸福

有人懷疑，穴居是否會把人帶進孤獨和悲觀的最底層？但，正如酒並不會令人遺失常性，而只是令人裸露本性，所以，長期穴居，令人不得不面對自我和生活的本質。

例如晚餐。我本來一直在客廳窗子旁的飯桌用餐。當我坐在桌子的一端，對面是一堵雪白的牆。不知道是從穴居的哪一天開始，完成視像教學後，便是黃昏來臨之前的魔幻時刻——短暫的藍色時分。那時候，城市沒入了一層又一層變幻之中的不同深淺的藍。藍盡了，黑淹至，便是夜。我很快預備了晚餐，為了排遣上課後的情緒餘震，想要找一個可以讓心靜下來的所在。於是我帶著餐墊和食物，走進書房，在面對著一扇窗的書桌上放下晚餐。書房的窗子，展示著一個更大的海和山的輪廓。夜裡，海另一端燦爛的燈全都亮起來。我點開了坂本龍一的鋼琴音樂。沒有電視或書本，不看手機也不接電話，只是純粹地和食物、天空、山和水共處。

許多年前，患上嚴重濕疹和輕微憂鬱的我，到老中醫那裡求診，他對我解說了症狀，在紙上以一種寫書法的勁度開出藥方時，說出了這樣的話：「一個人可以快樂，兩個人可以快樂，三個人也可以快樂。」這句話讓我震撼良久。我一直認為，一個人是寂寞，兩個人是寂寞，三個人也是寂寞。或許，中醫的看法，和我的看法，拼合起來，才是比較完整的畫面。

偶爾，我也會想，究竟多少人的聚餐才是理想的進食狀況，但，就在對海晚餐的時候，我想到，幸福沒有模擬答案，不去強求自己所沒有的，珍惜自己所擁有的，就是屬於自己的幸福。

自我隔離

那天，政府頒布的防疫規例，延伸至食肆的桌子和桌子之間的距離，以至在街上人們可以聚集在一起的人數，「隔離」此一詞語的意義便跟著疾病和世界的改變，崩裂然後重組。

語言的根部種植在生活裡，當生活失常，字詞的意義一直在重整，出現微妙的變化。

最初，我以為，為了防疫而進行的集體自我隔離，學校、公營部門和機構的停擺只是一種暫時的例外狀況。可是，這樣的狀況隨著傳染鏈不斷延長，所謂的隔離，並不只是每個人回到自己的洞穴裡，斷絕見面和連結，而是在隔離的洞穴和洞穴之間，那個本來廣闊的公共空間、外面的世界、聯繫著個人洞穴的通道，漸漸被橫蠻的權力接管。瘟疫蔓延的時候，人們感到自己的身體，那個包裹靈魂的軀殼，原來是一個異常脆弱的存在。然而權力是一種意志，它本身沒有身體，卻可以動用不計其數的身體，而為權力服務的身體，卻比其他部門或其他人得到更多更精良的保護裝備。

在瘟疫時期的自我隔離，並不只是在自己的洞穴裡練習廚藝、進行適合狹窄居所的運動、陪伴家人或寵物，以至藉著電影、音樂或書回到深邃的內在世界，而是透過洞穴的窗子，遙遙地看到那些穿著權力裝備的身體，把在街上寄居而且無家可歸的人的家當狠狠地清理；把獨行的女子或男子捕捉押到私家車上去；或，闖進食肆裡查看每個食客的身分證。瘟疫時期的自我隔離，就像是一個人必須進行壞死組織切除手術而被局部麻醉，期間，眼睜睜地看著醫生錯誤地在切割自己完好的腿，卻動彈不得、無計可施。

瘟疫初期，染病的人數尚在受控的範圍內時，偶爾，我乘車到城市的中心，跑到光顧多年的樓上獨立書店，問他們：「生意還好嗎？」負責人勉強地微笑：「靜了一點。」然後，我走到一所百貨式大型書店，那裡擠擁得像過農曆年。

傳染病蔓延的時候，城市比處於抗爭的動盪時期，更像一個幽暗的森林，那是一種猛獸在進行掠奪的死寂氣味。最初，遭殃的是置身社會最底層的人，飄泊流離者、獨居的殘障者、清潔工、傭工、低薪的勞動基層，然後是小本經營的店子、良心企業、自由工作者，接著，慢慢向食物鏈的上層延伸……

管治者以權力的巨手，規範身體和身體之間的距離，讓握有特權的身體，以自己的心意詮釋法律，然後拘禁、管制，甚至侵害無權者的身體。權力的巨手，也把洞穴和洞穴之間的無形距離拉得更遙遠，它要人們走進自己的孤獨裡，找不到任何互相支持的力量，最好承認個人是無助的，人往往在這樣的時候選擇順從。

瘟疫初期，我到樓下的茶餐廳吃早餐時，問老闆：「生意還好嗎？」他答：「這裡全是熟客，基本上沒有受到影響。」實施食店防疫條例之前一天，我問他：「這裡要怎麼辦呢？」他無奈地笑說：「也沒有辦法。」

在穴居的時期，我還是會每隔幾天，藉著外出購買食物和日用品的機會，光顧城市裡讓我產生情感連結的店子，不止因為店鋪需要客人，也是為了一種沒有緣由的相信——相信疾病或通過疾病的生的操控，並不會帶來末日，而是以一種恍如末日的方式，激發城市或個人的內在自癒力。這甚至不是汰弱留強，因為疾病消滅壞細胞的同時，也會殺掉好細胞。我只是期望可以藉著集體的自我隔離時期，在洞穴裡把自己削得更尖，以便在隔離期完結後，可以穿破極權為了壓制而在每個人的洞穴之上所覆蓋的一層又一層的瓦礫。

感激健康身體的練習

每天早起梳洗之後，我都會先花時間做穩定自己的寫作練習，以便順利地開展一天的生活。無論那天，從夢裡回到現實時，處於哪一種情緒或狀況，我都可以通過這種祕密的寫作方式，像打掃房子那樣收拾自己混亂的內心。

今天的練習，是一個對自己健康的身體感恩的練習。我記得大約一年前，曾經做過相同的練習，可是，在瘟疫期間，再次翻開那本指導練習的書，碰上這個練習，心裡感觸翻湧。

感激身體的練習是這樣的：從下而上，觀賞自己的身體，在每個部位停駐，回想這個部位為自己達成了生活中的哪些任務，然後，讓感恩的感覺充盈，在心裡對身體的這部位說謝謝。首先是腿和腳，我想起，他們讓我可以每天做瑜珈；接著是手臂、手掌和指頭，我想到撫摸和抱起貓，拾起筆或敲打鍵盤寫作；然後，是味覺、嗅覺（我難免想起，武漢肺炎的病徵是失去這兩種感官，因此，尚且擁有這些格外難能可貴）和觸感；跟著是眼睛，我依賴他們閱讀和寫作；聽覺，因此我可以教學；大腦和心智，我想起清醒時，腦裡的意念和幻想；還有細胞和各個器官，最後是最重要的心臟。

對我來說，感恩的意思是，相信自己可以創造更多美好事物的想像力。瘟疫時期，除了飲食和運動，腦子裡無時無刻的自我對話，對健康的影響也非常關鍵。我只是希望，在能覺察的時候，可以盡量對身體溫柔一點點。

持續消失的日常

所謂的日常是一張已滿布細菌的地氈，而且被某種比人類強橫的力量從腳下掀走。刻下，每個人的腳下仍然空蕩蕩的，什麼也沒有。

這樣的感覺持續太久。最初，我以為這是這個城市獨有的狀況，不久後就蔓延至全球。自願隔離的日子，我感到和全人類前所未有的親近，我們籠罩在一種極相近的命運之中，或許，在那張舊有的地氈上，過度發展就是一種致命的病菌。

日常是從戴上口罩之後開始消失的。剛開始的時候，只有在某種特定的場合，口罩才會派上用場，後來，只要在家以外的地方，口和鼻也必須被遮蔽。朋友或共事的人的真實接觸被虛擬取代，透過視像鏡頭，認識的人可以看見彼此的臉，但四目再也無法交投，當一個人看著鏡頭時，他無法同時看到對方的眼睛，當他看著螢幕上對方的臉，對方的眼睛永遠在看著另一個方向，那方向才是他。街上有許多外露的眼睛，但都是陌生的，眼睛和眼睛一旦碰上便會趕快錯開。

接著，是戴上口罩的鼻子無法使用嗅覺挑選橘子。這使我感到自己是一頭感冒的貓，無法辨別眼前的橘子到底有多甜，或是否多汁。

不久後，街上並肩而行的人無法多於四個；籃球場、足球場，以至公園內的遊樂設施也被關閉；餐廳內的桌子和桌子之間的隔離像一道河。沒有人知道，接下來還會繼續失去什麼。我並不是在懷念舊有的地氈，而是那種腳穩穩妥妥地踏在什麼之上的感覺。

疫症的天空

穴居期間，我在思考「防疫」是一件怎樣的事。

當疫症取代了天空，人們根據疫症當天呈現的陰晴，決定行動和對未來的想像。疫症也是一面誠實之鏡，照出人們和城市一直不忍細看的脆弱的部分，要不，任由它擴張，要不，修補它。

在茶餐廳用膳時，在限聚令下僅餘的桌椅之間找到一個空位安放自己後，服務員走過來作出溫馨提示：「食物到來之前，不要脫下口罩，以免被票控。」這使我感到自己身在小學的課室裡，重新學習各種規則和限制。因為恐懼，人們對於荒謬會作出最大的忍受。因為疾病是潛意識對於理性和意識的反撲，在身體以生病的方式作出警告的時候，人們抱持著謙卑的態度，雖然誰都知道，躲在疫症而來的恐慌背後的，也有權力的掌控。

防疫是一個狹窄的箱子。人們會以為這是非常時期，那意思就是這一切終將成為過去，但真相很可能是，留在回憶裡那個正常的過去已不會重來，而現下這非正常的一切，將會成為新的正常。每個人都在這箱子中，爭取一個可以存活下去的空間，以避過死亡、失業、破產、飢餓或無家可歸的命運。於是，在表演場地停擺的狀況下，有劇團舉行線上劇場；音樂會取消了之後，音樂家在網絡上發布免費放映；留在家裡的人每天做運動，以逃過抑鬱的復發。疫症其實是一場延綿數月以至經年的海嘯，每個人都試圖努力地抓住什麼，以免被巨浪捲去。

艱辛的上坡路

「現在，將現實當作奇幻虛構故事來看，或許會比真實情節更容易理解。」西班牙導演艾慕杜華*在隔離的日子裡，寫下這樣的句子。

他所說的是瘟疫。但對於這個城市的人來說，從二〇一九年六月開始，正常已全然崩裂瓦解。從一種形式的幻滅，直接過渡至另一種形式的幻滅，總是有人生出這樣的疑問：魔幻小說是否已不需要存在，既然我們已活在種種難以置信之中，並漸漸接受這一切。

設若現實是一個腦袋，已經開發的意識部分只有百分之五，或更少，其餘的是潛意識或無意識，那麼，現在人們踱進了那從未涉足的百分之九十五之中；設若現實是一個宇宙，人們正在從地球步進了更廣袤的外太空之中；設若現實是宇宙大爆炸後的碎片，以往，人們各自盤據不同的碎片，擁有不同的世界，然而，災難像一種黏合劑，把人們的碎片縫接成一個龐大的區塊。於是，曾經只有少部分人在想像中碰觸過的景象，如今出現在所有人的眼前，共通部分看來是廣闊，其實像隔離期間的居所那樣狹小，人們只有深入內在的世界，才能找到呼吸和存活的力量。

有一種說法是，為了在看來遙遙無了期的隔離仍然感到希望，要擬想回復正常後的光明生活。但我始終覺得未來不可設想，為了穩住搖搖欲墜的腳步，在漸次剝落的日常之中，我不斷自問的是，要不斷堅持而且不可失去的底線是什麼？我能想

* 臺譯：阿莫多瓦。

到的只有尊嚴。

極權和災難，是因和果的連接，彼是此之因，此為彼之果，反之亦然。恐懼是對現有的一切狀況均不可掌握，而試圖用更大的力度加以控制的結果就是停滯，如水流動的相反。

編輯前來邀稿，但附帶一個條件：「不要以直接或間接的方式寫任何政治相關之事。」可以感到這訊息的背後，那恐慌和被壓迫的委屈。這恐慌和受壓的感覺，其實存在於我和編輯之間，我只能盡量坦誠地告知，無法接受這條件的原因——如果接受了，我就會感到這城市的人活在一種堪憐的處境之中，就像必須跪著吃飯那樣。以往有許多年，無論面對自己或寫作班的學員，我都會說，誠實是寫作必須的條件。但當現實已成了一個不斷伸出黑暗指爪的盒子，終將遇到的問題是，如果刀子架在頸上，是否仍不撒謊？忠誠的會遇上背叛的考驗，寡欲的會遇上財色的試煉，勇敢的會遭遇怯懦的挫折，親密的人有時分離。現實其實是一種集體幻覺，它把人迫向懸崖，向人發出的詰問是：你原初的意圖是什麼？你是誰？

根據佛洛伊德改編的電視劇《Freud》中，年輕的佛洛伊德，不顧一切地治療病人，他對她，有著踰越了醫和病的關係界線的沉迷，直至他們發生了肉體關係，佛洛伊德的老師嚴正地對他說，他也犯過這樣的錯誤，越界的關係會令他再也無法保持醫生中立的客觀，他必須終止這關係。但佛洛伊德說：「為什麼我不可以犯錯？為什麼我不可以進步？」他的內在，有一個他，像老師那樣責備自己，而另一個他知道，只有通過肉體的無縫般的連接，他才能深入她精神世界的最深處。在那裡，他看到自己的情結，把結解開了，才在夢裡，通過她的創傷根源，給她指引一個出口。佛洛伊德不相信對和錯的二元對立。由始至終，他都記得自己是個醫生，意圖只有療癒，所以，他容許自己違背了醫生的守則。

世間所有的錯其實都是對，而對的事情也可能是錯誤。無對無錯。如果有善的意圖，所有的碎裂的都可以修補。

鑽牆的聲音

穴居的日子，樓上或樓下的鑽牆聲音漸漸頻繁起來，許多同樣在家工作的友人，紛紛訴說飽受裝修聲響帶來的困擾。

有人說，我們應該慶幸，裝修工人仍然接到工作。畢竟，瘟疫的陰影，不僅是死亡，也是因傳染病而來的失業或企業倒閉潮。

隔離所引發的問題，不僅是孤獨，而是寂靜中無可迴避的噪音。困在家裡的人，無處可逃。在那些鑽牆的聲音仿如沒完沒了的炮轟的日子，我嘗試在密雜的巨響中找到與之共存而不被打擾的位置。我試著被這種聲音注滿，觀看隨之而生出的焦躁、不耐煩，甚至憤怒。或許是因為巨響是怪物，門或牆壁也無法攔住它。也有可能，是一種對於噪音的習慣性負面聯想。於是，我嘗試從另一個角度想像這些越界的聲音。可以擾亂我內在平靜的，從不止是這些從朝九持續至晚七的轟炸，其實也有貓每天清晨表達飢餓的號叫、陌生人的關懷或需索、和朋友的深層對話、鄰里突如其來的善意、好友從遠方寄來的窩心禮物……它們並不令我反感，反而是我所渴求的，但，愛所帶來的衝擊，或許跟厭惡相若，而對於脆弱而敏感的神經來說，消化善意所需的力氣，或許跟惡意相近。反之亦然。

那麼，鑽牆聲音的本質是什麼呢？或許，它只是，不好也不壞，不善也不惡，一種中性的存在。於是，我努力地像第一次接觸這種轟隆轟隆那樣，進入聲音的核心中，試著跟它融成一塊。

孩子

因為穴居，在一段很長的日子裡，都沒有走出三個輕鐵站的範圍。最初，為了防疫而減少乘搭車程較長的巴士，漸漸便失去了到城市中心的意欲。在心裡那張欲望清單裡，劃去一項又一項，直至只剩下食物和日用品的基本需要。即使整天都留在家裡，也會把衣櫥裡最喜歡的外出服穿在身上，或許是因為無常，把每天都當作是最後一天度過，也有可能，疫症把舊的秩序粉碎，重整出一種新的秩序，而外面的世界和內在世界的界線，一點一點地模糊了起來。

有時候，在家工作的空檔，我會把視線投向窗外，在居住大廈的對面，是一個公園，如果那天感到憋在家裡過於侷促，便會到公園散步。在城市裡，沒有政府機構規管，也沒有列出使用守則的公園，是私人空間和公共空間的一道灰色地帶，因為公園的用途是那麼曖昧不明，讓使用者有著填充的充分自由。

瘟疫到臨前，公園常常只有長者、牽著狗或貓的飼養者、外傭和運動者。現在的公園，除了用餐時段，常常都擠滿了人。停課中的孩子，或在戴上頭盔，練習滑板，或學習滾軸溜冰；更小的孩子在追逐，玩一些自創的遊戲。幾個人進入了被膠帶圍封的健身地帶，使用各種設施，有人盤腿在長椅或草地上打坐。

疾病是日常的僭建物，在那裡，我看見原來這城市裡仍有孩子，包括真正的孩子，以及困在成人身體內的孩子，都藉著這個例外時期，紛紛在舒展手腳。

突破封鎖的聲音

讀郭晶《武漢封城日記》中，每天均會出現的晚餐食物，我想到，這城市在疫情期間，紛紛成了廚藝精湛的人，以及他們貼在社交媒體上的各式鮮美的菜色或甜點，並非出於閒賦在家的無聊，而是以穩定的進食和胃部的飽足，安撫內心的不安。

當然，她平伏恐懼的方式並非只是下廚，而是和他人保持連結，盡量每天都走到外面去，和社區裡的清潔工或保安員聊天，關注他們有沒有足夠的保護裝備，甚至給他們送上口罩。或，在李文亮醫生過世翌日，為了記住他，她故意跟管理員聊天時提及他，即使管理員說：「這個無法討論。」

作為社工和女權主義者，郭晶在許多層面上都保持自覺，甚至警覺，同時理解他人，她非常清楚地知道，資訊被篩選，人們發不出聲，自我審查同時又互相審查。可是，讀著此書，我始終感到一種非常深層的壓抑，就像無論如何努力反抗也難以超越身體內潛伏多年的馴服習慣。例如，書中提及她戴著的一雙治療眼疾的硬式隱形眼鏡，非常磨眼，戴了半年才不致常常流眼水。眼睛的不適，只有自己才知道，在眼疾的影響，和眼球被磨半年所受的傷害之間，究竟何者比較嚴重？人在許多狀況下，不過是在一種痛苦，以及另一種痛苦之間選擇。極權對個人意志的扼殺則是非常緩慢的過程，像一顆原子彈，遺害往往在幾代之後仍然出現。

我覺得，《武漢封城日記》應該跟《暴政》並讀。

金魚攪拌器

疫情稍褪，我到了剛剛恢復營業的戲院，門前，有一名員工為每個入內的人量度體溫。她先用儀器在我的額前探測，末了，我正要離開，她用手指了指我的袖子，命令我讓她看手腕。我一時未及反應，依言捋起袖子，向她展示我手腕上的束髮圈和晶石手鏈，她木然的臉上閃過一絲失望。我花了很長的時間才明白，她要查看的是，我手上有沒有居家隔離的手環。

瘟疫帶來的恐慌，讓新的法例得以訂立，而執行法例的人得到更多權力，雖然，權力其實並不屬於執行者，但執行的人卻可以按照自己的好惡、立場或道德判斷，任意決定如何對待被規管的人。法律、限聚令和一系列的防疫措施，落在缺乏監管機制的執法人員手上，成了試練人性和探勘幽暗面的儀器。於是，人心裡的黑暗之惡從一個小孔、一道縫隙，被迫開了一個愈來愈廣闊的洞。

我常常想起，從事裝置藝術的友人，多年前向我提及的一件作品。許多個透明玻璃攪拌器，內裡有水，水中有幾尾金魚，牠們不知道器皿的底部有螺旋形的刀子，當刀子急速旋轉，牠們就會成為魚碎，因為不知道，牠們在那裡愉快地游來游去。玻璃攪拌器分布在展場內各處，進入了展館範圍內的觀眾，可以決定平靜地觀賞魚兒暢泳，也可以，短暫地成為上帝，按下啟動的鍵，讓金魚在瞬間粉碎。反正，謀殺金魚並不會構成罪行。

「那麼，有人按下死亡之鍵嗎？」我問她。

她點了點頭。

「為什麼？」我沒有問她，而這個問題連同金魚的畫面，留在我的腦裡多年。或許，與金魚毫無仇怨的觀眾只是好奇，好奇於一個無辜生命的死狀，或自己可以有多殘忍及無情。

現在，城市成了一個展館，人們是金魚，執法者站在玻璃攪拌器外，饒有興味地觀賞著，手指放在啟動的鍵之上。褪下了法律的制約和文明的外衣，人性在本質仍然粗野而橫蠻。

我的書出版後，一些記者前來訪問。她問：為什麼妳寫下這些字，難道不擔心被抓嗎？她說她早已害怕再寫下什麼，日後會成為連累自己的證據。另一位記者前來訪問，她說：妳寫下的，其實已足以被捕。

提問其實是一種訴說，一種等待被撫平，至少是要傾吐的恐懼。

他們建設的籠子早已把這裡的人圍困。有些人避開了欄柵，否認籠子的存在，有些人不斷以肉身撼動欄柵，因而吃了苦頭。如果殘暴的源頭是人心內一個不明的黑洞，存放著所有被懲罰記憶堆疊而來的恐懼，會不會也是另一個不明黑洞？人們是觀眾，看著玻璃攪拌器內的自己。人們看見荷槍實彈的敵人快要來到，手指放在啟動的鍵上，猶豫著要不要按下去，先攪碎自己。在共同創造的世界裡，在每種共同種下的業力之間，人和人不斷以不同的方式在磋商。在暴虐的黑洞和恐懼的黑洞中間，會不會存著一種此消彼長的關係？如果人們看著心裡的恐懼黑洞持續膨脹，停止餵養它，在呼吸開始急速的時候，延緩下跪或自我了斷的強烈欲望，會不會有助世界的平衡。

我其實並沒有一個確切的答案，當螺旋形刀鋒在腳下不遠的地方。

生活的繭

疫情再爆發的時候，人們說，多留在家裡，避免和他人接觸。那就像在說，回到自己的繭裡，像熊冬眠那樣，躲避由病毒帶來的寒流。

無論是年初的集體個別穴居，或，疫症稍褪，人們重回群聚和社交生活，我其實，一直都在自己的繭裡。我無法對任何人訴說，不必固定地到辦公室上班的我，一直在過著的，就是如防疫時期般的穴居生活。當人們在各自的繭裡，紛紛訴說在家辨公蓬頭垢臉，或跟家人同住的居所，找不到安靜工作的空間，如此種種，我早已經過。打從很久以前開始，我就找到一個如繭一般只能容納一人（或加上幾頭貓）的空間，每天規律地生活，早上梳洗後便穿戴整齊，坐在書桌前完成當天的待辦工作或寫作。第一波疫情來臨時，我像一個旁觀者那樣，看著眾人不知所措同時帶著微微興奮地討論著穴居初期各種嶄新的感受，那是一個我無法參與的熱潮。當新增確診稍稍緩和，限聚令放寬，人們回到群居的日常，我仍然在穴居的狀態之中，只是，偶爾可以了無牽掛地外出。

作為一個長期待在孤獨之繭的人，在我看來，集體隔絕的穴居生活，其實並非那麼寂寞，因為身在那種隔絕之中的人，其實在一個共同體之中。

在疫症的陰霾下，人們集體地進入穴居，或離開穴居的狀態，我竟然異常深刻地感到自己是只有一個人的這個事實。我不曾進入，也不會離去，而是一直待在生活的繭裡。

在戀愛時，我只有自己；在失戀時，我有我自己；在別人的婚宴裡，我強烈地感到我只有自己；在自己的婚宴裡，我感到疑惑的是，為何我仍然只有自己；和別人飯聚時，我在離他們很遠的地方；獨自吃飯時，我不在任何地方。想念你的時候，我無比清晰地體會到，從以往到未來，我都只有一個人。

求存

在疫症的陰霾下，我陪伴K去了一趟公立醫院的急症室。那裡並沒有我想像中的消毒藥水氣味，但燈光是發灰的黃。我為K在輪候的椅子上找到一個座位，不久，坐在K身旁的男人不由分說地要讓座給我，我推辭，他便索性在門外等待。我以為那是一個冰冷而且機械化的空間，不過，當我向登記處的人員查詢事情，他加快了的語速，其實流露著一點帶著同理心的關切。候診的空間的巨大螢幕，顯示在那裡輪候的人，已等待了超過七小時。那裡有抱著幼童的年輕母親、因等候過久而失去所有表情的女子、交疊著雙手的中年男人、坐在輪椅上已無法說話的老人，以及站在他身邊的家人，偶爾用紙巾接著他卡在喉嚨必須吐出的痰。

求生不是一件容易的事。當我坐在滿滿的都是人的醫院，想像那些終將來到己身的疾病，唯一出現的畫面就是一種缺乏熱鬧的蒼白的擠擁。醫生對K解釋病情。久病的K對於自己的身軀，比任何專業人員更熟悉，而且知道如何堅持自己的信念，拒絕醫生苦口婆心的勸喻，只領取她認為有用的藥物。

取藥的過程，是一項挑戰。我站在其中一條人龍的最後，站在我後面的識途老馬大概已看穿我是個新手，他指示我該到哪一個窗口，並且要阻擋在我身前的人讓路。

公立醫院是貧寒之人掙扎求生的地方。只有在艱難之中找到門路的人，才能向相同景況的人提供幫助。

離開的時候，我對K說：今天很順利。

儲備能量

穴居多天，外出添置食物的時候，看到大堂的告示：我所居住的屋苑，有住戶確診了武漢肺炎。

如果病毒也有自身的意志，它的遲遲不散，或去而復來，究竟是為了帶來一個怎樣的訊息？再次展開穴居生活，除了購買食物和日用品外，並不外出的日子，我在家裡工作，每天打掃房子，偶爾整理心裡混亂的部分，看不見的東西必須花上更多心神才能歸納和分類，然而，一旦把精神層面的糾結解開，外在的部分便會順其自然地井井有條。

農曆年後的穴居時期，人們經歷SARS後的不明疫症再次來襲，都有一種戰戰兢兢地如臨大敵的姿態：每天把清水倒進排水孔、到超市採購各種貨物囤在家裡，同時適應以各種視像軟件保持聯繫。重返穴居，超市的貨架，不但沒有缺貨，一袋袋的米塞滿了原來的位置，衛生紙的數量充足，收銀枱上放著一盒盒的口罩。顯然，人不能長久處於恐慌和緊繃的狀態，也不必以恐懼提醒自己謹慎。

街上的行人和餐廳內的食客同樣稀少，路人都拿著手推車或購物袋，內裡盛著滿溢的食物。那時候，我才發現原來外出的必要，不止是為了補給，也是為了看看跟我處於相同狀況的人，如何在疫症和苛政交煎下，放鬆地、沉默地挺直腰板活下去。

許多關於情緒虐待的書，都會提及邊界——受虐者遭遇虐待的原因，往往是因為和別人的邊界鬆散，同時自尊低落。疫症進入城市超過半年，我再沒有湧起詰問「為何不封關」的意欲。如果城市是一個身體，這就是一個和北方缺乏邊界而任由魚肉的身體。身在其中的每一個人，只是細胞。如果在生命的旅途中，遭遇的任何處境，都有著可以被創造的無限可能，那麼，疫病捎來的或許是，凶暴臨到門前，恍如細胞的人仍然保持定靜，在靜默中積聚能量。有時我會在心裡背誦「寧靜禱文」：祈求上蒼讓我放下無法改變的，給我勇氣去改變可以改變的，也讓我生出智慧去分辨兩者。

重複出現的課題

「事件只會重複發生，直至它教會我們所需要學習的課題。」藏傳佛教導師佩瑪．丘卓這樣說。

瘟疫在這城市去而復返，連續多天的確診數目都過百，但天空仍然呈現一種夢幻藍。只有在偶爾抬頭看著天空的時候，我會對自己說，這些在生活中看起來無比逼真的事，終會在某一刻如雲絮一般消散無蹤，是這種想法，讓我和糾結的煩惱產生了一點距離。

我心裡再次詰問，為何在不封關的同時，豁免三十三類入境人士的檢疫，終至病毒在社區大爆發，讓老弱的人送命、讓前線醫護人員疲於奔命、讓民不聊生……我覺得必須誠實地確認這種令人憤恨的不公義和荒謬，但我知道，不能一直沉溺在這種想法之中，否則，這些想法會成為一種無意識的埋怨和恨意，而我並不希望，在困苦的環境之中，只得到新的怨恨的習慣。如果眼前的苦果，並非直接由我種下，可是作為這個城市裡的一員，我也必須承擔這種共業，我就在這樣的處境上，盡力成為一個合理的人。我問自己不能忍受的是什麼？那是暴政之下，人只是被視為一個缺乏人性，必須服從，同時沒有感受熱情和思想的「物件」。年初的醫護人員罷工，所求的並非自身的福祉，而是封關，但政府對他們的要求不但置若罔聞，當疫情稍緩，便聲言要追究罷工者。他們對待前線醫護人員、清潔工、無法在家工作的人，每一個沒有權勢的普通人，都如草芥，都是可以被隨時置換的工具。

或許這是我的課題，這是為了提示我，在生活的各個層面，看清每個萍水相逢的人的性情特質和差異。抵抗暴政其實在每一個微小得無法量化的細節裡。

有時，面前的世界像一頭正在發狂的野獸，無法以邏輯和理性去馴服牠，那麼，只能讓自己的每一根神經先安靜下來，再把定靜的能量透過每一次呼吸的振動，傳送到獸敏銳的觸覺裡，等待牠回應，同時提醒自己，別抱任何期望。

飯禁

疫情重臨之前，一週有幾天，我會到樓下的茶餐廳或四川菜館午膳。每天到了十二時半，一群地盤工人，便會連群結隊，浩浩蕩蕩進入餐廳，坐下來，吃午餐。他們和餐廳的老闆員工早已熟稔，員工會先替他們保留座位，讓午膳時間短促的工人，不必等位，立即可以吃飯。總是有幾個人，在吃飯前，會先到餐廳的廚房借水洗手，在廚房工作的廚師和洗碗工都知道他們的習慣，自動讓路。

有時，看著他們高談闊論，高興地吃飯，想到那是他們一天工作中難得的休息和放鬆時間，可以坐下來，在有冷氣的室內，喝一杯冷飲。午飯時，他們一邊大嚼一邊粗口橫飛，神情非常愉快。

全日禁止堂食，即是讓沒有固定辦公室的人，連吃飯也失去遮陽避雨的地方。如果是暴雨，怎麼辦呢？三十多度的烈日，要在哪裡找一個沒有蚊蟲干擾的地方好好地吃飯？

不去堵截病毒的源頭，不封關，繼續豁免三十三類入境人士檢疫，卻不斷收緊防疫措施，讓那些措施折磨每個人的日常細節。細節往往是最磨人的。

從去年開始，在這城市生活的課題，好像就是忍辱，承受不是由自己直接造成的苦果。或許，這就是每個人都是一體、無法分割彼此的意思。畢竟，傳染病就是讓人反省親密和隔離的界線。

鬱悶的時候，去看看白果，白果在沒有冷氣的房間，挨著衣服睡，睡得像一團雲。貓常常睡，或許是為了要去另一個現實旅行。

家庭食物記憶

防疫在家，每天自己做菜的日子，想起青春期之前，母親每天辛勤做飯，從不吃外面的食物。偶爾，她會在週日帶我們去逛街，但總是在家裡吃過飯後才出門。我們沒有零用錢，沒法買零食。童年的記憶就是，舌頭是一頭渴望野外生活，卻無法離家出走的家貓。即使母親總是能做出食香味俱全的菜，但我還是感到，每天的三餐像家裡鎖上的鐵閘。母親對於下廚充滿熱情，也是個挑剔的美食家。她把自己的身心狀態完全傾注在食物之上，於是，西洋菜湯充滿無法宣之於口的關懷、香煎豆腐藏著對工作和經濟壓力的控訴、番茄豬排的茄汁流溢著憤恨、紅蘿蔔燜牛腩熬出了無處排解的鬱結。從小學至中學階段，我總是無法吃完每天早餐的拌麵，因為晨起的胃部，無法承受過多的情緒。

長大之後，常常抱著一種冒險的心態在外面的餐廳吃飯，只要吃一口面前的餐點，大概就會感知到廚師當天的心情和狀態。

我常常懷念母親以往所做的各種繁複而精巧的菜式，也不忘稱讚她，但，當我說喜歡吃她所做的菜，那意思是，我全然接受她對於自己不得不成為一名照顧者的熱誠、疲憊、怒意、憂懼和情緒不穩。

我不會告訴她，長大成人之前，我早已下了決心此生都不會認真做菜。味道和記憶相連，家庭飲食的記憶將會伴隨終生。在母親所做的食物之中，我嚐到一種逃離的欲望，依循著這味覺的地圖，我從母親這角色中逃離。

食不下嚥日

如果要為今天命名，今天就是「食不下嚥日」。

前天早上，後頸和背部的肌肉開始痠痛。最初，我以為是夜裡睡姿不良引致的疼痛，以致頭部轉動或伸展雙手時，頸和背也會痛得無法忍受。昨夜很早就去睡，今早起來，頭痛，想到可能是感冒的徵兆，便取出工具給自己刮痧，在午餐的湯麵撒一把芫荽。好不容易，身體感到自在了一點，卻也擔心是感染了武漢肺炎，上網搜尋了相關的病徵，卻看到BBC的一篇文章，提及許多患者即使逃過死亡這一關，卻陷入了神志迷糊的情況，或長久的抑鬱之中，因為病毒不止攻擊肺部，也會入侵腦部。

中午，看到網絡上滿滿的都是，人們蹲坐在路邊吃飯的照片，或撐著傘在雨中的街道吃飯的照片，可以影像展示出來的磨難，其實總是有限的。我在家裡做了一個麵，在桌子上吃著，貓也低著頭在貓桌吃飯。可以坐在椅子上，好好地吃一頓飯，並不是必然的。在一個擠迫的城市，禁止堂食，其實是一場生活的災難，畢竟，人每天都要吃飯。

晚上在電腦前工作，還沒有吃晚餐，就看到三名不滿二十歲的學生（後來報導是四名），一個已解散組織的發言人，被國安處以煽動他人分裂國家罪帶走了。那不是警車，而是一部黑色的房車。自去年開始，人們無法辨別執法者，也無法辨別執法者所用的車子，現在，還多了另一種執法者，他們是公開的祕密警察，凌駕在這城市所有人之上。

於是，胃部像盛滿了看不見的屍體那麼沉重，彷彿那裡有一扇鐵門一下子「呼」地關上了。我無法停止設想那三位年輕人的狀況，在拘留期間，他們可以吃到什麼嗎？忽然被陌生人闖進居所，然後被帶走，他們可能還沒有洗澡和吃飯。他們的家人也無法吃得下飯了。在這裡，一天之中，這麼多人因為各種原因，無法順利地、坦然地吃一餐飯，那麼，我究竟還要如何吃飯？這兩者之間，應該沒有因果邏輯關係，但胃部並不是一個理性思考的器官。

我們無法制止病毒進入這城市，無法阻止人們不經檢疫進入城市的邊境，無法拉住被捕的人，其實也無法拒絕執法者闖進自己的房子，只能以倖存者的姿態留守這裡，或離開這裡。生活好像就是無休止的被入侵。胃部無法消化的，或許就是這一點。

國家機器想要這裡的人成為怎樣的人？最初，人們以為他們想要的是不反抗的人，但後來發現，他們需要的是不做獨立思考的人、不表達的人、不具個人意志的人、不抗拒不義的人、不同情他人的人，其實他們需要的還是，不吃飯的人。

侵犯

穴居的日子，在工作和寫作的隙縫間，我溜到網絡上去看印度瑜珈大師薩古魯（Sadhguru）講述人生哲學的短片。在某段影片中，他解答一個問題：「人為何不能出軌？」他說，一個人會把記憶通過性行為種植到另一人身上。人們的記憶不止在於經歷過的事，也承襲自整個家族和祖先，例如，即使我們並不認識過世已久的曾祖母，但臉上仍留有跟她相似的輪廓。換句話說，一個人的親密關係愈多，便會被愈多他人的生命記憶入侵，破壞了自身的完整性。

看完那短片後，我莫名地感到痛楚，想起一種更廣義的入侵。如果那並非雙方同意的性，那麼，施暴者的記憶便會通過性侵的行為，強行植入受虐者的身體，而這種記憶，多半難以抹去。想起日本作家伊藤詩織述說自身經歷的《黑箱：性暴力受害者的真實告白》，後記提及，經過那件事以後，朋友都說，她的臉上失去了往昔的笑容，因為她的靈魂已破碎。那抹笑容，是如何永久地消失？是被人粗暴植入記憶時擠走的。但性暴力只是其中一種，而非唯一一種侵略方式。這世上各種不同形式的侵犯，自去年六月開始，活在這個城市的人，都深切地體會著。

限制表達、連結、字詞使用、思想流傳的自由，都是侵犯，這跟兩百個執法者闖進報館大樓搜查而侵略新聞自由，都是環環相扣的。人或許不免孤弱，只能竭力維持自身記憶和身分的完整，防止自己在肉身死亡之前，靈魂已衰亡。

丟失鑰匙

我常常感到，丟失了一個家，而且一直無法尋回。

我曾經以為，把家弄丟，是成年後的事，但後來發現，早在孩提時期，家已消逝，甚至，它可能從不存在。即是，我擁有過的每一個家，都只是家的原型或家的海市蜃樓的仿製品而已，而真正的家，像月亮的光，那是每個人都能看見，或把自己的陰影投射其中，卻無法捉摸的東西。

這是疫症重臨，為了防疫而不得不重返穴居狀態之後，我發現的其中一件事情。

做飯以及規畫一天的飲食成了穴居期間每天的恆常練習。因為穴居而無法藉由外出吃飯，在餐廳和熟悉的店員和老闆寒暄，和外面的世界產生短暫連結，而不得不用自己的手，做出可以溫暖自己的胃的食物，當然也不可避免地，在獨自進餐的時候，想起在每一個家裡，曾經每天倚傍的每一張餐桌。

餐桌是屋子的核心。人們圍坐在桌子前用餐，餐後，那裡又成了聊天的所在，甚至，某個人的工作桌子，或寵物的床。如果身體是一所房子，胃部就是房子裡的餐桌。一個人的胃部，以進食和食欲為記憶，記錄了他和所有重要他者的關係，心則是無處不在的影子。

母親是家的核心。在做飯、吃飯和洗碗之後，開始工作或寫作之前，我有時會在書架抽出幾本關於食物的書。那天，在《蘇非療癒》中讀到關於食物屬性的一章，那裡提及八角：「蛇在冬天時視力會減弱，當牠冬眠結束後，便會出來尋找八角類的植物來摩擦雙眼。」這令我想起K在我們小時候，常常做的紅蘿蔔燜牛腩，用上花椒、八角、薑和大蒜作為香料，令我們輕易地吃下許多白飯。作者哈金・莫隱丁說「烹飪在本質上是一種療癒」，她常做的一道菜是，把長米跟切碎的開心果、杏仁、葡萄乾和切絲的紅蘿蔔一起煮。她往往從中午開始就坐在廚房準備晚餐，因為那是一頓給八至十人用的餐點，她並不喜歡使用蔬菜處理器，而要用手去把三打紅蘿蔔，一個一個切成絲。因為她一邊切還要一邊禱告，把祝福帶給吃飯的人。K把生活裡大部分的心思，耗在做菜之上。我從不懷疑，她給我們預備的飯菜，其實都是藥，因此，我才可以強壯得，仔細察看自己的病。

有些人在長大成人之後，複製父母的食譜；大部分的人，可以掌管廚房時就改良父母的祕方；也有少數人，用了一生的時間背叛父母的口味。

我曾經渴望成為一個不做飯的人，每天到不同的餐廳，進行味覺的歷奇。可是，不久後我就發現，我有一個情緒不穩而且異常寒冷的胃部，只有為數很少的食物和滋味，能給它適切的滋養。我只能動手去做。獨居之後，我竭力做出和K的華麗繁複菜式相反味道，例如，牛油果拌飯、蔬果沙律、日式咖哩，甚至，只餵飼自己以微痛的飢餓感。

大部分的時候，我疲於濃烈的味道，只有在吃過暖湯或長時間燜煮之物後，不論季節和氣溫，那種從身體的中央慢慢滲透到外圍的溫熱，那種親密的，食物和我融食一體的感受，會令我感激食物，甚至說得上喜歡進食。

在自我封鎖的日子，某夜，我做了一個夢，夢裡，我和家人遷居到一個高尚住宅區的房子。搬進新居的第一天，我們就發現，房子的面積就像我們的舊居一樣狹小。而且，我們只擁有從垃圾房撿來的家具。我一邊用醋混合開水，為家具消毒和清潔，一邊試探地問家人，會不會給我一張專用的書桌。一直坐在一旁的哥哥坦白地告訴我，他和姊姊將會占用所有的書桌。我憤怒得離家出走，帶著一個小手袋，跑到陌生的街上，轉了一圈又一圈，直至天色將暗，而我發現自己根本想不起新居的地址。打開手袋，裡面只有一個放零錢的小包，沒有銀包、手機或鑰匙。於是我知道，再也無法回到那唯一的家了。

每隔幾天，我都會致電K，我們總會互相探詢對方那天的晚餐打算吃什麼。有時候，溫暖的陪伴就是漫無目的地說一些無關重要的事。我喜歡這些聊天的時刻，我們都被時間燉煮過，變得柔軟而且有禮。

但只有在想像中，我會直率地告訴K，當我每天在餐桌前獨自用膳，總是會想起曾經待過的每張餐桌，以及坐在對面的人，同時感到，被那些桌子和那些人所排拒。也只有在想像中，K才會像從前的她那樣，鋒利地指出：「那麼，妳不是已回到真正的家了嗎？」她說，所謂真正的家，就是一個人感到最熟悉之所在。「而妳，不是一直都覺得，家是一個被排擠的、充滿不安的場所嗎？」

是的。我想，或許，只有丟失了鑰匙，才能重新回家。

畢竟，所謂長大成人，不止是離開原生的家，也是重返一個由自己所建設的、沿著原生的家之路開創出來的進化了的家。

緩慢

最近經常失眠，凌晨才睡去。

一堆工作未完成，評審的稿子已過死線，但仍有許多篇。坐在書櫃旁讀稿，偶爾，在書櫃頂上睡覺的貓會探頭來問：「喵，妳還好嗎？」

穴居的日子，我在學習以各種方法修復自己，例如，吃完飯可以先休息一陣子，不必即時去洗碗；舊傷復發時，花一點時間陪伴自己，不必急著叫自己樂觀正面；稿子寫不完就跟編輯商量把死線延後，直至寫出令自己滿意的作品；失眠時不必催促自己入眠；太難過時，可以什麼都不做；不小心做出難吃的食物，不必強迫自己吃光；碰到錯的人要知道不是自己的錯，然後鎮定地走開；貓號叫時，不必太擔憂，畢竟所有生物都需要發洩。

「是的，我運作如常。」我告訴貓，已給他買了各種口味的罐頭。

入侵

衛生局局長說，全民檢測是為了找出隱性患者，如果隱形傳播鏈存在，社交距離措施就難以大幅放寬。

這句話背後的邏輯，把人從一個廣闊的世界，拉進只有兩個選擇的窄巷，於是，聽者會產生一種感覺：如果不進行自願檢測，城市裡的限聚令將會無了期地延長。造成這種結果，就是因為我沒有檢測。

在我的經驗裡，被情緒勒索時，常常都會聽到這種只有兩個選擇的話術。語言裡也藏著細菌，虛弱的人容易受感染。為了阻截細菌，我想到的是，如何劃下自己的界線。這是我不擅長的事，而個人界線鬆散的人，總是常常做出違心的決定，又誤以為自己沒有選擇。

我記得，曾經有一位朋友，第一次到我家吃飯，害怕陌生人的白果貓躲在床底。那位朋友用下巴指了指床底說：「妳的貓心理有問題。」我不語，但同時知道不可再讓這個人踏入我家或我的範圍半步；也有另一個人，曾經躺在我的床上，白果貓高興地跳上去，那人埋怨貓的腳步無聲，被嚇了一跳，我當下就知道，不可再讓這個人占據我的生命。貓是我的一部分，那些不尊重白果貓的人，流露了他們對我的不懷好意。

還有另一個人，以各種方法讓我不斷讓步和犧牲，直至他暗示我應該放棄寫作，我心裡響起了高分貝的警號，終於和這人漸行漸遠。

重要的人和事物能保護人的自我界線。寶貴的個人資料也可以幫助人在權力面前，反省和維護自身的權利。

心裡有蛇

HALF ECLIPSE

自轉

「妳不該獨自上路。」他們透過眼睛，而不是嘴巴，說出了這個句子。

「取消這次行程吧。」他終於把話說出來，是朋友在網絡上給我留言之後。那留言指出，一個女生，多年前一個人進入了俄羅斯境內，在森林裡被殺的事件。

「讓我跟妳一起去。」她懷著熱情說。

我只好垂下頭，感受這種善意帶來的愧疚。愛像水，那是人體所必須的，卻也會把人溺斃。但我從沒想過放棄認清自己是誰，雖然，無論拒絕或被拒絕也會帶來難過，然而，這是為了避免更大的難過——有許多時候，人們強迫自己違反本性，並非因為嚴厲的責罰或恐嚇，而是害怕失去某種深厚的愛。

由是，我必須繞過這不健康的陷阱。

幾年前的冬天，訂下了旅行的目的地之後，我就感到一種強烈的恐懼，自身體深處傳出來的不由自主的抖動，即將抵達亟欲之處時的不安的預感。就像小時候，當屋子裡只剩下我一個人，那裡就成了一個全新的祕境。我在屋內進行各種實驗，包括把一根手指伸進電源插座的孔洞裡，探索那祕密似的管道。危險顯而易見，而我想知道，究竟可以把邊界伸展至多長多遠，才最接近危險，卻不會魯莽地把自己折斷。

其實，我也會怯懦地懷疑，為何要把目的地定在那裡，而不是更輕易的安全範圍以內的區域，甚至，為何不留在家裡，陪伴失而復得的貓。

可是，當我坐在異域旅館的房間，窗外潔淨的藍空中有快速移動的雲，建築物呈現出陌生而精緻的面貌，我清晰地感應到身體內那個導航系統，它把我帶到這裡。旅行的目的地並非由我，而是內在的導航所選擇。當我的腳步跟它並不一致，它就會以各種方式，對我發出警報，諸如生病、焦躁，或精神不振，因為一些欲望無法滿足所出現的匱乏感。內在的導航系統要我一個人帶著最簡單的行李，橫越半個地球，到達另一個時區，被難解的語言所充斥，讓我在迷路、遺失物件、情緒低落、找不到火車時間表或被冷待時，倚仗自己的力量掙扎再慢慢爬起來。就像練習瑜珈時，各種艱辛的體位，每次我都覺得自己做不到。在大部分的情況下，我也確實做不到，只是通過各種嘗試，把各組僵硬的肌肉、神經和組織弄痛，痛楚使人變得較柔軟，柔軟以至能擴張，創造一些空間，放置生命給予的所有：想摘取的或想逃避的。

我並沒有以嘴巴，而是以眼睛對他們訴說一句句子：每個人都不免是孤獨的行星，讓我完成自身的轉動，即使這會帶來破損、流血或喪失，也比停滯更好。

讓我完成這樣的自轉，讓每個人都以他們的節奏和方式完成各自命運的轉動。

泡在酒精裡的蝸牛

年幼時，總是為了電視劇裡的情節而被深沉的哀傷淹沒，例如義人被處決，帶血的頭顱滾到地上去，或其中一個角色沉默地吃下了不白之冤。

後來我是如何學會處理這種哀傷，或許跟別人並無差異，就是確認了那是虛構的，與真實無關。人要長大，必得學會欺瞞，先把自己蒙在鼓裡。例如，小說裡的人死了，那並非我的現實；街上的流浪動物被虐殺，那並非人類的範圍；他方發生恐襲，距離會把我們適當地分隔，面前的人痛不欲生，但不同的身體使我們住在不同的現實裡。透過把現實不斷重新定義，人就找到可以把自己安放的位置。

某天我從夢裡醒來，再次，反覆地感到相同的劇痛。我嘗試告訴自己，生命裡切實地發生過的事，其實只是一幕又一幕幻劇，或許，我還沒有足夠智慧的眼睛去看穿現實的幻相。有些人不得不結束自己的性命，就是為了，讓已經發生了無法改變的事情，或由日復日的蒼白所連接成的虛無，變成跟自己不再相關的現實。

「我曾經是個在街上用ＢＢ彈射貓的人。」養育三頭貓的Ｈ告訴我。成年後，他偶爾進行拯救和餵飼流浪貓的工作。

「小六時，老師要我們製作昆蟲的標本。」他把一隻巨大的蝸牛放進一瓶酒精裡，讓牠緩慢而痛苦地死去。

「為什麼？」我禁不住心寒。「因為無知吧。」他說，那時他並不知道蝸牛會因此而飽受不必要的折磨。

當人想要對自己的殘忍視而不見，無知往往是常用的屏蔽。

當時我並不知道這一點（其實在某一方面，我清楚地知道，但這種覺知又迅即被另一把聲音壓了下去）。我以為H早已不再是那個殘酷的孩童，或，他雖然有那樣的面向，但只要他跟我共處時把那一面妥善地收藏，日子就會安然無恙地繼續過下去。直至我遭到跟被射擊的貓，或被酒精淹沒的蝸牛相近的命運，我才想起一直忘記了（其實我記得，但理智告訴我別把一切揭破，世界崩塌以後，我將無法承受恍如淩遲的傷痛），親密就是無條件地接受，人心之中所有冷漠的惡的黑暗部分。H本來就有著容易忽略他者感受的本性。

書寫是另一種除了死亡以外，重新界定現實的方法。我把「我」寫下來，「我」不再是我，而是在紙張上的第一人稱敘事者。我把蝸牛寫下來，讓牠在紙張上再死一次（其實牠不是蝸牛，而是另一種我再也想不起來的可憐的動物），雖然牠早已感覺不到痛。只有在寫的時候，我可以像小時候看過一齣電視劇後，浮在憂鬱的浪裡而對自己說：「那是假的。」我可以冷靜地看著血肉模糊地發生在自己身上的事，對自己說：「這是假的。」

耳蝸

記憶是居於耳朵之內，一隻濕黏黏的，早已和殼分離，注定一輩子踽踽獨行的蝸牛——這是我把自己盡量伸展，讓你在上面走過時，你讓我明白的事，而且並不是以說話，而是以影子告訴我。

實在，我仍然記得太多你說過的話，也有更多，是你透過語言以外的途徑所說出的。你必定更熟悉，居住在每個人的耳蝸內，都有一頭容易受傷，或早已傷痕纍纍的動物。內耳是個低窪地，不容易有風經過，吹散聲音的雜質，在許多狀況之下，甚至讓說話的渣滓，孵化出不知名的生物，沿著內耳的管骨和神經，在腦袋不斷蔓延。因此，你曾經不止一次，提醒我，把電話筒放下後，就要忘掉我們之間所有的對話，以免反芻之後，所有的話都成了尖石。當然我無法這樣做，因為耳朵的下陷處，天生就具備了，留住聲音，轉化成意義，讓腦袋消化的功能。

一切終於都過去了以後，我再次踏進我們一起遊歷過的廢墟。那時候，我們並不知道將要到達的是個怎樣的地方，只是，陽光燦亮，冬日的風也帶著暖意，樹葉碰撞、無人的鞦韆孤獨搖晃、倉庫大樓投下了溫柔的影子、義工宿舍的窗子框住了一種旅居生活，我們在那裡走了很遠的路，而我只想和你的旅程盡快完結，或許是因為，你不斷吐出的話，在我的耳蝸內造成水淹，也有可能，你的影子藏著太多重量，壓向我。

重遊廢墟，是多年後的陰雨下午，灰色籠罩著斑駁的大廈外牆，一半的範圍被圈起了正在重建，但老樹的氣根仍然垂到地面，地上的落葉太厚，踏上去還是會發出沙沙的聲音。這一次我只覺得路程太短，或許是因為，同行的人的說話，經過了耳膜，沒有在耳窩停留過久，就進入了內心。他說：「這裡不適合一個人來，甚至不適合，關係並不穩固的兩個人來。三個人來最好。」

為什麼？我問。

因為這裡有一種氣氛，一不小心，兩個人就會吵起來。他說。

或許他說出了關鍵。兩個人的關係，不免被他們曾經踏足和停留的地方形塑，就像，一個人的記憶，塑造了他對生命的觀感。

到了現在，我才切實地掌握了，敘事中的第二人稱角度，描述你。在文字中重現的「你」，不再是原本的你，而是包含眾生的「你」，與我無關的「你」。經過時間的徹底攪碎，一個人才能比較接近本來的面貌。

後來我才明白，如何更恰切地運用第二人稱，那就是，讓一個人深入自己，深入得令自己差一點以為，那個人的某個部分已成為了自己，然後，讓痛苦的感覺導向分離，把那個部分從自己的身體切割出去，親密終於成了絕對的生疏。

曾經的愛人，曾經的敵人，曾經的陌生人。時間的慈悲正是它的殘忍，它以燃燒一切的方法洗滌一切。

到了最後，萬物也成空，只是那種空，終於有了一點不易被辨識出來的灰度。

不要善良

後來，我感到身體的內部長出了一個生機勃發的洞，那裡再也沒有隨著時間被什麼填滿，只是一天比另一天更空，那並不是因為失去而來的痛苦，而是比痛苦更深沉的疑惑，我總是容易受驚，腦內有一把聲音常常在提醒我：「不要善良！」

關係過去以後，留下的遺骸呈現了它本來的面貌。

我一直以為，善良是支持著我的身子的某一根肋骨。不過，一個徹底地良善的人，並不會有「善良」的概念。正如，當夏娃仍然在伊甸園裡的時候，並沒有善或惡、羞恥或純潔、對和錯等所有二元對立的觀念，直至她吃了樹上的果子，放眼所見，一切都變了樣子，痛苦自此展開。死亡進入了她的世界。人的生命總是從血肉模糊的真相開展。以此為起點，夏娃因為罪惡而狠狠地活了一遍。

有一段很長的時間，我常常想，人和人之間為什麼要進入彼此的關係？究竟是為了無法忍受存在的空無，還是為了緣分或業報，為了清算他們之間生生世世累積下來的糾結？後來，有一段更長的時間，我後悔選擇了進入一段關係，冒了一次巨大的險，深入了生命的核心，看見了自己和對方醜惡的面相。我懷疑，善良並非一種選擇，而是一種能力，如果，一個人並沒有如蛇般的靈巧，即使善良如鴿，還是很快會被更龐大的猛獸獵食。

當我拖著身體內那個日漸膨脹的洞，跟靈魂治療師S見面，坐在她對面的椅子上，告訴她，被我壓在腹部最底層的憤恨。「我想殺掉那個人。」我對她坦白，但我無法這樣做，因為我到底也是個良善（而且軟弱）的人：「可是，我可以殺掉的只有我自己而已。」我知道，那是時常痛楚的根源——以往，我從不知道自己有這麼猙獰而瘋狂的一面，無論我如何撫慰，這一面並沒有縮小，而是愈來愈巨大。洞的擴張，並不是因為我遺失了一段關係或某個人，而是，我失去了某個自我認同的部分。

S聽了我的話後，只是放聲大笑，五官美麗地綻開了光彩，定睛看著我說：「妳看妳，能量多麼膨湃，想要行動，想要殺掉一個人。」我呆了。有一陣子，我不明白為何S沒有像我那樣批判我自己，她只是不帶評斷地指出那是一種沒法得到釋放的力量。

過了很久之後，我漸漸領略，一直所緊守的「善」也可能是一種惡——當我以善的標準評定別人，因為他沒有遵從我所以為的善，他便成為了我的敵人。或許，問題在於，我一直執著成為鴿子，而不願同時也成為蛇，如果世上沒有陰影，也就沒有光，如果善意無法穿透惡，那只是一種淺薄的愚昧。

善良是什麼，邪惡是什麼？褪去了字詞的空洞的殼，夏娃完成了蛇給她的練習，穿透表相，回到伊甸園。我慢慢地培養了一個習慣，當身子內的洞，膨脹得比我更大時，我便張開雙手使盡全力抱著我自己，很久很久，那時候，腦裡並沒有任何念頭，彷彿回到還沒有出生之前，那裡非常安靜，無生也無死。

沒有打開的門

「如果上天關閉了你的一扇門，必會為你打開另一扇門。」

我不相信這樣的說法。有一段很長的時間，生命裡所有的門似乎全都緊閉。

那天是入冬後最冷的一天，陰霾密布沒有陽光。清晨，我想開啟暖爐，發現它壞掉了；要去熨衣，但，熨斗在發出了一下巨響後，就永遠失靈。我坐在灰色的日光中，體會失去所包含的某種訊息，然後外出購買發熱的產品。

不久後，當我在房間裡使用新的藍色熨斗，看著它像一架簇新的航機，壓過衣服上綿密的雲層便拉出了一條新的直路，深藏在衣服裡的摺紋消失了，而且熨斗的底板沒有動輒漏水。同時，新買回來的暖風機可以擺動，朝各個角落輸送溫暖。對我來說，這是新的體驗。

失去是一扇關上了的門，但，一個人有沒有能力容許另一扇門朝自己打開，取決於那個人有沒有足夠的善待自己的能力。當我購買新的物品時，把自己的需要和喜好，置於價錢之上，對我來說，那是陌生的第一步，而這一步，經過半年的每天晨間打坐，豢養胸腹之間的亮光，才可以踏出來。

然而，舊有的習性仍然深植在身體深處。那天，千辛萬苦地終於把恐懼出門的貓押往獸醫診所，醫生問我，驗血的選項。在極度疲累和緊張之下，我遺漏了重要的一項。未及細想，我便以嚴格對待自己的本能去對待貓。後來，持續的後悔成了一個重要的提示——那些沒有打開的門，原來一直被我無意地拒絕。

蛇和房子

那時候，我們以拔河的方式經營一種關係，雙方都使盡力氣拉扯一根繩子，為了使那根繩子可以模擬一片可以安居其上的土地。

繩子兩端的人，都要用盡全力，卻不可過度使力，氣力必須相當，站立的位置互相配合，否則，那就不是一種合作，而是爭奪，在大部分的時候，這兩者非常接近。繩子誠實而中立，無論平直或鬆垮都難以用任何方法掩飾。

我們計畫一起拉出一根可以睡在上面的繩子，可以養貓的繩子，可以在上面走路的繩子，可以在上面奔跑、做夢、胡言亂語，甚至隨意拋擲自己的繩子。

「我們有沒有使盡百分之一百的氣力？」你經常如此質疑自己，或我。我不會這樣問我自己，只會問「我們」，因為繩子無法通過一人之力拉出一個固定的方向。

在繩子的兩端，你造房子，我寫故事。「這是一件相同的事。」你一再強調。但我覺得它們各走極端。「它們是共生的。」你舉出人和影，實和虛作為例子。這樣的極端，曾經奏出了一種微妙的平衡。不過，從太陽走到月亮也不過是一瞬間的事。

「是誰先放手！」不止一次，你說出這句話的時候，都不是一個問句，而是一種責難。因為我們站在相反的位置，所以註定目睹相反的事實——你看到我先鬆開了手，但我看到繩子逃出了我血肉模糊的掌心。我以為，待綻開的皮肉重新癒合，我們會再次拉出一片全新的土地。可是，時間沒有止息地改變一切，街道經過重建，皮膚不斷更新，人們每天醒來後都跟昨天有一點點的不同。

你到了另一個地方，建造了另一所對我而言非常陌生的房子。那房子空無一人的時候，我曾經走進去，在房子的夾縫裡，我看到我們建在繩子上的房子。有人說，鬼魂的出現，其實只是一種空間重疊。空間重疊的情況，其實無處不在，就像現在，我仍然可以在你身上發現很久之前的你，那個連你也再想不起的你，你總是對此表示驚訝：「已經過去了這麼久，妳還是，無法忘記從前。」由是，我終於能理解，經常碰到鬼魂的人，並非因為倒楣，只是他們活在一個交錯的時空裡。你，經過了無數日子的新陳代謝，已然變成了截然不同的人，正如，位於你的房子的那道愈來愈狹小的縫隙中的我們的房子，這世上，只剩下我才能發現，或許是因為我的循環系統比所有的人都更緩慢。

於是，我在原地站立了很久，觀察那根繩子的遺骸，當繩子失去兩人所創造出來的緊繃，只能回到一種崩潰的狀態，很像一尾已失去生命的蛇。

我停留在那裡，快要到達一輩子。

牛已死

他告訴我，牛已死了。那是我們共同飼養了多年的牛，一直活在他的身體裡，作為芯那樣的存在。

失去和死亡都是猝不及防的，牛的死亡，並沒有一點徵兆。很掛念牛時，我只能哭著找他，打電話給他，到他辦公室附近的咖啡室等他，因為在這世上，只有他仍殘留著牛的痕跡。但他看見我的眼淚，只是露出了不耐煩的神色。

「牛已死。」他說。

「牛仍在。」我堅持。

「過去三年，牠已在我身體內，活活餓死了。」他生氣地說：「死前還苦苦地掙扎了好一段時間。」

於是我想起我曾睡去了三年。牛在他的身體內流了許多淚，使他不得不哭著來到我家門前找我，哀求我帶他的牛去吃山坡上新鮮的草，牛已很瘦，再也無法承受一點打擊。但在那個夢裡，我認為一切都是牛的錯失，要不是牛把我和他綁在一塊，我們都可重獲自由。

十五年前，我被他像牛一般漂亮的眼睛吸引，在遠足隊伍中，常常兩個人走到溪流前，靜靜地聽著潺潺的水流的聲音，度過一個下午。

牛的眼睛像一個很大的湖泊，足夠我喝一輩子清澈的水，要不是遇到牛，在沙漠中獨行太久的我，必會因乾涸而死亡。在跟牛長久的生活裡，我很滿足，牛也是，但我常常想，日子就這樣過下去，會不會腐爛呢？會不會在我們措手不及時，日子被憂懼完全侵蝕。我沒有跟牛商量過這艱深的問題，因為我和牛之間，並沒有共通的語言，我們唯一可以分享的是，絕對的寧靜。為了說服我自己，就是沒有牛，我也可以好好地活下去，我決定任由牛一直飢餓，想不到牠竟可再活三年。

「妳仍記得妳的夢嗎？」他問我。

我從夢中醒來，帶著一堆嫩草，讓他交給牛，他仍住在相同的單位，但已有新的同居者，而且，臉上屬於牛的輪廓愈來愈淡薄。但我為什麼會認為我知道他本來的面目？面目的本質就是浮動不定。

「讓貓死去吧。」他隔著鐵閘對我說，指的是我們共同豢養在我身體內的貓。「或，為貓找一個新的飼養者也可以。」他說完便關上了門。

我把耳朵貼在門上，門內傳來一陣又一陣屬於生活的各種細碎的聲音。我身體內的貓餓得叫了起來。那是高亢的嘶叫。

獸的遺骸

快要滑進一段深刻關係的時候，我就知道終將無可避免地掘出自己的本相，就像失去記憶的狐，披著人的面具太久便以為自己真的是個人，最後還是看到原來的身分。我確實一直追尋，誠實地成為自己，只是從來不願看清楚，誠實可以有多麼可怕。尤其是，戀人是一面非常誠實的照妖鏡，人首先要容許自己可能是一頭妖，接著要容納對方也是另一頭妖，這樣，才有足夠的空間安放各自的人性的面貌。

人需要與他人建立關係，並不是因為要粉飾每個人都是一座孤島的事實，而是，每個人的生命都是深藏的、堆疊的，都值得至少一次被狠狠地拆穿。

當人們逐漸走近戀人這面鏡子，恐懼便隨著親密而不斷增加，就像快要揭開一個謎，或走進一個漆黑的洞穴，觸摸一頭飢餓已久的獸，面對深層的恐懼，也是關係承諾的一部分，只是從來不會以言語刺穿。彼此靠近的興奮，必然摻雜了莫以名狀的可怖。對於緩和恐懼，人們本能地收藏，一根不馴的白髮、一顆躍動的青春痘、一個憤怒的眼神、一臉不屑的冷漠、某條深刻的皺紋、某道永不痊癒的傷痕。人們本能地戴上比較接近完美人類的面具，面具的主要功能並不在於提供幻象，而是確保一段安全的距離。當然那是無濟於事的面具，因為靠近的需要會使任何堅固的面具剝落。

當人們擁抱戀人這面鏡子，獸和獸便會初次相遇。「你會吃掉我嗎？」「你會馴服我嗎？」「你能夠從一頭獸退化成一頭寵物嗎？」「你會撕碎我嗎？」「你會充當我的犧牲品嗎？」或許是因為這種種的不確定，人才會自願留在對方身體內的獸的旁邊，等待一個答案。有時候，拆穿生命的假象，人們異常需要那個答案，以破解一句近乎謎一樣的話——「我愛你」。「我愛你」的意思，到底是「我要來傷害你」、「我允許你來傷害我」、「我要重複經歷一次早已忘掉了的黑暗」、「我已經無法被愛」，還是，「生命其實毫無意義」。

如果人們有足夠的幸運，便可以通過關係，再次被掏空，返回虛空的狀態，生命便再次充滿了無限的新的可能。獸和獸完成搏鬥，人們帶著肚腹內的獸的遺骸，離開鏡子，回到自己的洞穴裡，像熊到了嚴冬開始冬眠，默默地消化已經失去了的關係的形狀。春天可能到來，可能不，這樣的冬眠可能滋養生命，也可以讓人滑進死亡。

慢慢地寫信

因為距離，所以寫信。因為要重新製造距離，必須寫一封信。因為無論多麼接近，也有莫名的距離，於是開始寫信。

羅蘭巴特在《戀人絮語》中說明等待是戀愛必須的佐料。彷彿愛情是一道菜肴，而等待的過程就是烹煮時的火候，喚醒在食物深處沉睡的味道。戀愛需要對象，對象起碼有兩個，一個是戀愛的對手，而另一個則是自己。因為無論任何形式的戀愛，也有著單戀的成分，每個人都在愛著他所以為的那個人，並且把現實中的對象一點一點地改變成跟他所想像的愈來愈接近。現實中的共處是建立關係所不可或缺的，想像中的共處同樣占據著關鍵的位置。

有時候，寫一封信的過程，跟愛戀非常接近，同樣要把對方放在心裡，沉澱很久，像熬煮一窩湯，湯料擁有充分的時間揮發出自身的精華。或許，無論哪一種關係，都有著戀愛的組成部分，所有的大愛都由小愛構成。

但是現代的生活，以速度和方便逐漸取代各式的等待，再也不需等待之後，人們也就失去了真正屬於自己的時間。各種軟件和即時的訊息，讀後要立刻回覆，就算不讀不回也是一種最明確的回應，人無法把自己收藏，無法醞釀任何深藏的東西。

我記得，曾經頻密地給鄰班的同學寫信。那時候，我們是每天一起午飯，一起放學，放學後回到家裡做完功課後還要通一個電話談上半小時的好友，但每隔幾天，我們還是會給對方寫信，因為宣之於口和寫在紙上的，是藏在不同部位的語言。那些信一直被我收在一個木盒子裡，直至我們不再見面，也斷絕了聯絡之後，木盒子仍然被藏在某個角落。

我也曾經給一個人寫信，因為，把字寫下來，就可以加快忘記的速度，不過，收信的人會以為那是相反的意思。那個人每次收到信，就放進鋼琴的腹部，他說，文字之中那些難以理解的部分，將會隨著他每次彈奏鋼琴而明白了多一點點。很久之後，我不再給他寫信，並且暗暗地希望他會把琴腹內的信全部丟掉，一切歸零，就像從來沒有存在過那樣。

我曾經花了很長的時間思考，為什麼無法給他寫信。我們一起把日子過了一遍又一遍，而我連回過頭去的氣力也沒有，每次想到要給他寫信，都會發現身體內的泉源是乾枯的。直至我們分別了以後，心裡再次注滿了給他的字句，我禁止自己寫在紙上，於是那成了密密麻麻的腹稿。就在那時候，我發現自己終於長大了，因為我已成為自己所鄙夷的人——只會掛念失去了的人，而無法注視眼前的對象。

我想給這個人寫信，只是，在寫信之前，我必須把他推離我身旁，一段足夠的距離，他不解，而我無法使他明白，生活把我們侵蝕了太多，只有奪回屬於自己的等待的時間，才能寫出一封必要的信。

閃閃發亮的失敗者

因為杜魯福*的電影《情淚種情花》（The Story of Adele H.），我才知道她的存在。或許，也有人因為雨果，才知道雅黛兒（Adele Hugo）。如果，和雨果都是流芳後世的導演和作家，那麼，因為這些具有名氣的男人，名字才會出現在別人的腦海裡的Adele就是美麗的失敗者。在以陽性為中心建構起來的社會裡，一個成功者之下，是無數失敗者堆疊起來的土壤，而鋪墊頂層的失敗者，又遠比被壓在底部的失敗者更容易被人看見。

* 台譯：楚浮。

沒有人能選擇自己的性別、種族和家庭。身為雨果最小的女兒的雅黛兒，並沒有得到家人的寵愛，在她看來，父母的心，永遠繫在十九歲時和丈夫一同溺水而死的姊姊之上。美麗而充滿才華的雅黛兒，精於鋼琴，二十二歲時在雨果的鼓勵下開始日記寫作，此後寫作不輟，即使並沒有像父親那樣成為得到世間名聲的作家，但，她卻是個忠於自己，勇於探索自我的內在世界的寫作者。作為女性，她並沒有走上為人妻和母親的傳統角色之路，相反，她一直透過創造自己的人生，與作為雨果之女的沉重原生家庭陰影搏鬥，即使，在他人看來，這場角力，並無意義。

和雨果聞名世界的巨著《悲慘世界》相比，雅黛兒的著作只是密碼般令讀者難以解讀的日記，然而她用以創作的材料，卻是她整個人的青春、愛情和生命。三十一歲時，隨雨果展開流亡生活的雅黛兒，從法國移居至英國海峽葛尼賽島，遇上英國軍官品臣，品臣向她求婚，她拒絕，不久，她回心轉意，品臣卻從她的生命消失了。如果說，關係是兩個人的共同創造物，愛情在某種狀況下，只是一個人的自我創造。為了尋找品臣並追蹤自己的愛情，雅黛兒毅然離家出走，從英國遠赴加拿大的哈利法斯港口。即使，在那裡，她無可避免地遭到已移情別戀的品臣冷硬而不留情面的拒絕，然而，曲折的愛情經驗能成為更豐富的作品內容，正如被情人拋棄而始終矢志追隨，是一個鮮明的悲劇角色。雅黛兒給自己創造了一個與眾不同的愛情劇目，不過，這劇目跟她在原生家庭的遭遇是那麼相似——被忽略和排拒，得不到父親（情人）的愛。如果說，生於十八世紀的女性，只能在原生家庭，過渡至自己經營的小家庭，那麼，雅黛兒所創造的人生，其實無法走出原生家庭給她留下的陰影。然而，她是勇敢的，正如她在自己的日記裡反覆提及「一個女孩，由舊世界跨越新世界，追尋自己所愛」，在愛情裡的冒險，不管結果如何，就是她實踐自我的方法。

雅黛兒的後半生，在雨果友人的療養院度過。二十六歲起被憂鬱症折磨的她，在愛情裡遭受挫折後，已從現實裡逃遁至內在的世界。或許，那是一個靈魂失蹤的狀態，也有可能，是她主動捨棄現實。在療養院裡，她彈琴、栽花和寫出沒有人能輕易理解的文字。她留給世間的詰問是，為什麼不能寫下難解而缺乏讀者的作品？一個美貌的女人，為什麼不能選擇獨身的狀態？

她沒有成為社會期待的女性，但她成為了獨特的自己。

作家的孤獨

作家L在專欄中宣布，暫停那個耕耘多年的本地專欄。

在臉書上看到大量轉發作家的最後一篇專欄文章。有人感嘆再也讀不到他的文章；有人說他是個敢於在群眾情緒各趨極端時說出逆耳之言的人；有人說他遷居到另一城市後，難以明白這裡的水深火熱；更多人說出尖刻的話。

我只是感到一種深深的寂寞。寫作的人一旦把作品公諸在世間的目光之下，就進入了一個寫作者的生命程序：最初，他得到小部分人的認同，那時候，作品吸引到的都是類近的人，所以，他將會得到絕大部分的正面評價。如果他敢於跨出這安全範圍，作品將會遭到更多的挑戰的目光，由於讀者層面漸廣，他將會得到兩極的評價，激越的讚賞，和深痛惡絕的批評。有些寫作者會在這裡卻步。有些人害怕失敗，其實更多人害怕成功。如果寫作者能放下對讀者評價的執著，堅持發出真誠的聲音，被擊中而深受感染的讀者將會愈來愈多。大部分的寫作者在這裡就會停滯，因為這和世間所定義的輝煌成就如此相似。只有少部分的寫作者會走到下一步，拒絕取悅大多數讀者的誘惑，指出大部分的人都會否定、但只有寫作者才看到的某種真象。那不一定是唯一的真象，卻在考驗寫作者是否能忠於自我。經過了這個考驗，寫作者才是一個真正的作家。

作家是孤獨，所指的不僅是L，也是所有的作家，不僅是作家，也是所有敢言者。

堅強的脆弱者

第一次在網路上讀到伊藤詩織的新聞時，看到照片，她的側面，額角稀疏的髮，讓我感到不忍，直覺告訴我，那是壓力性脫髮。

作為日本歷史上首次公開具名指控權勢性侵的人，她就像所有被性侵後不甘啞忍而要提告的人那麼孤獨，以一人之力對抗整個制度，而且對手是安倍晉三的御用記者山口敬之。從二〇一七年提告，至二〇一九年終於勝訴，伊藤經歷了所有性侵案提告人都可能會經驗過的二次傷害，包括在報案時多次複述被性侵時的經過，甚至，在一排男警前，重演一次被強暴時的經歷，在漫長的審訊中，被公眾議論、標籤，甚至污名（如果受害人貌美，可能會被說成衣著太性感或有意色誘對方，如果受害人長相平凡，可能會被譏笑憑什麼對他人作出指控），要是對手位高權重，還可能因為官官相護，令事情無法水落石出。

伊藤詩織能堅持到最後，除了因為其勇敢，還因為她是個自由記者，在紐約求學及工作，具備寫作、演說和探求真相的能力。她雖無權勢，卻有一定的話語權，才能以堅毅不屈換取慘勝。而整個由陽性思維主導的司法程序，在處理性暴力案件，從來都是站在男性的角度——講求證據理性和邏輯，卻無法站在受害者身心受創的角度提供足夠保護。

只有極少數的性侵受害人會提告，而那些不經思考就說出「沒有人被定罪，所以所有性侵案都是假的」的人，都是不自覺的助紂為虐旁觀者。

安靜的角落

失措的時候，我知道，要尋找心裡那寧靜的一角。即使那一角被生活壓得多麼狹小，它確實存在，只是被煩瑣的日常所淹沒。要是在失眠的夜裡，或身心失衡的時候，渴望重新得到平衡，只需回到那個安靜的角落。

自從貓來到我的家，我們成為彼此唯一的共居者，在生活上只能依賴對方，我就學會了，當貓的身體出現異常的症狀，我也必須反問自己，心裡有沒有平日沒有察覺或故意忽略的黑洞。動物與自然連結甚深，也是最誠實的反映者。那天，當貓從早上至翌日凌晨，嘔吐了三次，最後一次，我在熟睡的夢裡突然驚醒，就看到貓正吐在被子上，我們同時看著對方，牠似乎為自己的嘔吐物感到羞愧，迅速逃離房間，而我在半睡半醒之間，也發現了內心無法面對的幽暗部分。

《黃帝內經》如此闡析情志：「怒傷肝、喜傷心、憂傷肺、思傷脾、恐傷腎。」每一個內臟都對應至少一種情緒，即使是快樂，要是越過了配額，還是會傷心。然而，平衡的一點，究竟在哪裡？這是個僅次於「生命的意義」的最大難題。那個凌晨，我感到，貓吐出的不是未消化的食物，而是我的糾結。有一種關於療癒的說法是，要是身體的問題無法解決，就從心切入，反之亦然；我卻認為，要是自己的問題暫時難以解決，先全心全意照料貓，為牠梳毛、給牠做營養豐富的餐點、讚美牠讓牠開懷，慢慢就會發現，我們原是一體的。

食物敘事學

後來，我熟知它們變壞的方式。圓形的紅菜頭會慢慢乾枯，從飽滿漸漸瘦了下去，外皮的皺紋愈來愈多，重量逐天遞減；馬鈴薯長出了芽，我知道，薯皮的新芽是帶毒的意思；番茄會從中央開始抵受不了內部過熟，有時外皮會爆破，有時外表仍然光滑，但底蘊已充滿瘀傷；被保鮮紙緊緊包裹的黃芽白，從底部開始發黑，一片灰黑圓形逐漸往外擴散。腐壞的源頭，往往都在核心，直至外部再也無法假裝一切如常。

K到訪我家時，在開放式廚房的冰箱頂部，發現我豢養的蔬菜，正在緩慢地從內部開始，一點一點地死去。她瞟了我一眼，一半得意一半生氣地說：「看！妳買的菜放著不吃，都爛掉了。」她喜歡以教訓的說話，表達關切和濃烈的愛。我只能迎上一個虛怯的理虧的笑，而沒法坦白告訴她，對於人心裡難以言諭的難過，動物比人類更敏於感受和理解，而植物又比動物有更大的空間承載和包納。

K已經無法像以前那樣，為了我們回家晚餐而預備一桌子佳肴，她的體力配額僅僅足夠應付照顧自己的日常起居，也無法像幾年前那樣，遇到愛吃的食物便盡情大快朵頤，即使我為她學會做蔬菜天婦羅，她虛弱的體質再也無法承受煎炸之物的刺激。我也無法像很久之前那樣，反駁她，或跟她傾吐自己的苦惱；每次當貓一邊發出焦躁不堪的號叫一邊在屋子各處無目的地來回踱步，持續一整個下午，甚至從夜裡至凌晨，無論如何也找不到令牠不適的原因，最後，我總會發現，他只是投射了屬於我的，連我自己也沒有發現的黑暗。但植物，靜靜地躺在屋子的一角，沉默，同時聆聽，那些我無法化成語言的東西，它們吸收到自己的身上去，變成自己的傷痕，那意思就是，它們懂得這一切，而且不帶任何批判。

每週至少有一天，我會走到菜市場、小店或大型超市，選購新鮮的蔬果，準備回家開炊——這是我希望實踐的計畫，似乎只要每週固定地購買食物，就是好好地照顧身體。即使在那段嚴重飲食失調的日子，這樣的習慣仍然保持著，或，在那段日子，這種儀式似的採購對於勉力保持平衡更顯得不可或缺，雖然每天到了必須做飯的時刻，我總是用手無力地撫過每個洋蔥、紅蘿蔔、淮山或蓮藕，胃部的門關上了，無論我如何叩門，門也沒有打開。我無法令坐在門內的頑固的自己把門打開。

當K問我，那天有沒有吃飯，或吃了什麼，我總是會告訴她，那些蔬果的名字，那並非撒謊，只是，在那段日子，我進食的方法，有所改變。當我看著蔬菜和水果，一起發黑冒起灰色的斑點，生出了一個又一個凹下去的圓形，或漸漸失去了鮮活的形狀，我知道，它們代替我流淚，發出了卡在我喉嚨的尖叫，這是我從它們身上得到養分的方式。這令我的胃部在微痛的同時感到難得的暖意。直至它們被創傷折磨得不成樣子而必須丟棄，道別之前，我都會鄭重地向它們道謝。

＊＊＊

我被撞開了一個黑洞，至少一個，但很可能有更多個。

如果大腦也有一個消化系統，例如一個胃，以及一個脾臟，那麼，可以徹底地忘掉的事情，就是那些已經發生過的，但對身心無害，順利被吸納成了身體的一部分。然而，那些已經發生過的，像成分不明的食物，無法被完全消化，也難以排出體外，成了一個停留在前額葉的障礙物。

例如那所在荒廢農田之旁的平房，和那個陰霾密布的下午。後來，我把那人命名狼牙，那比較符合他卡在我的記憶之中的姿態。事情過去了很久以後，我才想到，那個幽暗的下午，該是我能逃出狼牙的房子以及影子的最後一次機會，當時我對他所隱瞞的事情一無所知，即使那天我走進他的居所，看到其中大部分的區域，已改裝成一個餐室，而本來屬於我的房間成了堆放雜物的房間，也渾然無覺。那天之前的好幾年，狼牙每週都會為我烹調不同的菜式，調補身體的老火湯或粥品，也給我定下各種飲食的規條，要我嚴格地執行。有時候，食物進入口腔，被反覆咀嚼，滑入食道，經過胃壁再到達腸道，是一種水乳交融的侵占，令一個人毫無防備，也防不勝防。那天，我看到本來的房子已成了餐室，許多陌生者站在那裡，有一個女生取代了我的位置。我本能地想要離開，但被M叫住了，要我幫忙摘去豆角的尖端。於是我留下來，繼續留在陰影裡的位置。

我吞掉了這一幕和這件事，卻無法讓它經過我而消失在空氣裡，或許，我不願忘記是因為，想要在回憶裡再經歷一次，然後透過想像改變真實中發生了的事，我渴望可以透過回想回到過去，適時打開那所房子的門，然後離開，那就會是一個不一樣的人生，起碼，是前額葉沒有傷痕的人生。我以為。

我最初認為，是那個下午的那所房子，讓我掉進了一個黑色的洞，但也有可能，我一直在一個黑色的洞裡而不自知，而那個下午的那所房子照亮了這一點。

番茄向我展示，只要活著，無論如何小心翼翼，活著本身就必然會受傷（從中央開始爆破），就像發芽、茁壯、開花和結果，生、老，或病和死。所以，狼牙只是一個必然的偶然，即使沒有他，還是會有另一個人，即使我把自己關在密室裡，不跟任何人接觸，也會有另一些誘因，促使傷口的形成。

＊＊＊

我把冰箱的門打開，看著那些本來應該會成為我身體的一部分的食物，不由自主地躺在那裡。

我曾經以為，狼牙是除了K以外，世上唯一會全神貫注地給我做菜的人。

在我們長大之前，K總是以健康為理由，拒絕我們外食。天亮之前，她就會從床上起來，為我們預備早餐，然後到菜市場去買菜，以在出門上班之前，可以把做好的午餐放進便當裡。她把所有的精力放在食物的烹調和配搭之上。房子非常髒亂，換下來的衣服和襪子，往往堆放在洗衣籃裡一星期也沒有得到清洗。K在上班和做飯之間太疲累。地板沾滿了灰塵和各種污漬。桌面和櫥子上堆放著各種雜物。沒有安心休息的空間。抽屜裡再也沒有乾淨的衣服時，我們又在污衣籃裡抽出其中一件穿在身上。我常常希望可以住在一所明淨整潔的房子裡。

直至不久前的某天，在網絡上看到一位精神治療師分析女性的處境，她說，在以男性主導的社會中，作為弱勢的女性，為何有時會以壓迫者的觀點，互相踐踏和脅迫，甚至，喜歡比較誰更能進入由陽性控制的制度、更符合父權視角下所塑造的女性刻板形象？那是因為，被壓迫者總是不自覺地被分化，而無法團結起來，捍衛身為女性應有的權益，甚至會以為，只要成為被壓迫者中最優秀的一員，就能擺脫被壓迫的命運。其實只有放下互相較量的戲碼，尋求一個不分階層膚色貧富的女性（或人）都享有同等機會爭取幸福的環境，才有出路。

我問自己，會把自己和女性的好友、家人，甚至認識的人互相比較嗎？我發現，總是在不自覺的時候，在回憶中，把現實中的K和從沒實現的K作出比較，以否定K、否定我自己，以及，由過去所鋪展而成的當下。

我把冰箱的門關上。在把那個下午和狼牙房子的回憶完成反芻之前，我無法再吞下任何固體的食物。

＊＊＊

很久之後，我恢復了食欲，而且以為自己已離開了那個黑色的洞穴。每週總有好幾天，會到住所附近的茶餐廳，吃一個早餐或午餐，只是因為餐廳家庭式的經營手法，令顧客在進食的同時，可以幻想自己是餐廳的朋友或家人，一種緊密人際關係的錯覺。老闆、侍應和廚師，就像在腦袋裡內置了一個資料庫那樣，把相熟顧客的飲食喜好倒背如流。

那天，我差不多吃光了面前的雜菌煎蛋米粉的時候，廚師帶著自己的午餐，在我身後的位子坐下來，對我說：「妳吃得很少。每次看見妳來，我也會多給妳一點蔬菜。」那時候我想，不知道為什麼他要把我早已知道的事情再告訴我一遍，其實我只是害怕，任何和陌生人作出深入交談的機會，同時苦惱著，為何要被捲進這種苦惱之中。我忘記我如何回答他，只記得，他再問了幾個問題，我低頭，為沉默的嘴巴灌進一杯熱飲。

焦慮像熾烈的光，照在我身上，使我不得不發現，自己所在的位置——黑色洞穴的底部，彷彿我從不曾離開過那裡一樣。

創傷的井底

每個人的創傷，都只有自己才能徹底地理解和照顧。創傷像一個中途居所。當你接受了有一個這樣的單位在等待著自己，住進去，便會發現，那個殘破的居所裡，滲水的牆壁、剝落的油漆和裸露鋼筋的部分，都跟自己身體的形狀如此貼合。你耐著性子，待在那個空氣不流通的單位，像烹煮一鍋湯那樣煎熬自己，不久後，它會變成一根強韌而尖長的繩索，非常粗壯，能承托至少一個人的重量。那時候，你可以把這根繩子纏在腰間。

單位已然消失，你在井的底部，在你的上方，很遠的地方，偶爾會掠過微光，你可以朝井口大喊，企圖引起誰的注意，如果有人停下來，發現了你，而且能接住你拋給他的救命索，就可能可以，讓你依仗他的力量，一步一步地攀爬你自己，離開已結疤的井的底部。

可是事情多半不會這麼順利，有時待在井底的日子非常漫長，就像永遠不會終止，就像只能從一種痛苦，橫渡到另一種痛苦之中，例如從油炸鍋跳出來，再走到另一個布滿荊棘的山坡滑下來。你知道救贖在比井底更深的地方，那裡是長年累月的沉澱，類近鑽石和石油的所在。你知道，只要在一種痛苦中待得夠久，或許，就足以深潛而不是橫向轉移，只要讓痛苦貫穿全身的每根神經，就能完全放鬆下來，不再抗拒本應如是的一切。但，你暫時還做不到。你在等待，自己終於做到的那天，在不遠的未來之中。

真實的青春

岩井俊二的電影《最後的情書》快要推出時，人們在談論二十二年前的電影《四月物語》。女主角同是松隆子。一九九八年，她在戲中飾演的楡野卯月為了暗戀的學長，發奮念書，考上了武藏野大學，從北海道遷到東京。整部電影就環繞著楡野如何從中學生轉變成大學生，如何獨自在陌生的城市生活、每個週末巴巴地到書店，為了引起在那裡兼職的學長注意自己，最後如何夢想成真。《四月物語》上映時，我也在念大學，在漆黑的戲院裡看這電影，卻無法自控地睡去了。或許因為電影中青春的美好陽光，青澀而對未來充滿希望的眼睛，榆野參加不同社團尋找自我的冒險，跟我所面對的大學生活——那冰冷、機械式、陰暗的課堂——截然相反。

奇怪的是，多年過去了，我在網絡上重溫《四月物語》，早已不再青春的我，卻為了電影中榆野在成為大人之前所要開展的欣欣向榮的新生活，而激動不已。當年的我所厭惡的，和現在的我所喜愛的，其實是電影所反映的相同面向——那不是現實中的青春，而是眾人投射的理想青春。究竟世上有沒有人經歷過像榆野那樣的無瑕潔淨的青春？我並不確切地知道，只知道那種只會在富庶安穩的社會才會出現的夢幻青春，在今天的香港已徹底地消失。現在，他們正在經歷的是，充滿催淚煙殘餘物、逃亡、創傷壓力症候群或生離死別的青春。

關門

年初，我立了一個新願：不帶期望地理解任何人。立願是為一個新的十年而耕耘，耕耘自己。立願源於在去年目睹的層出不窮的殘忍，殘忍源於撕裂、對立、紛爭和恐懼，以致忘記天地萬物都是一體的本源。班雅明說，愛是不帶期望的理解。但愛是什麼？或許，立願和耕耘都有著探尋未知的意思，挖掘和翻開泥土，才能埋下種籽，澆水和施肥，經過時間或習慣，才能看到經歷了變化的種籽會成為什麼。

我曾經以為，愛是心上穿了一個洞，那個洞的形成，是由於不慎把心門打開，或有一個人強行闖進來，住了一段很長的時間，然後離開了，遺留下自己的形狀，以後無論如何努力，以其他物質，也無法像修補蛀牙那樣去填塞這個暴露出心的神經的洞。我曾經對著蓮藕般滿布孔洞的心，呆了好幾年，終於想到，如果心有門，打開了之後，也應該可以關上，或許，我一直用了錯的方法。不應該去填洞，而是要關門。

不帶期望地理解他人，即是把心上過多打開了的、像創口那樣敞開的門，依次關上的方法。我看到其中一扇沒有關上的門，面積實在太大，比我更大，但比整個宇宙小一點點，一個像獸那樣的身影仍卡在那裡，並非由於他或我的意志，而是我對人本身有著的期望。消除期望，讓身影從獸身回復人身，成為一個合理而無面目的存在，才可以真正地徹底地消失，讓門重新關上，心才能重獲自由。

苦海

痛苦是一個深邃的海，有時平靜無波，但藏著無限的層次，可以形成漩渦、湧成浪、捲起暗湧，或翻起海嘯。

痛苦是有不計其數的人送了性命，疑點不被承認。但死亡只是海的表層，痛苦的第一頁。痛苦不是一本書，而是像書那樣的一個無間的地獄。人們常常以為死亡是痛苦的最高點，但其實不，在旁觀者的視線中，死亡只是一種震撼視覺的奇觀。

世間有許多痛苦，遠遠超越生命的終結，例如，一個人被性侵，痛苦的蛆蟲在他們的身體裡不斷生長，或，一個人被虐打而受傷，身上的傷口痊癒之後，腦裡仍有一個看不見的創口。痛苦是在一個社會裡，指出不公平情況的人，會被革職、逮捕，面對漫長的審訊，理由是他們「破壞社會安寧」。痛苦是，監獄愈來愈寬闊，直至達到一個城市，甚至，一個地球的面積。

痛苦是，法庭失去了法治的功能，執法者肆無忌憚地以權力的棍子凌虐他人，政權以歪理壓倒常理。痛苦是目睹他人受苦而愛莫能助。

痛苦的根長在承受暴力的人身上，痛苦的種籽也種在施加暴力的人身上。施暴者被苦所害卻對自己身為痛苦的源頭一無所覺。令人受苦的人，早已成為了痛苦本身。

如果痛苦是一片海，水會被蒸發，成為雲，成為滋潤萬物的水，所有物質都會轉化，包括痛苦。有時，我覺得，可以做的只是，站在苦海中，任由海淹沒自己，直至苦的業力完全轉化。

看雲

窗外有廣闊的天空和雲，是為奢侈。城市裡密密麻麻的房子，有些房子並沒有窗，而為數眾多的窗子，外面都是一片憂鬱的景觀。我認為，能獲分配到一扇平靜明媚的窗，並不是偶然或僥倖，而是要從雲解讀訊息。

就像在報館工作的時候，打開電腦之前會花二十分鐘瀏覽當天各大報紙；或，每天寫作之前，會花半小時寫祕密日記，每個早上，我都會坐在窗前心無旁騖地看雲。在現代的城市生活裡，閒暇是奢侈，足以令人愧疚，但同時也是一種必要的空隙。如果在編版前讀報是為了培養觸覺，寫作前的日記是撫平焦躁的心緒，那麼，看雲就是從自然的規律裡洞悉，現實是一種逼真的虛假。

雲的形成，從錯落地分布在湛藍天空的棉花雲，跨越到另一天的飽脹的雲朵，一大片一大片地懸浮在山頂；到了次天，雲會布滿整個天空，蔓延成一個陰天，或變了雲霧在山間繚繞，這時，蜻蜓低飛，飛蟻臨水，暴雨將至，雨下盡之後，又是一個晴天陰天和雨天的循環。世事和萬物，從動盪至安穩，失落至圓滿，興盛至衰竭，都是不變的循環。因為人已離自然太遠，執著美好，害怕崩壞，才容易受驚，以至絕望。

從瘟疫以至極權的暴力滲進生活裡的許多場域，處處都是不同形式的抗爭或鎮壓現場，而我在連續數月失眠之後，需要憑藉雲的形狀，了悟自己在自然之中，不過是，一點水、一隻飛蟻、一抹驟暗的光。一切終將過去。

炸藥菠蘿

我無法忘記那一幕——從未親眼目睹，卻曾經深刻地感受過的——懷孕的象過於飢餓，當人們拋給牠一個菠蘿，牠不虞有詐，一口吃掉，口腔和喉頭迅間被藏在菠蘿中央的炸藥嚴重燒傷。牠痛極向前奔跑，最後踏進一條河中，水不帶惡意，可以減輕牠身體深處的驚慌。

受傷的食道無法吞嚥，受傷的喉嚨無法呼救，正如，一頭碩大的動物在人類世界墮進陷阱或意外，求助無門。

我曾經是受傷的象（但無法肯定，是否也曾在無意之間，把炸藥菠蘿拋給飢不擇食的另一個人），外表找不到傷口，但內部在潰爛。我把這情況告訴那個我以為可以信任的人。她把另一枚藏著炸彈的水果餵給我：「妳和他有過快樂的時間，別訴說那些不是，只去想他的好處。」在某種情況下，聽起來很對的說法，是加劇痛楚的毒藥。

我開始明白，可以舒緩燙傷的河流不在外面，而在自己的身體和靈魂之中。於是我閉上發炎流膿的嘴巴，幻想自己是一棵樹，腳掌是根部，腳下有清涼的充滿養分的泥土，我把自己埋進去。

我不知道自己為何沒有死，但懷孕的象無法進食，在四天後站著死在河中。胎兒也死掉了。我對牠們感到非常抱歉，為了自己身為殘忍人類的一員，同時明白仍在生的意思，就是將會一直不慎吃下炸藥菠蘿，因為無可避免的業力。把炸藥菠蘿扔給象的人，炸死了象，也把因象而悲傷的人再次炸開。我不知道，痛苦的鏈是否能在我身上停止傳播，只能在想像中不斷把冰藍色的光送給已登極樂的象母子。

「我們下次再來。」

我已不再渴望旅行。

近年的每次外遊，都是為了外地邀約的演講。我以為，因為疫情而實施的各種鎖國封城措施或入境限制，對我並不構成任何影響，直至，我發現，以往旅行的回憶，常常在猝不及防的時候閃進腦裡，譬如說，多年前的那一趟直島之旅。

我們本來打算從箱根乘坐特急子彈火車經東京到高松，再轉搭船舶前往直島，預算到達時間是陽光燦爛的下午。可是，在輾轉接駁的列車之間，我們錯過了其中一班車。一子錯，滿盤皆落索。到達直島時，天已黑，暴雨。本來答應前來迎接的轎車不知所蹤。我們只能胡亂跳上一輛小型巴士，把寫著日文「地中美術館酒店Benesse House Hotel」的字條遞給初老的司機。他看了字條一眼，遲疑了一下，就示意我們坐下，然後就用日語跟乘客熱烈地討論著什麼，那主題該是關於我們和行李。我們不諳日語，但依憑他們的眼神和表情，可以知道他們是純樸而熱心的人。車子行駛了一會兒，司機把我們放在一輛轎車之旁，下車跟正在路旁抽菸的轎車司機交代了什麼。我們上了轎車，司機向我們要酒店的入住證明，把我們載到酒店時，已近夜深。我們錯過了夕陽、黃昏時的導賞團和迎賓飲品，但，設計精緻的房間，以及外面的沙灘還是令我們不禁在服務員面前興奮地尖叫。我們只能臨時改變計畫，先在深夜探勘這座像美術館的建築物，尋找安藤忠雄的設計風格，為水泥牆壁拍照。累極而睡的時候，我們決定在黎明前起來，跑到沙灘參觀戶外裝置藝術，補回錯失的時間。

或許，真正令人懷念的是那種冒險和尖叫的心情，而不是地中美術館或草間彌生的波點南瓜。我們在直島只停留一夜，次天下午便移動到下一個城市。在快速列車上，我看著窗外倒退的風景，金色的陽光下安靜的民居和野草。何似在人間。他猜到我的心意，轉過頭來說：「不要緊，我們下次再來。」

不過，命運顯示給我們的答案是，沒有下次。那是唯一的一次，不可重來，也沒法補救的錯過、誤點、驚喜和遺憾。可是，因為那是只有一次的旅行，它永遠在我的回憶中閃閃發著亮光。它讓我明白，生命和旅行也是，不可重來的河流，把手伸進水中，無法觸及以前或未來的一瓢水，不斷在面前經過的，只是令人惘然的當下。那永遠不會到來的下次，便成了某種純潔的人生盼望，印證了那個還有盼望、可以盼望以及相信盼望的生命階段。我已經沒有機會再跟他一起去旅行，也不能獨自再踏足直島，如果我跟另一個人去直島，那將是全然不同的另一個故事。關於直島的盼望，由此而熄滅。但，我仍然身處生命的河流之中，現在，我的盼望是，在以後的日子，在某個靈光一現的瞬間，始料未及的神聖時刻，依然可以，毫無保留地，期盼下一次、相信下一次，不帶任何猶豫地說出：「我們下次再來。」

死亡的形式

六月十五日是一個憑弔的日子。死亡有數之不盡的形式，肉身的消亡只是其中一種，即使是身死，也分為他殺、意外，或自我了斷。從身心醫學的角度去看，意外之死，其實是一個人在潛意識裡已感到此生無可創造，在暗裡選擇了一種離去的方式。從去年開始，所有自殺的案件都容易令人驚悸和起疑，尤其是，如果那被執法部門下了「無可疑」的判決。但也有一種自殺，為了在無力中燃燒僅餘的力量，在絕望中奉上寶貴的性命以期爆發最後的亮光——從高處墮下，留下遺言，用身體對生者作出警告。

然而，這一年的六月，死亡像某種病菌不斷變形和增生，其種類比人們已知的類別更多。在法庭裡，人們目睹城市的邊界像被真菌感染的皮膚一點一點地剝落。他被捕時，穿著「岳」字上衣，被執法者壓在地上，整張頭臉都是血。所有控罪都成立，只有十九歲的他還押等待判刑。

人們無從知道，從橋上跳下來的人，和在執法者手裡拉回三個抗爭者的他，那一刻如何作出選擇，但他們同樣把自己生命裡非常重要的部分押到某個跟自己並不直接相關的層面，期望種出一些什麼。他們都相信肉眼看不見的價值。主動的死比被動的死更接近創造，雖然是幽暗絕望的。青年的生命消逝，年輕人的青春葬在監獄的欄柵之間、被政治壓垮的法治沒有呼吸的空間，只有頑強得近乎天真的人才能相信，種子正在泥土裡蠢蠢欲動。

殺意

後來，她又來問我，反抗極權的人被欺壓多時，為何不可以在恨極之時殺掉施虐者？

已經數不清遇上這問題多少次，每一次，我都會想出一個不同的答案。時日過去，這個問題依然從不同的人之口拋向我，到底是因為，這個城市仍然每天在積累令人生恨的事，還是，毀滅的意念始終在我心裡，他人的問題只是一種投射？

這一次，我想到《百年孤寂》裡，何塞．阿爾卡蒂奧．邦迪亞在極度憤怒中，奪去普魯鄧希奧．阿基拉爾性命的事。殘殺的近因是鬥雞，遠因則是邦迪亞心裡的羞愧。在那個古代的村落，邦迪亞和青梅竹馬的表妹烏爾蘇拉結婚，婚後卻因為害怕近親通婚會生下鬣蜥的孩子，烏爾蘇拉堅決不肯行房。在鬥雞中，輸家阿基拉爾以此嘲笑邦迪亞，因而惹來殺身之禍，他的咽喉被刺穿而亡。此後，夫婦經常在家裡看見被殺者的鬼魂，因為喉嚨的傷口而痛苦萬分，無法喝水。最後，他們為了讓他安息，只能離開村子。

殺人是一件非常親密的事，直至邦迪亞暮年時意識不明，鬼魂再次找到他，一直相伴直至他離世。因為他殺了他，就不得不揹著他的影子一輩子，那是良心的責備所負起的重量。恨到了極端，就是一種扭曲的愛，反之亦然。因此，我無法輕易地恨一個人，以免被親密所苦。當邦迪亞殺了他，自己也同時死去了一部分——為了償還，他帶著家人離開出生和長大的村落，展開的新生也帶著死亡的陰影。

分裂後遺症

愛其實是一種分裂後遺症，比孤獨更深的涉入。在大部分的情況下，一個人進入另一個人的世界的方式，並非如水一般滲進其中，而是，以異常鋒利的力度，把那個人的世界硬生生地一分為二，使之碎裂成一半和另一半，愛便在那巨大的裂縫中找到生存的空間。那人被劈開了之後，只剩下被輾過之前熟悉的但已不復存在的自己，和被輾過之後異常陌生的自己，這兩個部分要重新融合成一塊，近乎不可能。於是，那人只能期盼，在裂縫之間欣欣向榮地霸道地生長的愛的植物可以茁壯而堅韌，遮蔽住可以清晰地照見他分崩離析的陽光。

那人無法和愛的植物辯駁，因為愛並不理解語言。他只能屈從於自己被砍開了至少兩半的事實。如果愛的植物一直長大，長得比那人原初的世界更大，他會慶幸自己得到了一個新的宇宙，但事情總是不會盡如人意。在大部分的情況下，以愛為土壤種植出來的樹木會從內部開始蛀蝕，毫無先兆地崩塌，壓毀了那人已分裂成兩半的世界，使之碎裂成更多更小的塊狀。被愛砍伐過的人，再也不可能回復最初的完整無缺。在許多碎片之間，他唯一的願望只是，尖削之愛可以重臨。他的世界可以再度被劈開，從裂縫中透現像血那麼鮮亮的光芒。他已知道完整是不可持久的，於是只能期盼分裂，像一個嚴重的上癮者。

創傷之書

我已經無法想起，最先出現的究竟是死亡，還是創傷。如果對時間的觀感是人們理解世界的其中一個主要元素，那麼，時間可能從來不是線性前行，而是許多環狀同時並行，像行星環繞太陽那樣，不斷自轉。

每個人所看到的世界都是一本書，每本書之間都有著無可填補也不必填滿的差異。生命裡每個遇到的人，每件遇到的事，都是黏在書頁上的便利貼，上面寫著只有自己才能完全明白的註解，而所有的失去、死亡和錐心的痛楚，則是便利貼的相反——把書頁和書頁嚴實地封印。有些人選擇略過，有些人則會定期把封印開啟，把自己的內在翻開，直至無法忍受皮開肉綻的滋味，才不得不重新黏合封印。

創傷是一種不受控制地生長的植物，從創傷者的肚腹發芽，萌生至心臟，再經由血管蔓生全身，靜靜地，在新陳代謝的過程裡，更改創傷者的臉容。

多年前，在我面前敞開的世界之書出現了一次地震般的改變，那過於劇烈，其中不免摻雜著人性裡的粗暴。那時候，我感到一種迫切的需要，向可以信任的人攤開，隱藏在身體深處的書，那樣做是為了活命——很久之後我才明白，那是一種重創後的常見狀況，即使呼吸系統分毫無損，還是會覺得每一刻都有窒息的可能。日常生活的簡單步驟，例如起床和梳洗，突然變得無比複雜和困難。但，也是把內在的書艱難地掀開的同時，那些親近的人茫然的目光、轉向另一端的頭顱、瞥一眼書頁，然後顧左右而言他的反應，讓我慢慢地明白和接受，每個人的肚腹都藏著一個迥異的世界。在大部分的情況下，人們進行的分享，其實只是一個偽裝揭開的動作，從自己的書中，取出和別人的書相同的句子或重疊的內容以作無害的交換。創傷者卻曾經毫無先兆地墜落生活裡的懸崖，那雙看過許多殘忍的眼睛，無法忽視因為偽裝而暴露出來的隔閡和空隙，身上也會散發一種因為過於誠實而出現的異常氣味。

「你太敏感。」人們會這樣評價創傷者。

我讀過一本書，內裡提及所有疾病和跟身體相關的狀況都是一套等待被理解的語言，例如，「意外身故」，其實是亡者的潛意識感到無法在生命裡繼續進行創造，而創造是重要的生命力來源。因此，死亡其實是潛意識的選擇。

然而我內在的書告訴我，任何形式的死亡，都不是一種突然出現的狀況，而是一種累積——人其實每天都在死去一點，無法用肉眼分辨的微小的一點一點地死，直至某天，完全死光死透。而創傷，或許就是介乎生和死之間的或遙遙無際，或似有若無的一點，可以導向毀滅，也可以讓人因此如獲新生。

創傷者都經歷過生不如死的日子，沒有言語可以完整地表達，而從未體會過深刻創傷的人，站在他們的對岸。

因此，我原本並沒有預期，自己的內在之書，跟眾多他者的內在之書，突然在某天生出了可以互相接通的部分。站在彼岸的人依然眾多，但站在此端的人漸漸擁擠以至稠密。這無疑是悲傷的事，但也有陰影帶來的舒適感。究竟是我和城市裡的人的內在之書裡的便利貼，都貼在相若的頁數，還是便利貼上的註記都有共同的內容？六月抗爭和受傷、七月地鐵車廂暴打、八月獵取眼睛和車廂廝殺、九月開始大量被自殺、十月性暴力、十一月圍城……城市立於此處，世界在對岸。我們一直重複翻開封印。

人們紛紛把肚腹內的書向天空攤開，渴求一雙理解的眼睛，同時知道沒有別的眼睛可以讀懂這些字詞，因為創傷溢出了語言的邊界，也無法被呼喊所包納。創傷者只可以閉上自己的眼睛。遺忘會加深傷勢，療傷的唯一途徑是創造。但外在世界加諸的傷害和壓迫從不曾停止，因此，有些人選擇了，朝向死裡的創造。

朝向生和朝向死的創造所不同的是：前者充滿對未來的期待、成長和發展，對未知有一種渴求；後者處於一種絕望的，沒有未來的狀態，而且，多半已經不對結果抱持任何希望，只是在動用生命最後的儲備資源，放手一搏。

朝向生的創造需要對將來保持幻覺，而朝向死的創造則是放下幻覺。然而，死不是一扇門，而是像生那樣，是一條漫長的路，像在地獄裡，不斷往下的樓梯——我是這樣理解，那些在抗爭現場，明明自己可以逃脫，卻回過頭去，從執法者手裡搶去被捕者的人，或，站在人群第一排，張開了傘陣迎向大量執法者的人，還有在催淚煙和海綿彈的掃射下仍然上街的人，或許，他們從離開家門那一刻，甚至在更早之前，已在心裡下了朝向死裡創造的決定。朝向死的關卡有許多，諸如失明、嚴重的創傷後遺症、長久的傷患、殘障、被迫流亡、入獄、失去尊嚴……創造並不是一種等價交換，但種下的因，總會在某天得到結果，只是，結果可能在多生多世之後才會成熟並顯現。

港版國安法實施的那週，我和城市裡許多人一樣，惶惑而心緒不寧，有些人在打算離開，剩下來的人在盤算該如何在這裡活下去。像以往的許多次，我打算把自己剩下來。我不知道那是一種恐懼，還是一種為了澆熄恐懼而生出的像創造那樣的燃燒。我心裡生出了一種逼真的想像，在那樣的想像裡，兼容了直面和逃脫。那種想像令我害怕，因為身體內在某種可以付諸實踐的感覺。有時候，當人被壓迫至某種不可抵受的地步，便會生出一種衝動，想把自己當作一根線，穿到針眼裡，一針一針地刺繡在壓迫者的身上。有時候，自主的死亡和寫作一樣，都可以成為一個作品。我不可以把這種想像隨便告訴任何一個親近的朋友，以免加重別人的負擔。我只可以告訴F，因為他有一個治療師的身分。他迅速回覆電郵，寫滿了憂慮的文字，如我所料，他向我曉以大義。但在最後一段，他寫著：「如果妳真的想死，我可以跟妳一起去死。」是這句句子所包含的戲劇感喚醒了我。無論是活著還是去死，我想要的都是盡量靠向真實，而真實就是，吸進一口氣，我知道我正在活著，呼出一口氣，我知道我又死去了一點點。

站在對岸的人可能不會明白，也不必明白，畢竟把文字寫下來原是一種不可能的溝通。我知道，在這城市裡，各種不同方式的含冤之死，各種不同方式的痛苦之生，都終將被遺忘。或許，寫下來其實只是為了讓我自己記得。

反向醃製

對生命失去食欲的日子太長，為了挽回對進食的熱情，我開始醃製食物，例如，涼拌青瓜。漬物是人們在戰時保存食物的方法，以免食物暴露在空氣中太久而腐壞。在戰爭已換成另一種形式在世間進行的日子，人們缺乏的是活得像一個人的勇氣和意志。

醃製就是累積了時間而滲透食物的酸、辣和鹹，往往會把人從乏力和怠倦中喚醒。以鹽、豉油、麻油、辣椒、蒜和糖包覆著青瓜蘿蔔雞蛋或各式肉類，本來就有一種和時間對抗的意味。在醃製的過程中，人會無比清晰地發現，世上任何事物和生命，本來就會被時間、權力、意識型態和制度熏烤、改變、模塑和定型，那是一種被動的醃製的過程，而主動的醃製，則是有意識地從掌控者的手裡，奪回如何活著的權利。

夏宇在〈甜蜜的復仇〉一詩中寫出如何把所愛之人的影子風乾醃製，待年老之時取出滋味無窮的影子下酒。極權所需要的是，以法律的外衣包裹著命令，用恐懼和嚴刑把人們的靈魂醃製，適時吸食，成為權力的養分。我把一條青瓜對邊切開四份，灑一點鹽再放進保鮮袋，以刀背輕拍，讓無味的瓜肉泡在鹽分之中。我該如何把自己反向醃製？如果恐懼是一種由外在世界加諸己身的幻相，而真相其實是五蘊皆空？或許，其實恐懼的反面並非勇氣，而是心無雜念。最後，我把切段的青瓜放在醬料中，瓜肉吸收了所有的味道，一直在刺激著我壓抑多時的胃部。

恐懼的籠子

國安法像一個籠子。當籠子的欄柵擠壓著柔軟的肉身，有時我不免會想，這是我們曾經想要以肉身撼動籠子而得到的結果嗎？過了好一會才會想到，其實是人的肉身急促地長得粗壯強韌，籠子才會顯得那麼狹窄，其實籠子一直都在。

恐懼的時候，我忘了很多事情，例如，我本來想要創造一個怎樣的人生和世界。身體面對恐懼的直接反應就是肌肉緊繃，因為人本能地想要退縮和迴避，回到一種生物最基本的求存狀態。可是，想要實踐一個意念的時候，精神煥發，肌肉是張弛的，開放而且容許能量流動，讓外面的人和事物隨時進入自己的範圍。

恐懼的時候，我發現自己只是擔心失去原來的東西，不安促使我緊緊地抓住自己所有的，而忘記了，人活著所依憑的是呼吸，一呼和一吸之間，本來就是在得到和失去一口氣的過程中不斷交換。恐懼的時候，人最擔憂的是改變，因為改變意味著可能會帶來危險，但生命本來就是一場冒險。

當我深入恐懼的內核，想到，如果恐懼也是一件禮物，我要如何拆開它？法例禁止人們誠實，但，也只有被禁止的時候，人才會像在沙漠裡渴求水那樣，前所未有地要以各種方法取回誠實地表達的權利。原來有一種免於恐懼的自由，並非由外界所賦予，而是，當人能直面恐懼，穿越許多由心所製造的恐懼幻相，抵受外在的威嚇，同時仍然選擇靠向自由，那就是一種切實可感的自由。

離苦

被憂鬱的烏雲圍困時，我會走上開到市中心的巴士。從身心醫學的角度來看，憂鬱的其中一個成因，是體內的新鮮氧氣不足，血液循環不良。在憂鬱的時候保持身體移動，還有一種出走的意味——即使，不久之後，將會再次跳進回程的車輛。

多年前遷進偏遠的區域，我以為這是一次短暫的自我流放。隨著時日不斷過去，我慢慢明白，再也逃不出這裡，因為，我已失去離開的欲望。最初，我逃到這裡，是和熟悉的人保持一種距離，後來，這種距離卻大得讓我無法及時跟朋友家人互相支持。多年過去，這竟然成為一種固定的現狀。我無法離開相對低廉的租金、一種遺世獨立的氣氛，還有被時間形塑而成的孤單感。但，我其實從來無法把這區域視為家。不知多少個晚上，從居住單位的窗子看出去，即使那裡有令人心曠神怡的海景，我還是清晰地感到身為外來者的惶惑。

在一個憂鬱的下午，坐在回到居住地的車子上，我再次萌生遷居的念頭。但，遷徙是為了什麼？如果是為了離開心裡的苦，那麼，苦的出現又是為了什麼？我從車窗看到青馬大橋、寬闊的海和天空，紅色的彤雲暗示快要日落。無論乘搭這輛巴士多少遍，我始終迷醉於這景色。不安和美麗有時是一體兩面的事，正如，孤獨讓人有自由的空間，憂鬱令人珍惜日常的美好。或許，只有在岌岌可危之中，人才可以抱著各種微小的、不幸中的幸福感活下去。

最後的審判

七二一那天，我想起去年在法蘭克福到訪過的老猶太陵園。

那天，我把鑰匙放進木柵的鑰匙孔之前，先在欄柵的空隙探看，那裡是一片草長及脛的寧靜園子，中央有一列參天的大樹，向著無比寬廣的藍天白雲伸展，而那些密密麻麻的、東歪西倒的墓碑，則像一群無辜而害羞的小動物，從樹幹兩側蔓延。有一堆墓碑是歪斜的，另一部分則比較整齊，圈在一個低矮的水泥牆內，每個碑上都有墓誌銘。或許，那暗示了身分的差異，也有可能是階級不同。不過是一道石牆之隔，陵園外就是交通頻繁的馬路、餐廳、小店和住宅，歷史就是生活的一部分，記憶在日常之中。

陵園內只有我一個遊客。我在園內繞著圈子散步，為了感受園內的寧謐，或，諦聽泥土下亡魂的聲音，不過，無論風或草都是沉默的。陽光守護著那個世界。美術館內記錄著一段納粹清洗猶太人的反人類的歷史，而墓園則在展示，一切都過去了，而疤痕永遠在世上留有一個相應的位置。

有許多次，創傷的片段又在我腦裡毫無預警地閃現，令我生出各種洶湧的情緒，快要被那個巨浪捲走時候，我的心裡都會突然出現那墓園裡的柔和溫暖的陽光。下葬是生命最後的形式，卻只有生者才需要墓地的存在，那裡包納同時消解所有萬物的貪嗔痴，在那裡，一切已成過去，同時永不過去，溫柔地保存著世間所有邪惡和殘忍，埋在土裡，成為後代需要的養分。這就是安息的意思。

失眠和病毒

某個失眠的夜裡，我忽然明白，失眠和傳染病的類近之處在於，兩者都是分裂的自我在競爭，而且各不相讓的結果。

那夜的入睡困難，是從我在一個夢之前突然卻步開始。那時，意識已漸漸模糊，在清醒和沉睡的邊界，腦裡忽然換上了睡夢世界裡的邏輯和布景，而在夢中的我，竟然可以完全理解夢裡各種奇怪和荒謬絕倫的規則，而且以為那是正常不過的，只是，在那時候，一個自我質疑的念頭出現，我忽然懷疑自己為何會對這一切了然於胸。無論是夢裡的潛意識的我，或日間的意識的我，都是我，失眠意味著，這兩個我出現了衝突，我在我不知道的時候，竭力阻止我入睡，而我無可奈何。我曾經一週連續失眠，很久之後才發現，那是因為我在逃避生活中某種崩壞的徵兆。失眠的夜，人在夜裡的清醒，是一種異樣的、迥異於日間的腦波，例如，凌晨三時在腦裡湧起的念頭都是極端而危險的，像撒旦在耶穌於山上禁食時，在他耳畔所說的話。

沒有藥物可以徹底根治的傳染病，病毒一旦進入人體，便渴望可以找到寄生的空間，而人體內的健康細胞同樣希望能一直運作。人對疾病的恐懼，使病毒和健康細胞以為兩者是無法共存共生的，這是競爭和分裂的開端。

經驗告訴我，面對失眠的唯一方法就是，順應失眠，不再強迫自己入睡。每次，都是在這種念頭出現後不久，我就睡去了。

剪紙

獸一直在我身旁，以致我漸漸了解，牠會以哪一種力度噬咬我，又會在哪一種情況下撕裂我。有時候，一個人走來，或一件事發生了，獸嗅到氣息，就來襲擊我，直至事情已過去，但獸留下來，時間就像從不曾更替，每天都好像受傷的那天。後來我才知道，獸是創傷的其中一種面貌，牠的身子比整個世界更巨大。

有人說，要深入了解獸，看看獸的胃部殘留著什麼，才能對症下藥；有人說，挖掘創傷源頭會令人沉溺痛苦；一行禪師說，讓獸沉睡，盡量延遲牠甦醒過來的時間。但我知道，每個人的獸都是獨特而難以理解的，因此，並沒有跟牠共處的模擬答案，人只能以自身作實驗，而實驗的結果就成了命運。

獸每天都把我破壞一點點，而在不息的破壞和破壞之間，我專注地活著，例如那天。穴居時期的其中一天，我必須到外面採購食物。在一家麵包店買了一條長法包後，卻發現超級市場的牛油已被搶購一空。超級市場的貨架，就像心的不同部分，空缺顯示了恐懼的位置。於是，我只好在家裡，把已切成片狀的法國麵包蘸橄欖油配黑醋。那時我才知道，原來錯過牛油並不是我的過錯，只是，地中海式的吃法更有利於味覺和健康。日常的偶然其實在指引一條更合適的路，但人們多半並未察覺。

獸撕碎我，讓我學會把碎片縫補，生命就是許多破洞之間，一個圖案繁複如迷宮的剪紙。

侵吞

那天，在書中讀到一句句子，描述有一種昆蟲，被蟲蛹附身，同時被蛹內的幼蟲誤以為是牠的食物，一點一點地把昆蟲的內在吃光。這個意象觸碰到我內在的某個機括，與舊傷摩擦出現了炙人的火光。我也曾經被吃過，而且內在只剩下了一點點，而我跟昆蟲不同的只是，我只剩軀殼卻活了下來。

這種觸碰舊患所引發的狀況，時有發生。於是我放下書，到街上逛一下，藉著轉換場景來分神。在超市購物後結帳，收銀員花了比平常更多的時間，小心翼翼地把我的貨品放進袋子，同時堆疊出一個穩妥的形狀，讓我揹著購物袋走路時不會把流質的食物溢出，也不會讓雞蛋輕易撞碎，我跟她道謝，她對我愉快地笑；在相熟的茶餐廳吃過午餐後，廚師關切地問素食的我，每餐有沒有吃飽。我隔著口罩對他展露感激的笑容；理髮師把我的長髮削成清爽的短髮。我對他說非常害怕，同時並沒有告訴他，這種恐懼並非只是對新髮型，而是對生活中一切存在未知的人和事物的不安。他不知道，但他能理解，一直耐心地說：不必擔憂。

只有一隻眼睛的白果貓告訴我，獨眼使牠失去了距離感，以致奔跑時，常常撞上我的腿或家具，不過，牠其實從來沒有失去過右眼。牠在生活中依然感到右眼無處不在——只是不再以眼睛的形式，而是化成了其他事物，例如一個溫暖的家、每天六餐食物，或我的陪伴。「妳心愛的人或事物永遠不會真正離開，他們只是，改變了。」貓說。

我不知道蟲蛹為何選上了我作為侵吞物。或許，生命本來就是失去和得到所形成的有機體，如此才能變形和發展。於是，我在學習，被空洞干擾時，就轉過頭去看看生活裡無處不在的豐盛，感到一無所有時，試著重新發現自己所擁有的最基本的事物，就像在大海裡泅泳，四肢必須不斷划撥，身體才能平衡地前行。

斷捨離手術

「妳家的書太多了，家具也太多。」K到過我家後，偶爾在電話中，作出如投訴般的批評。話經過了我的耳朵和記憶，濾出了另一層更深的意思，她在說的是：「妳占了太多位置，而妳並不值得在這世上霸占這麼多的空間。」

在大腦的區域中，那些掌管愛的迴路，和掌管憤怒和恨意的迴路，部分重疊，因此，當我反駁K，同時也有另一個我認同K，順從她，愛她，不是因為她是母親，而僅僅因為她是K。

不過，並不是因為K的喋喋不休，而是家中日漸堆積的灰塵，和看不見的焦慮氛圍，催促我整理書櫃。

我仍然記得，那年，當我在一所新的房子開始獨居的生活，親密的人離開了，而貓還沒有住進來，我無法容忍電視機，冰冷的電腦不帶一絲情感，只有書能包納我，保護我，安慰我，聆聽我，讓我定靜。

那個夜，吃完晚餐，我忽然感到，時候到了，就像要進行腫瘤切割的手術，雖然免不了會疼痛，但卻能得到一個更輕省的身體。

經過兩天一夜的斷捨離手術，把接近二百本書收進袋子裡，準備捐出。家裡突然騰出許多清淨的空間，而我的大腿肌肉因為搬書和清潔，撕裂般痛著。睡醒後，收到一個訊息，來自一個已不再聯絡多時的人。

「在臉書上讀到妳正在清理書的消息，我借妳的《兩個人住》和《地下室手記》，可以寄回給我嗎？還有那個玻璃杯。如不介意，請讓我知道妳要捨棄的是什麼書，有沒有河合隼雄和《坎伯生活美學》？」

我心裡一陣煩厭：「那次要你帶走《兩個人住》，你說不要。現在可以還給你就好。河合和坎伯的書，我要用，沒有放出來。」

如果身體是一所房子，關係就是擠滿其中的書，同時黏滿了衣魚、蜘蛛網和灰塵。如果情況嚴重，甚至會出現白蟻。

＊
＊
＊

斷捨離大師山下英子說，收拾離不開「丟掉」，而丟掉的關鍵詞就是「現在」和「自己」。她說，只要把看得見的空間整理得乾淨，看不見的東西也會隨之而淨化、提升和轉變。

我並沒有這樣的奢求，只是被一股衝動驅使而整理家居。而且，我沿用的其實是另一位整理女王，「怦然心動整理法」近藤麻理惠的方法，先把家中所有書從書櫃拉出來，堆放在地上，這樣，才能清楚地看到，自己的藏書有多少，才能分辨自己真正想要擁有多少，或需要多少。

書像一片洶湧的海，流瀉到我腳下，屋內的地板，幾乎沒有站立的空間。那裡有，我從少年時期起一直存留、多次搬家後仍然跟隨我的書。篩選即切割，那不免是無情的，但，只有能做出絕情的舉動，才能在能力範圍內用情最深。

整理藏書，其實就是在整理記憶，以及自我的認知——把大江健三郎的一系列作品捧在手裡，我問自己：「由衷地愛著它們，並且要把它們帶到未來嗎？」我驚訝地發現，原來一直以來只是覺得自己應該要讀這些書，而不是帶著熱情去消化那些文字；曾經深愛的《孤獨六講》、《像女孩那樣丟球：論女性身體經驗》、一些詩集和小說，我也只能對它們說「謝謝」，然後放在「捐出」的袋子裡。因為若是一直緊抓不放，新的事物就無法進來。究竟如何才是真正擁有？我以為是把書這個實物一直留在身旁，總是假想有需要時就會翻閱，但現實卻是，我因為感到已經擁有的安心感，而漸漸忘了這些書的存在，讓它們慢慢地變黃。那個已變質的人送我的梅維爾畫集實在太沉重，應該一早了斷；薩依德的《東方主義》，我沒有讀完。

＊　＊　＊

「沉得住氣，才能成大器。」這是我在心裡常常對自己說的話。在我的私人辭典裡，大器的意思，就是一個龐大的容器，比這個世界還大一點點，可以收納所有的情緒，而不被刺穿。

無論那人向我丟來什麼，不管是貶抑、咒罵、背叛或謊言，我都會用力把自己壓下去，漸漸壓到看不見的所在。但，我終究不是大器。

終於，到了不得不和那人完全斷絕的時刻。我實踐了那個出現了很多遍，卻因為不忍或自覺不應該而硬生生地壓抑的念頭——全面封鎖那人的電話、臉書和訊息軟件。我心裡多次想對他說：「別再找我。」可是，他一定會勃然大怒，然後說出一大堆傷人的話，而我會像個斯德哥爾摩候群症的患者，一再回到綁架自己的人身旁。為了免卻這些糾纏，我選擇了不發一言，在偶爾收到他的短訊時，仍然按捺著自己，盡量平靜有禮地回覆。其實，幾乎每天早上，我都帶著暴怒地想到他，在接近一年的時間，對我作出的種種言語上的攻擊、無理的要求，以及把所有從沒有發生的事臆想成是我的過錯，失控地指摘我。我並不是沒有恨意，只是，那頭內在的虎困在心裡的深處，要是把牠釋放，將會造成恍如投擲一枚原子彈到廣島上的影響，那過於巨大，我的世界無法承擔，於是，我只能默默承認這是我的責任，包括被這個人占據我的生命，以及把他和我之間的所有問題，全都馱到背上去。我以為，只要我能改變，那麼，這個人就會收起那些瘋狂的舉動。我以為，我可以藉著委曲自己，掌控整個局面，那無疑是一種天真的想法。

我費了很大的力氣，把這個人攆出了親密關係的圓圈，但這並不足夠。他還是會在心血來潮時找我，從受害者的角度，對我作出各種不合理的指控，我仍然會燃起怒火，只是，保持沉默。為什麼會遇上這樣的人？我多次這樣問自己，可是，仍然無法把這人掃除到自己的範圍以外。

＊　＊　＊

麻理惠早已作出警示：一旦開始收拾，在整個過程中，你會發現房子變得比還沒有收拾混亂百倍，要保持耐心，這也終將過去。

或許，每個人都至少在兩個層面上存有書櫃，一個是實際的層面，另一個是回憶和想像的層面。當堆積的書愈來愈多，兩個層面的書櫃便會出現愈來愈大的裂縫，有些書會掉進裂縫中的黑洞，再也找不回來。

那些沒有完成清理的關係，也會造成不同的自我的裂縫，以至，自己總是在不自覺的時候，一再刺傷自己、欺騙自己、背叛自己、疏遠自己。

我一直沒法完全關上封閉那人的門，並不是因為那個人，而是無法面對離別本身。關於離別，仍然存留在我心裡的畫面是，父親對我說了一句話，然後，站起來，轉身離開，從此，我們多年未見。

我根據一本關於治療的書所建議的步驟，在冥想中，把離別的悲傷和恐懼，用磁石吸出來、用手術刀切割、用氫氣球吊起，讓它們慢慢地離開我的身體。然後，想像頭頂有一溫暖燦爛的太陽，把源源不絕的療癒的光芒，輸送到我的內在那個空蕩蕩的洞裡。

回覆了那人的短訊後，我從「捐出」的袋子，翻出了屬於他的書，打算辦理速遞。然後，我封鎖了他。

我依從麻理惠的建議，對割捨之物（人）說：「謝謝陪伴我這麼久。」然後放下。只有把恨意翻出來，埋進生命的泥土裡，才能把感激也釋放，完成這過程，才能各不相欠，各不相干。

焦慮的山

有時，腦裡會出現不由自主持續播放的念頭和聲音，那常常隨著情緒震動而來。當這些強迫的反應出現，我變成了一個陌生的自己。我曾經以為，這是自己不夠好而引致的結果。每天練習打坐一段很長的時間之後，我終於能帶著距離觀察，然後確認，這是一種焦慮反應。

最初，我以為，頻繁地修練自己的心，就可以驅趕焦慮。我記住一行禪師所說的止息苦因，例如兩隻不知屠宰將至的母雞，仍然在抱怨飼料不夠新鮮美味，而不明白，牠們該為了仍能生存而快樂。我努力提醒自己，生活裡充滿了值得感恩的細節。可是，焦慮來襲時仍會像個巨人那樣完全主宰我。某次，我在密集的焦慮之間拚命掙扎，打開了一道裂縫，想到，為什麼我一直和焦慮角力，而不是充分利用焦慮所帶來的力量？當強迫性的念頭一直在腦裡奔竄如流水時，也是創造力最旺盛的時刻，我可以一天寫完四篇稿子。當我卸下了對焦慮的標籤，並不以好或壞去評斷它，甚至，不以焦慮命名它，那不過是一種強烈的情緒反應。當我專注地把念頭寫下成為句子，句子織成段落，許多段落長成一座又一座陡峭的山，我藉著攀爬慢慢遠離了緊繃的狀態。

我知道，這種狀態，在不久後會再度造訪我，就像在滂沱的雨中，一個顫抖著身子有許多話急欲傾吐的人，我不會再把他排拒，而會跟著他越過一座又一座情緒的高山，他會把我帶到生命更深廣的地方。

一扇門，和另一扇門

我並不常碰到那樣的事，甚至可以說，那樣的事在我的人生裡絕無僅有——小說稿刊出後，稿費被一直拖欠著。在等待事情得到解決的過程中，我不由自主地從各個細節進行反省，以釐清自己會陷進這種狀況的原因。我想到那本雜誌所隸屬的機構，多年前，我差一點就進入了這機構的其中一個分支，成為其中一名員工。

大學畢業後，我進入了一個跌跌撞撞、不斷碰壁的嘗試時期。那是一個混亂而充滿迷惘的階段，過了很久，我才明白那時像一隻失去頭顱的蒼蠅總在原地打轉的原因——我心底裡知道自己想做的是什麼，卻不願聽從召喚，只是想找到一條相近但更容易走的路。總之，我在一份左派報章擔任記者的工作，每天早上前往報館的車程，都在質問自己：「我到底在做什麼？」

因此，當朋友的朋友收到邀請要創辦一本女性雜誌，輾轉找到我，問我有沒有興趣擔任文化編輯，我驚喜不已，禁不住一口答應，而且以為那就是我夢寐以求的工作。從辭職至正式上任新工作的一個月裡，我夾在兩份工作之間，日間在報館為工作進行收結，下班後籌備新的雜誌，在極端忙碌的日程裡，焦慮和質疑終於暫時止息了。或許，打從第一份工作開始，遇到太多的挫折，那時我認為，還沒有成為正式員工，就為新雜誌工作，以及期間所遇上的障礙，本來就是工作的一部分。上任前，我去了一趟五天的旅行，那還是一個智能手機並不普及的年代。在回程的飛機上，我突然發現，對於次天早上就要開始的、夢想之中的職位，我心裡竟然是滿滿的擔憂和焦躁。「或許，工作就是這樣。」我對自己說。

班機抵達香港，當我跟著人潮，經過熟悉的通道，在入境的櫃位前排隊，手機便響起來，那是跟我一起為新雜誌工作的朋友。她告訴我，在我離港的幾天之間，機構的高層決定，終止醞釀數月的新雜誌，換言之，它已胎死腹中。我心裡忽然非常安靜，只有一把清晰的聲音在說：「這是一件好事。」同時，我感到長久以來緊繃的肩膀突然放鬆的自在。我的理性說，這消息不妙，意味著我即時失業，但我的感受表示：幸虧如此。

乘搭機場巴士，透過窗子看到暫別數天的城市風景，我知道，面前的都是新路。朋友跟我討論要如何向那機構爭取已展開的工作報酬，包括為拍攝和訪問的工作所墊支的費用，我腦中理智那一面也知道要據理力爭，但心裡卻在想，要把精神和心力放在找一份新工作之上，對於這個已成過去的工作項目，最好盡快從生命裡刪除它。在那段日子，我既沒有為忽然終止的雜誌神傷，也沒有感到任何不幸。我並不知道當年的我是如何做到——或許，已到中年的我，其實無法理解，那個年少的我，心裡澄明的一面，不必經過打坐禪修或開悟理論，就是自然而然地知道，既然已經失去了工作，就不必斤斤計較那為數不多的賠償，反正，年輕的本錢並非鈔票，而是時間，珍惜光陰，盡力做自己想去做的事，才不會愧對青春。之後的一個月，我專注地做出一本又一本手作書——那其實是履歷表，只是以一本小書的面貌呈現。新工作比想像中更快到來，我帶著不捨訣別手作書。

以後的人生裡，我失去了許多非常重要的人和事，這些人和事即使遠去了，仍然緊繫著我的每根神經，或許，只是因為我不願放下他們。歲月的累積，原來並不是新陳代謝減慢，或眼神不再清澈明亮，而是無意識的遺忘——忘記了自己永遠有無限的創造力，忘記了生命原是善意而豐盛的，忘記了要把失去的人和事放進生命回收箱，忘記了活在當下的真正意思。

我問回憶中那個年輕的自己：如果一扇門關上了，但從沒有另一扇門打開，會不會是因為，我把身子攔在門前，使它無法順利地關上？

她說，妳早已知道答案。

刮痧

我常調侃母親是一名沒有牌照的醫師。

大三的春天，我患上了嚴重的流感。最初只是輕微咳嗽和發燒，慢慢地卻一發不可收拾，服用了整個循環的抗生素又打了退燒的針藥，仍然不見好轉，高燒持續不退，最後失聲。母親說：「這樣下去，腦子會壞掉。」她從抽屜取出一瓶按摩油塗在我的背部，再用一把牛角梳，從我的耳背開始，一直沿著肩膊、中背和下背部，緩緩地，一下一下地拖著刮下去，直至整個背部都布滿了可怖的瘀紅印痕。她說，這是刮痧。背部滿目瘡痍，我冒出一身冷汗，就像有一個病魂從身子的內部被迫了出來，昏睡後再醒來，就退了燒。

以後的日子，當感冒的症狀再次來臨，久久不癒，我便從抽屜裡取出牛角梳，一下又一下地刮自己，當風熱從身體深處外顯出來，有時會非常疼痛，令我懷疑療癒是否就是忍受自己施加在身上的錯誤，就像消除業障的過程。當我看到鏡子裡的皮膚，紫紅色的印痕隨著刮過的路徑逐漸加深，會覺得皮膚是一張印水紙，透現了沉默的內臟的祕密。並不是每次刮痧後都會立刻康復，痊癒有時是一條崎嶇的路，毒素比想像中更多，那時候，相信和盼望是必要的藥。

後來，我也在學習成為沒有牌照的醫師，而自己是唯一的病人。因為我已沒有力氣對任何他者敞開自己的病歷、皮膚和心。當我再次用牛角梳，梳理堵塞的經絡，都會幻想，生命中無法忍受的正在遠離我。

絕境的生機

後來，我終於發現，在一個全然陌生的地方，找到接連自己的根，有些人依賴親密關係裡的伴侶、朋友或鄰里，有些人依靠的是可以給自己帶來安慰的食物，而我需要的是貓和植物。長久共處的貓往往揭露出我無意識地抑壓的面向，而沉默的植物，卻總是向我揭示生命深處的種種祕密。

我曾經厭惡園藝，並且以為那是寂寞得無處可逃的人所投靠的最後收容所——因為一朵花或一株草從不會拒絕任何人，很久之後，我才發現，植物擅長聆聽，它以盛放或萎謝來反映飄浮在環境和空氣之間的能量，在根莖、枝葉和花瓣之間，蘊藏著大千世界的摺痕和陰影。一行禪師建議對著一朵花禪修，讓呼吸在觀賞花的每個細緻部位的同時，帶動著心慢慢靜下來。植物令我驚訝的卻是，絕處逢生的強韌生命力。

心裡幽暗時，其中一件我會做的事情是去買花。那天，我把一束黃色小玫瑰放在家裡。人們都說，玫瑰不耐放。果然，小玫瑰在幾天之後，陸續低頭。我問自己，要放棄還是繼續？我先為花瓶換上新的水，拿出剪刀，把每枝玫瑰的莖都修剪得更短一點，讓它們可以汲取足夠的水分。次天清晨，當我再探看小玫瑰，它們都重新抬頭，本來緊閉的花蕾露出了鮮黃的花瓣。

小玫瑰在那個清晨給了我勇氣。因為在起床之前，我在手機讀到幾位民主派議員在清晨被捕的新聞。前一天，我還在為七位在去年八三一被告暴動的人罪名不成立而激奮。我從床上起來，一邊走一邊在想，是否所有光亮都會被黑暗覆蓋，走到花瓶之前，小玫瑰給我顯示了答案：如果從花冠到莖部的奧祕，妳還沒有完全參透，又如何單憑事情的表相而忽略豐富的底蘊？它正以一種妳現在還沒法完全理解的邏輯在運行。

窗景和心境

選擇一個窗景，其實是在選擇一個觀看世界的角度。

我擁有過一些窗子。窗外的景物，並非只是被動地被觀賞，有時候，它們也會向觀賞者流露出必要的訊息。

曾經有一段很長的日子，我誤以為自己沒有選擇窗子的權利。童年至青少年時期，住在母親的房子，窗外是對面大廈的窗子，就像在地鐵車廂，必須迴避對面乘客的眼睛，避免不必要的誤會。後來，我進入了另一個人的房子，他喜歡窗外是翠綠的山景，山坡上偶然有野狗經過，有烏鴉飛過，我覺得那也是不錯的。不過，我想要的窗景是什麼呢。我在旅居愛荷華期間，被分配到一個對著天井的房間，於是知道，絕對不要面向井的底部的窗子。後來，我到了一個島，以為臨海的房子是夢寐之求的東西，但那原來只是別人的夢，當我身在其中，只感到眩暈。我唯一打從心裡愛過的窗景，是一個可以看到街道、樹影、天空，以及遠處的海和對岸的山的輪廓的豐富多姿的窗。我每天在那窗前寫作，心裡非常平靜。離開那扇窗的時候，我恍惚失去了一個世界，像未成形的胚胎被驅趕出母體。取而代之的是一個面向幾幢高聳樓宇的窗子，我看到行人天橋、老樹、馬路、學校、車輛和路人。出乎意料的是，我也從中看到，如海和山一般擁有細緻起伏的生命的複雜狀態，表相轉變了，底蘊卻是相近的。原來窗子展現的，不止是窗景，也是心境。我看到了。

吃人的家

HALF ECLIPSE

家的所在

不知從什麼時候開始，我非常渴望回家。

我曾經以為這是源於，人對返家的欲望，與年齡的增長成正比，但我心裡知道，真正的原因其實是失去，失去不是結果，而是過程——眼前熟悉的事物一點一點地剝落，旁觀的人愛莫能助。

但，回家會遇上的第一個問題，並非家的消失，而是，家到底是什麼？要是家一直完好無缺，安於其中的人並不會感到它的存在，穩定就是失去存在重量的意思。只有，當家出現了缺口，人們才會感到恍如蝸牛的殼突然碎裂的痛苦。

我曾經希望，可以把居住的單位稱為家，可是隨著遷移的經驗不斷累積，每次我把一個新居又喚作「家」，也再次肯定，這是假借、比喻或象徵，而不是現實，因為在這裡，居住是價高者得的商品，而不是人生而有之的權利。

我也曾經非常希望，可以定居在一段關係之中，可是關係繫於心，而心的本質是自由地流動。所有關係都在不斷變化，所有處於關係中的人都是流浪者，要是出現綑綁的意圖，就是把自己關在牢獄之中。

於是我想到語言。當文字還沒有寫下來，話還沒有說出來，意念在腦裡盤旋，口語和書面語交替出現，母語和外語接駁成一句完整句子，零碎、沒有語法和邏輯，我從沒有質疑它，以為那是一個內在的安全處所，而且可以在每一次，把字寫下來之前，像第一次那樣，從零開始安心地創造，在那裡建立自己的價值、生活經驗、情感記憶，以及每一次失語所帶來的空白。但語言的終端，必定通向外界，無論是對話還是呼喊。因為語言始自教育，教育機構和政策由政府而設立，於是語言就像歷史那樣脆弱，可以被篡改、刪除、化整為零。熟悉的語言，可能在某天被定性為一種不及格的方言，而被另一種更強勢的語言取代。

有人說，這才是返家之路的風光，最後求得的，不是想像之中的完整，而是殘缺的本貌，看著曾經密不可分的人面和事物一點一點地消逝，像身在列車裡看著不斷退後的景物離自己遠去。

因為回家是一條艱辛的上坡道，爬到頂峰的時候才會發現家在那裡——那個一無所有的地方，當人們能安於這種空無，他們就看見了家。

淘汰

她對我說第一句話的時候，我就嗅到一種在城市裡，異常寂寞的人恍如遇溺般向陌生人索取溫暖而胡亂搭訕的意味，是以我低著頭，垂下眼睛，專注在眼前的食物之上。

早餐剛剛送上，基於禮貌，我仍然坐在她的對面。

即使在茶餐廳這樣的公共場域，我也想要保護個人的空間。背包裡有一本書，我打算在喝熱檸檬茶的時候享用它。那是早餐和午飯時段之間的一個空檔，客人很少，但女人坐在我的對面，從餐牌擺放的位置，至食物的內容，她幾次逗我說話，我始終不為所動。

直至她把臉湊向我，以近乎咆吼的音量和語氣叫了起來：「妳知道嗎？」我嚇了一跳，抬起頭來，看見她滿意地笑：「妳不要介意，因為我以前是老師，學生做得好，我當然要讚賞他們。」

我看見一張被歲月揉皺了的臉，深棕的斑點散落其上，友善的笑容歪斜了一點點，紋路從臉的中央向四周擴展。那是一個年老又不算太老的女人，油膩的直髮，一半黑一半白。

侍應走上來協助她點餐，或許也想要把我從某種困境中解救出來。但就在那時，我才聽到女人話裡的話——她已經在一個孤獨的洞穴裡很久，沒有人真正去聽她說一句話（當她的話愈多，愈想要抓住面前的人，人們愈想逃開），沒有人仔細注視過她，而她的臉面乾涸像沙漠。

她迫不及待地開始敘述，告訴我她曾經投身教學二十多年，許多明星都曾是她的學生，學生全都愛護她，以致當她對於教學制度過於失望想要辭職，校長憤然撕掉她的辭職信三次——敘述中的事情有些真有些假，有些又真又假，像一件過於破爛的衣服，經過多次的縫補，仍然有無法填滿的空隙。我問自己，為什麼願意在嚼早餐F的時候，飾演那樣的一個聽眾。或許是因為，對一個失序的人的敘事方式感到好奇；也有可能，我知道，她曾經也過著正常地壓力沉重的生活，只是不知道在哪一點，突然壞掉了，不是嚴重得足以引起傳媒或醫療系統處理的壞掉，而是在有序和脫序之間，剛剛足夠被親友離棄的一種壞掉。為什麼我，或身邊的人，仍未被生命打垮？這樣或已算是倖存。

在這樣的一個資本主義城市裡，這樣的一個女人（沒有男人的權威），退休（沒有生產能力）、老去（再也不是可欲的）、沒有整潔的儀表也沒有財富（無法扮演一個中產階段），就得不到任何關注和愛，慢慢被社會的運作規則淘汰掉。或許是為了對抗這樣的規則，我在其他食客好奇的目光下，微笑著聽女人說話，細看她的眼睛和臉面，在適合的時候點頭和追問，像聚餐的朋友。

但我也有自己的局限，就在吃完那個早餐、喝完飲料的時候，聆聽的配額也已所剩無幾，當我拾起背包跟她說再見時，清楚地知道，無法為那女人帶來什麼，無法動搖這個世界，除了短暫地產生過一種，可以抵抗淘汰的幻象。

可是有時，人就是倚仗對現實生出的幻象，才有足夠的力量活下去。

待用的飢餓

有時候，我會感到非常飢餓，那是進食可以暫時解決的飢餓。在大部分的時候，我都感到很餓很餓，就像溺水的人拚命划撥四肢也無法碰到岸或浮台。即使剛剛吃飽了，飢餓仍然處於胃部的上方，堆疊的食物無法填滿。

有一段日子，當我又餓了，或只是想起飢餓這件事，便會前往那家素食店。店子很小，客人都要胼手抵足，抱著自己隨身的背包，緊縮身子地坐著吃飯。可是，那裡的蓮藕湯、冬菇燜櫛瓜或茄子四季豆，都有一種令人平靜的滋味，而且，它的價格並不會令人在吃飯時生出經濟緊絀的焦慮。或許，食物的療癒力量也來自食店牆壁上張貼的來自佛經的句子，叫人放下，反正一切說穿了其實只是空。不過，生活裡的飢餓感非常切實，切實得如同折磨。有人說，經常感恩有助平復飢餓，於是我總是感激寒冬時的熱水，病榻中的陪伴在側的貓，有足夠的金錢購買食物，不過，餓意仍然在空氣裡繼續滋長，尤其當我想起，房子的租金每年都在上升，人們居住在愈來愈小的單位，不知道該從偏僻之處搬遷到一個怎樣的地方才可以安定下來，空虛的胃部便彷彿長出了指爪一直在刮我。有時候，餓意並非來自胃部或任何一個器官，而是來自全身，每一個毛孔都在乾膶、下陷，被一種強大的虛寒壓扁，當我想到自己並沒有一份安穩的工作、關係、收入來源或居住的地方，很像一個飄蕩在空中的塑膠袋，需要沉重如石塊的食物穩住根部——但，現實中並不存在這樣的食物。

素食店出售一種待用餐券。牆壁上的句子這樣寫：「如果你在飽餐之後，也想分享一點溫暖，可以購買一張待用餐券，讓長者前來免費享用一餐。」我需要買下一張待用餐券，透過填滿一個陌生人的胃部來治療我的如無底洞般的餓，雖然我很懷疑——因為店員知道我要買餐券時雙手合十對我道謝，並要我自行把餐券貼在店子的其中一堵牆上，她說這是栽種福蔭的動作，我不相信禍福因果是這樣直接的關連，餓是這麼逼切而腐食人心的事——我懷疑自己會不會落入了一種犬儒的自我感覺良好，因為付錢買下安心是這麼廉價的事，它甚至可以令人忽略更深層的矛盾和問題。食店對於餐券有著嚴格的規定，它只限於長者使用，而且必須在每天下午三時前去領餐。想到城市裡有這麼多的人比我更貧窮，皮包裡的錢不足以令他們隨時想吃就吃，餓意就會令我所有內臟都在發癢，但我能做的只是買一張待用餐券，甚至無法跟老闆說請他延長領餐的時間，飢餓總是會在冰冷的夜裡格外猖獗，因為我知道經營這樣的一所素食店並不容易。

在這樣的城市裡，生活漸漸像一個棺木的蓋子，力量均等地斜向所有人，尤其是當人們心安理得地在活著的日常循環裡嫻熟自如，甚至熟練地遺忘所有，包括他們自己，我便知道我所擁有的最鋒利的東西或許只有那磨人的飢餓。這樣的餓使我感知自己和他人的存在，以及一切如常之下的不妥當，勉強維持正常的同時瀕臨瘋狂。雖然飢餓的尖刺，一直只是戳向我而已。

看不見的才最重要

城市裡的生命，不過是在遭受不同形式的蹧蹋，不同界別的生物的遭遇，隨著生物鏈位置的高低而有所不同，然而最終也不過是，殊途同歸。

我曾經到過塘福一次，那是一個偏遠的地方。住在城市裡的人，習慣把自己蜷縮在一個狹小的房子，很可能，也慣於把自己固定在一條每天重複的生活動線，以致，很容易就可以把那些在生活線以外的地區所發生的事界定為跟自己無關。

在我的記憶中，塘福有一個潔白的沙灘，其實那裡有一個懲教所。島上的流浪貓，從小就在那裡群居，對貓來說，只要有食物和溫暖，懲教所跟任何一個房子並無任何分別，於是，塘福懲教所不止是一個囚室，也是眾貓之家。報導說，事件的起因是在某天，一個新到任的高級人員，以貓口過多，帶來衛生和管理問題為由，把幾十隻貓掉棄到不同的地區，使貓們被狗咬死、餓死或不知所蹤。

他可能並不知道，是這些貓的聚集，使囚友和獄吏有了一個共同的目標——保護和照顧這批不請自來的毛茸茸的生命。當這些貓受傷的時候，囚友告訴獄吏，請他們為貓處理傷口，囚友為貓抹身餵飯，也跟牠們玩耍。因為這些身處在食物鏈低層的貓，觸碰到人心裡最柔軟的部分，那裡，不涉及任何利益、鬥爭或愛欲，只是純粹的善。懲教所，其實就是懲罰和教育的處所，流浪貓的出現，本來就是人們練習馴養和被馴養的上佳工具。但在現代的懲教所，人們只記得處罰，忘了教育的真義。

早在一九四三年，聖・修伯里已在《小王子》裡，透過狐狸和小王子、小王子和玫瑰的關係，說出馴養的意義。狐狸愛上了小王子，因為小王子，牠也愛上麥穗，因為麥子有著小王子頭髮的顏色，因為愛，狐狸洞悉了深藏在萬物之中皆有和牠相關的部分，世界在牠身體內甦醒過來。小王子因為狐狸，明白了玫瑰於他是不可取代的，那朵傲嬌的玫瑰讓他學會了無條件的付出，一切才有了意義。

一個人一旦愛上了一頭貓，就不可避免地會愛上世上所有的貓，甚至所有具生命的活物，那不是貓的力量，是愛本身的力量而已，貓只是愛的載具。只有慈悲可消解暴力，愛比任何方式的懲罰更有效。不過，在城市裡，人們都充滿恐懼，因而只相信方便、效率和潔淨，過度依賴看得見的管理方式，清除所有在控制範圍以外的力量。

無論如何，我還是相信，一個城市裡只要容得下流浪的動物，監獄的數目和犯罪率就會減少，不過，對許多人來說，這只是一個笑話，因為當他們看不見小王子畫的象，並以為那是一頂帽子，他們也不會知道，看不見的東西，才最重要。

溺水的人

姊預備考大學的時候，我念小學六年級。成長是個既深且闊的海，有人早已習得游泳技巧，登上了屬於自己的岸，有人在那裡溺斃，大部分的人在其中苦苦掙扎。我一直不諳泳術，但姊知道如何在群體中愜意地生活，她天生喜歡和不同的人打交道，近乎本能地隱藏自己的尖角，讓自己和他人同時感到圓形的一致、協調、融洽。

「如果我們不是姊妹，妳會選擇我成為妳的朋友嗎？」姊曾經這樣問我。

青春期是潮濕的憂鬱期，我幾乎沒有一個朋友，無論走到哪裡都可以感到惡意，即使其中有一部分並非針對我而來，它只是讓世界順利地運作的必然的一部分。只有姊在忙碌地應付公開考試和周旋在不同的朋友之間的空隙，總是不放心似地逮著我問：「妳為什麼總是如此不快樂？可以告訴我。」我看著她，看到一個在陸地上安然漫步的人，從小，她就知道如何在考試裡名列前茅，如何在臉上展開甜美的弧度，如何走進人群而不被人性所傷。但我不知道如何讓一尾魚明白溺水的痛苦，只能回到自己的角落，打開另一本書。她在圖書館借書給我，當年非常流行的《心靈雞湯》和《我變快樂了》。我從來沒有細讀這兩本書，但理解了她善待我。她要我做一個練習，每天在本子上寫上十件讓自己感激的事。

真正做了那個感恩練習，是在十年後，我開始固定地練瑜珈之後。我才發現，那原來不是一個盲目地樂觀的練習。感恩並非轉移視線，而是開闢更多的空間，去收納生命裡無可避免的各式各樣的苦。

那時候，姊已跟隨被工作單位派往大陸的丈夫，移居到一個陌生的城市，在那裡，她沒有上班，也沒有任何親近的朋友。在每週一次的電話聯絡中，她的聲音漸漸失去了光亮的神采。有一次，她告訴我，在購買裝修用品的店子，被心情不佳的老闆狠狠地責罵了很久，無論她如何賠不是也無法平息那人的憤怒，這引發了她從不知道的恐慌，在夜裡展開了漫長的失眠。我忽然看到另一個姊，原來她並非活在岸上，只是一直在一個安全的海域裡以自己的方法划去所有的危險，但現在，那裡湧起了前所未有的浪。我用上了所有的感官去聆聽，讓她知道我在那裡，有時候，人們所需要的只是陪伴而不是任何建議。姊的聲音在電話的另一端緩緩地敘述，我看到每個不同的人，即使皮囊和個性迥然不同，但在生命裡總是會拐進相近的彎角，那些彎角成為了人和人之間可以相通的管道。

「如果我們不是姊妹，妳會選擇我成為妳的朋友嗎？」姊再次這樣問我，我想到的卻是，在我還沒有出生之前，如果我可以選擇，我會選擇成為這個我，還是另一個性情命運截然不同的人？或許，就是因為無可選擇，人們才能在名為人生的這一場扮演中，瞥見自己的本性。人們喜歡稱這為「緣分」，其實這只是一個洞悉自身本質的過程而已。

發聲

當人們的心改變了，城市的景觀就出現了無法逆轉的變化，例如那些呼喊的聲音，不只出現於人們吶喊的瞬間，也散落在不同的牆壁上。有人說，塗鴉破壞了城市的容貌。然而，塗鴉本身並不存有攻擊性，而更接近受傷後的尖叫。有時候，聽到有人指責暴政下的塗鴉，我總是感到，他們就像在說，人們所流的血染污了地面。

執法者在清晨的街上逮到正準備塗鴉的學生，把他們制伏後便坐在其中一人的頭上，用整個身體的重量壓在那人脆弱的頸部。差不多半年以來，他們為了阻止物件被塗污或損毀，便把活生生的人體視作無生命之物，用一切方法遏止其活動的能力。他們可能沒有想到，具有自由意志的聲音不但能留在牆壁，也能通過其他途徑體現，例如選票、人們選擇光顧的餐廳和商店、不願再乘搭的交通工具和不願再服從的制度。執法者手上有武器，可以合法地傷害任何人的身體，卻無法消滅想像力，尤其是，在一個社群裡互相激發和連結的想像力。

人一旦被逼迫到邊緣而始終沒有屈服於強權，就會因為求生而鍛鍊出更強大的靈魂，不顧一切地找尋出路。他們不但不會噤聲，而且明白一旦陷進沉默，自身的狀況便會更危險。在經歷種種艱難的狀況下仍然發聲，深藏在義怒或洶湧的情緒下的，是對生命抱持的希望。發出聲音並不只是為了得到當權者的回應，也是為了生而為人不屈從於誰的尊嚴。

血色

這樣的情景已成為了一種日常狀況，但每次在街上碰上，我還是感到一種從外在的城市，蔓延至身體內部的撕裂。就像那天，遊行之後，在天星碼頭的海旁，一群蒙著臉、穿著綠色軍裝的執法者，排成一個半圓形，圓的中央，幾個執法者正在盤查兩個穿黑衣的瘦弱年輕人。半圓形之外，是一群舉起手機的群眾。他們在監察著這些人的執法方式，偶爾用口號喊出積壓了半年的委屈和不滿。執法者沒有回話，因為，他們被黑布蒙著嘴巴，只露出漠然的眼睛。或許，他們蒙面只是為了避免被識別身分，然而他們的裝扮卻暴露了他們的真實景況——在紀律部隊中，沒有一個人能說出自己的意見。

不久，被盤查的少年終於得到釋放，但空氣中的怒意並沒有散去，人們仍然站在那裡。其中幾個人和一個執法者生起了爭執，我終於聽到一把屬於執法者的瀕臨崩潰的聲音，他手上有武器，氣氛立刻變得緊張，有人上前隔開了雙方。有些一觸即發的衝突因而平息，但更多會演變成流血或傷亡。我想起那些數目眾多的浮屍、沒有血跡的墮樓者和失蹤的人。人們關注地鐵內的機器或店子的玻璃被破壞，但真正殘忍的事，鮮有人敢於追究到底，因為那超越了一般人的能力和可以承受的範圍。

忽然，海面上的天空閃出了幾道彩色的光，我看看手表，晚上八時零五分，「幻彩詠香江」的時間。那些光不知道，半年以來，這香江已被血染紅，並沒有別的色彩。

界線之實

最初，知道「界限」一詞的意思，是在大富翁遊戲裡的「界限街」。街道的名字直指功能。在殖民地時代，從深水埗南開始，穿過九龍塘南部，最後到達九龍城的街道，代表著割讓的界線——清廷割讓予英國的土地，在此線以南的九龍為割讓地，以北的新界為租借地。

回歸後，界線已全面融和成非界線。界線的概念仍然存留在人們的腦裡，只是界線的功能從界限街褪去了，然後落在另一些地方。我們知道它們在，並且在某個層面上緊繃地等待著它的出現。八月，當時是英國駐港總領事館僱員的鄭文傑，在高鐵西九龍站的內地口岸區被行政拘留十五天。他失去蹤影十五天之後，得到嫖妓的指控。於是，人們就知道，當西九龍站落成時，關於「一地兩檢」的爭議，成了黑暗預感的實現。高鐵西九龍站即成了其中一個沒有界限之名卻具界線之實的地方。上週五，一個男人經港珠澳大橋前往澳門，途中被公安檢查，然後失蹤。當他的兒子報案，澳門警方說，沒有男人的入境記錄，而香港警察，一度表示那是境外事件。橋有著的是連繫而不是界線的功能，但我們知道，那座橋就是真空之地，一個不屬於任何地方，不被任何地區的政府負責，卻同時任何權力部門也可橫越之地。人在界線之內，非常脆弱。

而真正的界線是什麼？那是人對強權壓制的容忍極限。在每一條緊繃的界線，都藏著無限的侵略和抵抗的豐富意涵。

動物作為一面鏡子

北京頒下限狗令，所有擁有身高超過三十五公分狗隻的主人，必須親自毀滅愛犬。於是，我想起，幾年前，當我和貓仍然住在島上低矮的樓房時，貓每天清晨都渴望走到陽台，跟樹木和鳥更靠近一點。

或許因為曾經在街上流浪過，貓學會了許多事，包括打開各種的門。當時的居所，洗手間、衣櫥和陽台的門都是滑門，貓懂得，只要用爪把門掰開一點點，就可順勢把縫隙不斷擴闊。破曉時分，當我從夢裡醒來，常常看見貓費盡力氣也無法推開陽台的門，牠無法理解，門在夜裡會鎖上。於是，偏執的貓嘗試多次也打不開陽台的門之後，死心不息又回到房間，以相同方法試著打開洗手間和衣櫥的門，都成功了。牠再走到陽台的門前進行相同的嘗試，門卻紋風不動，牠的喉頭忍不住爆發出暴躁和失望的低鳴。那時候，我感到牠多麼像一個披著貓皮的人，有欲望，會思考，也會執迷不悟。殺掉一頭動物，和殺掉一個人，本質並無分別，但人會以各種理由說服自己，泰然自若地殺動物。

有許多個早上，我看著貓不屈不撓卻無可避免的失敗嘗試，覺得牠像一面鏡，反映我的愚昧。那些我始終無法透徹明白的事，其實就像貓難以理解門鎖。對於暫時解不開的結，其實不必生產過多的情緒溺斃自己。萬物彼此相連，當權力機關強制終斷人和動物以至土地的連繫，人和自己之間的疏離感也會慢慢堆疊。

有時候，世界在退步之中。

血的顏色

這個聖誕節，是血色的。在平安夜，有至少兩個人，被執法者追捕，從高處墜樓受傷；有人被執法者近距離射擊，鼻子中彈，血流披臉。防暴警察取代了報佳音的人。

不過，聖誕節原本就是血流成河的日子，如果我曾經以為它是白色的，必定是資本主義把商場的櫥窗布置得脫離現實的影響。聖誕的源起是耶穌降生，而他降生，惹來了希律王的猜忌。《馬太福音》記載，從東方來的博士說，伯利恆城中有一個猶太人的王降生。殘忍成性得殺死了自己的愛妻和兒子的希律王得悉後非常不安，可是，東方來的博士在夢中被主指示，不願告訴他耶穌生在哪一家。老羞成怒的希律王便下令把伯利恆城裡以及四境內所有兩歲以下的男孩，都殺光了。

耶穌在世上的時候，進行了一場改變世界的革命，而他的出生，以血和嬰孩的嚎哭展開序幕。變革總是從撕裂開始。

他們說，打算取消除夕夜的煙花，換上加強版的幻彩詠香江，然而，城市的顏色，早已被執法者所放的催淚彈染上了煙霧的灼人白煙色、橡膠子彈射穿人體後的鮮血紅色，還有執法者以強光照向群眾的利刃橙色定了調。

聖詩被尖叫和槍聲掩蓋。執法者把槍口指向手無寸鐵的人，義務急救員便衝向墮樓者；一對情侶被五個戴口罩的人襲擊時，消防員到來救了受傷的人。耶穌揹著十字架，走了很遠的路。

路還很長，除了上天，沒有人知道終點在哪裡。

受傷時期

該如何形容一種傷勢，才是恰切的，沒有誇張，也沒有過於簡化的冷漠？尤其是，在城市的受傷時期。

那天，他跑到現場保護被追打的市民，耳朵被人咬掉了，從直播中看到他，滿臉鮮血，狀甚痛苦。救護員把他連同斷耳一同送進醫院。我曾經以為，他的耳朵已順利接駁，報導中亦顯示「情況穩定」。幾天後才知道，他被咬掉的耳廓重新接駁後，血液無法流通，即已壞死。一個人，過著沒有耳廓的生活是怎樣的？原來，耳朵上有大量神經線，他的傷口一直在陣痛、麻痺。他必須服食大量藥物，難以集中精神工作。醫生說，這樣的痛楚或許持續數月，也有可能會一直伴隨他終生。

於是我明白，在六月之前，當城市裡大部分的人時常忘記自己身體的感覺時，是多麼幸福的事，因為，只有失去或受傷的肢體部位，才會強烈地以痛楚和不適展示自身的存在。

因為他是區議員，受傷的身體，以及曾被描述為「情況穩定」的傷勢，才會得到跟進、採訪和報導，然而，那些受傷後被執法者近距離噴上胡椒霧的，遲遲得不到治療的，沒法得到任何文字描述的傷口，在靜默和封閉中，到底是在發炎、潰爛，還是已日漸康復？如何才能找到一種準確的方式和詞語，描述這些在黑暗中無法現身的傷口？無論是「穩定」、「嚴重」或「危殆」都只是空泛的形容詞，在非常時間，已有的文字尤其顯得單薄而無法追上尖削的現實。

Propaganda

「propaganda」這個英文生詞，最初出現在中四的世界歷史課上，我讀到蘇聯的史達林和德國的希特勒如何透過官方的政治宣傳，讓民眾耳濡目染地相信一套從上而下的言論，讓蘇聯人相信，史達林的強大和慈祥，讓德國人相信，猶太人等同蟑螂，邪惡而且會威脅日耳曼民族。當時我不明白，為何人民會如此輕易受政府蠱惑。

十多年前，我到一所band 3男校代課，那些處於教育體制邊緣的孩子，在頑劣的行為背後，卻有一種率真純善。那是六月，我在課堂上播放一九八九年六月四日天安門事件的紀錄片段。學生驚詫同時不可置信地問：「時代已進步，這樣的事大抵不會再發生？」

如果人性沒有進化，時代就不可能真正進步。從去年夏天以來，我都保持著每個早晨聽收音機留意新聞報導的習慣。政府的政治宣傳漸漸頻繁，我深切體會「propaganda」這字詞的生猛力量。

當政府發言人說：「沒有示威者直接因警方行動而死亡」，我想到許多被橡膠子彈射爆的眼球、被指是自殺的浮屍、被強暴的身體和被催淚彈射中嚴重灼傷的背部。當收音機裡的政府宣傳聲帶裡，扮演媽媽的聲音訓斥兒子不要到現場以免阻礙警方執法，我想到那些被追捕而從高處墜下受傷的年輕身體。

我才明白，「propaganda」的出現，從不是為了挑戰人的智商，而是為了讓人甘於自我欺騙，服從謊言。

謊言的魅力

我看到別人，或看到自己，努力地對另一些人傳達某種真相，例如通過影片或文字的紀錄，那些受害者和遇害人的證言，而在大部分的情況下均徒勞無功。最初，我以為，因為人們在目睹事情發生之前，早已選擇了立場或自己願意相信的事。後來我想到，其實我一直忽略了，謊言對大部分人來說，更美好而具有親和力。因此，選擇真相，從不是本能，而是一種道德抉擇。

畢竟，人要進入社會的體系，順利地跟人和諧共處，首要學會運用謊言，在懂得辨別他人的偽裝之前，自己先要在適當的時候說出恰如其分的謊話。不顧一切地誠實的人，都有一種近乎可怕的自我中心。一個人需要修持許多智慧才能得到在真誠和虛假之間的平衡。要是欠缺足夠的慈悲，真話很可能會成了惡言，要是沒有足夠的機智，毫不遮掩的表達，很容易近於瘋狂。越界的誠實，很可能會被關進精神病院，在真正的瘋癲和被冤枉成瘋子之間，那界線非常模糊，因此，潑墨女孩董瑤瓊被關進精神病房。

如果《國王的新衣》裡，那個指出皇帝沒有穿衣的小孩，生於今天的城市，他會否仍然因為孩子的身分，而得到戳破大眾的謊言、因其天真而保持清醒的權利？在童話裡，孩子因為年紀幼小，而豁免於社會約定俗成的虛偽。可是，現在，連孩子也失去了天真的權利了，要是誰敢於挑戰權威，必定會被指為喬裝孩子而押往囚室。

弱化

讀台灣作家張亦絢小說集《性意思史》中〈風流韻事〉一篇，提及敘事者的同性伴侶小白，對於生病的女人，有著奇怪的迷戀。學醫的小白總是期待敘事者：「你就算沒有躁鬱，也有『憂鬱症』就好了。」在親密關係中，弱化自己的伴侶，似乎就可以對伴侶有更多掌控的空間。

我想起，米蘭．昆德拉的《生命中不能承受之輕》中，面對著丈夫托馬斯從著名醫師，被政治審查而成了一個洗窗工人，再從城市遷居到農村，又從壯年慢慢步入初老時期，妻子特麗莎所感到的，也是一種按捺不住的欣喜：「你終於比我更軟弱了。」她禁不住這樣想，經歷過多年來的強弱懸殊後，他們終於可以平起平坐。在狹窄的、再也容不下第三個人的關係裡，伴侶之間的角力，有時是為了占有，有時是為了比拚力量。似乎只有勝出那一方，才會得到更多的安全感。

在當權者與人民的關係裡，或許也存在著弱化的期待。無數水滴連結，就可結聚成海，引發巨浪，可是，只要製造一種恐慌，讓每個人都失去生存的安全感，海也可以迅速分解成為水滴，甚至蒸發在空氣中。在社會裡製造恐懼，比在實驗室裡製作病毒，過程更簡單，只要在災害來臨時不作為，任由所有人自生自滅就可以。

人們在失去體制保護的自由時期，得到的考驗是在慌亂的浪裡如何守住自己的身體和心，依仗一己的力量，創造較理想的生活，為無權的自己充權。

暫借的家

去年十一月，城市各處被催淚彈的殘餘物污染時，一對珠頸斑鳩在我家書房窗外的冷氣機頂上築了一個美麗溫暖的巢，我原以為，牠們會在這裡度過寒冷的冬天，產下牠們的孩子。可是，牠們只是停留了三天，就再沒有回來過。友人說：「或許牠們找到更合適的居所，也有可能，牠們更換了伴侶。」我曾經為了斑鳩夫婦不再回來而惴惴不安，擔憂牠們遇到意外。每次從廚房的窗子瞥到冷氣機上那孤伶伶的巢，都令我想到鳥去巢空。直至上週，一連幾天下著冬春之交的濕冷的雨，窗外冷氣機頂的巢穴，不斷有不同的鳥到訪，為了避雨或避寒，但牠們總是借宿一陣子，就揚長而去。原來被棄置的巢穴，成了眾鳥的避雨中心，或休憩站。

全年最冷的一夜，貓忐忑不安地在書房向著窗子嘶叫，我細看一下，原來，另一雙珠頸斑鳩夫婦已入住巢穴。夜裡，牠們並攏著肥胖的身子睡在巢穴的枝間，到了清晨，其中一隻先飛到對面住宅的冷氣機頂抖擻身子，然後飛到外面更廣闊的世界尋找食物，留下伴侶在巢穴裡繼續安睡休息。

我曾以為空巢是被捨棄的象徵，但鳥讓我明白，空巢其實是結善緣的交會點。人總是以為永久居留才是家，但對鳥來說，不同的階段就需要不同的家，包括空氣污染時暫居的家、冷雨時借宿一夜的家，或，待產時一個季節的家，只要身子內有足夠的安定感，能容身的都是家。

修橋鋪路無屍骸

《小婦人》中，留在我腦裡一個始終不能磨滅的印象是三妹貝斯（Beth）離世的方式——母親要去戰場照顧患病父親，離家前交代四個女兒要定時送食物和各式物資，照顧德裔貧窮鄰居，否則他們可能無法度日。後來，四個女兒中有三個都因為各種原因，而沒有遵從母囑，唯有善良無私的貝斯，無論如何也二話不說挽起食物籃，叩一扇內裡傳出嬰兒哀哭的門。嬰兒把猩紅熱傳染給貝斯，她因為本來就體弱，臥病在床很久之後，終於沒法撐過去。

常理顛倒，世道紛亂的時候，人們常說「殺人放火金腰帶，修橋鋪路無屍骸」，從這個角度去看，貝斯或許就是好心做了好事，卻沒有得到善果的例子（另外的三姊妹卻免於禍患）。

城市在連續兩個週日的和平遊行和悼念活動，都有多人被捕的時候，我想到貝斯；記者被執法者近距離噴胡椒，又被推倒在地受傷後，我想到貝斯；多個執法者以執法為名把一個少女挾到私家車上去後，我想到貝斯。缺乏有效的監管制度，手握拘捕權力和武器的人心裡的邪惡便有可能持續擴張——這跟沒有藥物可治也未有疫苗的傳染病何其近似，而無法約束的惡意，其影響比病毒更深遠而廣大。

這些貝斯們，為何在惡意肆虐的時候，不留在家裡好好地自我隔離？或許，因為真正活著，做自己認為是對的事情，本來就有帶來惡果的風險，除了死亡之外，世上無處存在真正的平靜。

飛霜

某天，看到雪羊（mountain goat）的照片，蓬鬆的披毛、粗短的四肢，神情冷靜，怡然自得地站在幾乎無法站立的峭壁，那傾斜得幾近直立的壁面，只有一點石塊暴露出來之處。雪羊彷彿坐在家裡的沙發專心聆聽黑膠唱片的音質那樣，享受著那一點空間。我所感到的，並不是驚異，而是悲傷。「雪羊如何在山上移動？」有人問。「好像時有雪羊無法下山的新聞。」另一個人回答。在我看來，一面是冷森林的山壁，而另一面則是萬丈深淵的處境，不是雪羊所獨有，是我們，活在這個城市裡的人。素食的雪羊，天生就擅長在陡峭之處，跳躍、攀爬，來去自如。但這城市本來是個平坦的地面，只是隨著命運、業力，各種不可抵擋的形勢，成了一面難以找到立足處的冷漠牆壁。一面是傳播力強的新型病毒，另一面是無休止的對自由和個體意志的壓迫。他們拘捕民主派的議員和活躍者。一群執法者以拘捕為理由，把市民困在家裡多個小時後蒙頭帶走，阻止面見律師，記者無法拍攝屋內情況。許多人墮樓，從天而降的無可疑屍體，是每個月份的飛霜。

樓下茶餐廳的老闆說：「九七年，我就知道，中央不會容許真正的一國兩制，他們會消滅它。」客人說：「這裡跟大陸許多城市相比，已是自由太多了。」

我無法對他們說，我們已到了雪羊的狀況，卻沒有雪羊的生存本領，只能在各種凶險之前，顫巍巍地踏出未知的每一步。

失憶的過程

法官在審理一宗案件後，在判詞裡形容，把女生斬至重傷、刀子刺穿肺部的被告擁有高尚情操。住在這城市裡，那些並不擁有權力，卻早已被各種失常和無理摧折得憤怒不能言的人，還是以各種方式，表達對這種指黑為白的言論的反感。或許，不是期望能扳倒什麼，僅僅只為了顯示，常識、道德和公義仍普遍存在於人們的心裡。

言語具有無比的力量。不僅是寫下來的文字、演說、判詞、人和人之間日常的交談，以至人們每天無時無刻跟自己進行的內心對話，都有著模塑個人和世界的影響力。

坐擁權勢的人，因其身分、地位和利益關係，說出的話，幾近刀刃，可以用於拯救，也可用作不沾血地傷人。

於是想起，十年前，到愛荷華參加國際寫作計畫。主辦單位每週都安排交流活動，其中一項是，數十名從不同國家或城市前去參與的作家，每週一次，輪流在大學的課堂上，介紹自己國家的文學作品。來自C地的X說，他的英語曾經很棒，但多年來缺乏可以運用這種語言的語境。「生疏了。」他說。即使在餐廳裡以英語點餐也有困難，但在課堂講座上，他還是沒有求助於翻譯，只是自己提早把演講稿寫成文章，然後再念出來。演講完成，在那所大學任教的主持人問他，X的演講中提及，西方世界漠視C地的文學作品，但事實上，大學的圖書館內，滿滿的都是C地作家的作品英譯本。如果像X所說，言論自由影響了C地作家的寫作，那麼，X本人又因為言禁而沒法觸碰哪些題材？那一刻，X突然啞默了，臉上的表情凝固了。他嘗試說出一些話，卻始終詞不達意。不久，整個講堂的人，包括觀眾席上的我們，都感到那種著急和尷尬。坐在觀眾席上的總務瑪莉女士，轉過頭來瞪著同樣坐在觀眾席上的我，以嚴厲的眼神和命令的口形，要我立即走到台上充當翻譯，為X解圍。我看著瑪莉的臉好一陣子，思考著翻譯的目的，其實是縮減一種語言和另一種語言之間的鴻溝，同時知道，絕對的理解終究是不可能的。但那一刻，有任何言語，足以讓一個香港人如我，縮小美國、另外幾十個地方以及C地的距離嗎？我嘗試想像，來自美國的主持人從來都身處在一個言論自由的環境，他擁有記得所有事的權利；跟我同年出生的X，則成長於一個被禁閉的國度，在長期的壓抑下，真實被隱瞞，說話隱晦是日常生活的一部分，揭露會帶來嚴重的後果。即使X寫作，具有自我反省的勇氣，但，長久以來形成的遺忘習慣，使他再也無法一針見血地翻出那些積壓在巨大的遺忘倉庫底層的記憶。那是一個美國人從來沒有體會過的倉庫，在某個國度，人們為了生存，必須每天來回那倉庫，把自己的腦袋放進去冷藏一段很長的時間，再放回自己的頭顱裡去。而置身在美國和C地之間的我，站在擁有記憶的權利又正在一點一點地失去這權利的島上，應該如何用第二語言，把這經驗傳達？這不僅是英語和普通話之間的差異，還涉及歷史和生活體驗。

《百年孤寂》裡，馬康多鎮居民所經歷的失憶症，有幾個階段：「患者首先淡忘童年記憶，繼之以事物的名稱和概念，最後是各人的身分，以至失去自我，淪為沒有過往的白痴。」

從法官的判詞，我想到我們置身在哪裡階段，有些人失去事物的概念，有些人失去了自我，而另一些人比較痛苦，在記得和失憶的邊緣，每天苦苦掙扎。

遺失的笑容

「無論做什麼都是徒勞的無力感，以及已經無法相信司法體系的孤獨與恐懼。我對自己的渺小感到悔恨。」這是性暴力受害者伊藤詩織在《黑箱》裡，描述對性侵被告山口敬之提告，卻遭遇挫折後，寫下的句子。山口擁有勢力和人脈，可以不同的手段左右案件的調查。

讀到少女X報案，在荃灣警署遭四名蒙面警務人員輪姦，卻在七個月後，被通緝的新聞。X透過律師發出聲明，作為受害人，卻無法得知案件調查的細節。

伊藤詩織和前輩山口相約晚餐傾談工作事宜，卻被下藥並帶到酒店強姦。事情發生後，她在極度的驚嚇和創傷之中，還沒有想到報警的事，只是，回到家裡，看到妹妹，就想，幸好事情並不是發生在妹妹，而是在自己身上，她比妹妹堅強，可以挺得住。當她決定提告，即使遇上無數困難，仍拒絕在庭外和解，其中一個非常重要的原因，是為了阻止這些慘痛的經歷，發生在別的女生身上。站在詩織對面的被告，是被制度和權力包庇的山口，而站在少女X對面的，是一整個失去制約的執法組織。

X是在哪種心理狀態下決定以身犯險，進入虎穴般地去報案？我無從得知，但我想到的是，去年六月以來，不計其數的女生或男生，遭到各種性暴力之後，只能蜷縮在受傷的殼裡，因為報案的代價，並非常人可以承受。

如果一個人殺掉了另一個人，即使能避過牢獄，死去之人的影子仍會緊緊地依附在他身上，成了他密不可分的一部分。那麼，那些侵犯或強暴了別人的身體，卻消遙法外的人，他們的餘生，會不會在自己的母親、妻子、女兒或朋友身上，看到受害者的眼睛？在他們的靈魂離開肉身，到達中陰階段的時候，如何和受害者的眼睛四目相視？

在《黑箱》的後記裡，記下了詩織的朋友的話，自強姦事件之後，她臉上就失去了昔日的笑容。或許，所有被強暴過的人，都無法找到原初的笑容。畢竟，這個城市經歷過去年夏天之後，城市裡的人，就失去了完整的笑容。

人形猛獸

母親節那天，女記者正在旺角採訪。防暴警衝進女洗手間進行抓捕，發現了照相機和女記者，於是，搶去她的照相機，以胡椒噴霧射向她的眼睛和嘴巴，把她按在地上，以膝蓋壓著她脆弱的頸椎，暴打她，使她失禁。

當借權力行使暴力漸漸成了一種日常風景，而收音機裡的政府宣傳聲帶，和政府發言人都口徑一致地把暴力歸疚於在街上唱歌、遊行或拉起寫上標語的帆布的人，我常常思考暴力的源頭是什麼，這並不是一件容易的事，因為城市裡充滿令人疲憊的噪音和血淚組成的照片。

女記者的肉身、因為政治理由而在監獄裡服刑的人的肉身，還有在抗爭現場的人的肉身，都成了暴力的案發場所，這是顯然易見的。然而，如果暴力是一種病毒，最先病發的人，其實是服從上級指令而執行暴力的穿著綠色制服的人。在他們的腦袋裡，從中央下傳到政府，從政府下傳到執法部門指令漸漸取代社會規範，甚至基本的道德觀念，成了唯一的行動指引。當防暴警放下了性別的藩籬，進入女廁，幾個孔武有力的男人，毆打手無寸鐵的女人，嘲笑她的眼淚，像獸玩弄獵物。那幾個穿著綠色制服的人，已然失去作為一個男人，以至，作為一個人應有的惻隱，還有對自己對他人的尊重。他們的制服已成了無法脫下的身體，他們的腦袋成了國家機器。他們的臉成了面罩，他們成了人形猛獸。他們令人感到悲哀。

法

幾週前，接受一個訪問，記者的其中一個問題是：「如果有一天，妳再也不能寫作，會怎樣？」

這並不是我第一次遇到這問題，十年前，也有一個大陸的記者問過一模一樣的問題。

我覺得這問題，她們真正要問的是，「如果妳失去了最重要的東西，會怎樣？」

我忘記了十年前回答什麼，但幾週前，我的回答是，就去做別的事。如果不能出版或發表，就寫給自己讀，如果連寫作這行為也會被偵測和查禁，就在心裡編織文字。其實這些並非最重要，因為無常是宇宙的定律，每個人到了最後都會死。有些看來非常逼真的處境，其實是虛空的，很快就會改變，沒有什麼比一呼和一吸更真實。國安法甚囂塵上，感到害怕的時候，我努力記住這一點。

不可能的誠實

我一直相信，誠實是寫作的必要條件，或許，也是作為一個人，免於陷入分裂之苦的重要元素。

烏雲已至，當《頭條新聞》被警告，然後被安全的空殼所取締之後，當港版國安法訂立了以後，我要如何把字寫下來，或，在寫作班裡，和同學談及誠實之於寫作的重要？

人們接受教育，適應社會，跟別人和諧共處，就必須適量地撒謊，以及辨別謊言，而藝術創作則讓一個人回到原始的，和本能接軌的部分，卸下面具和虛飾的表相。用文字從心到達手，是一個漫長而跋涉的過程，必須要避開多年來在日常生活裡發展出來的那個完全社會化了的內在審判者，才能發出比較接近原初自我的聲音。所有的法律條文都是一般人難以理解而且含糊的，唯有如此，才能讓管治的人可以隨時作出有利於他們的判決。政權一再表示，港版國安法，只是約束想要顛覆國家安全的少數。然而，每個人的身體裡，其實都有至少一部分是無法與社會相融的尖角。顛覆國家安全的定義，可以任由管治者作出任何詮釋，如果寫出六四和八九足以讓一個人被消失，那麼，八三一和七二一也將會是一組敏感的數字。

誠實是資本主義時代裡，一個人僅餘的尖角，然而這尖角其實並不尖削，而且非常脆弱。或許這世上並沒有真正適合寫作的地方，正如沒有一個真正適合天真者生存的國度，而活著就是在各種不可能之中，奮力掙扎，直至萎謝。

法定的愛

愛是一種建基於真情實感的承諾、責任和行動，只有在從心自然地湧動出來，才有如活水般的力量。真正的愛可能會無端地產生，也會無常地消逝，因為它是活生生的。要是愛成了一種法律，無論是必須愛一個人、一所房子、一座城市、一個國家，或，一頭貓，因著其必須和固定，這種愛從開始便是死的。

當我在寫作課上，對同學說，寫作需要的是誠實的勇氣，意思是，在文字中可以一層一層地挖掘和揭露自我，直至抵達和他人共通的核心部分，其代價是，必須承受他人的目光以及愛惡。可以想像，港版國安法訂立之後，誠實地表達自己的勇氣，所需要的代價，可能是告密、丟掉工作，甚至牢獄之災。

根據在電台廣播的政府宣傳聲帶，「暴力真的能解決問題？」所指的是，在遊行時縱火、投擲汽油彈和被捕時反抗。這樣的暴力要被法律仲裁。但更深層的暴力，卻是凌駕法律，甚至操控法律，摧毀一整代人的靈魂、價值和道德觀的，例如不斷重複謊言，強迫人們接受謊言。人們最初被動地不反抗謊言，不久後活在由謊言建構的現實中，最後參與建造謊言，再也無法辨別真偽。

誠實的勇氣

當誠實會招致刀子架在頸上，人們要冒著失去一切的風險才能說出真相，那麼，活著成了一件異常危險的事，但，如果每一刻都是從死裡逃出來的生，生命的每一刻都會顯得異常珍貴。當港版國安法訂定之後，人所吐出的每一句真話，都是以沉重代價換來的，而認同謊言的人也裸露了自己同流合污的本性。或許會有更多同時選擇站在兩邊的中立者，根據但丁的說法，地獄最熾熱之處正在等待他們。

有時會深刻地感到，時間流逝，但世界並沒有在進步。秦始皇焚書坑儒，為了確立自己的政權，剷除所有已在或潛在的異見者和有獨立思考者；文化大革命持續十年，大量知識分子被鬥死，許多家庭因此破碎，更多人經歷了一個滅絕人性的瘋狂時期。

經歷過文革的K，當時身在相對平靜的農村，對於那場慘劇，她無法磨滅的記憶，是覺察到書籍的難能可貴。「非常幸運地，我的朋友之中，被抄家後仍然暗暗地藏著書本，那些書在朋友的圈子之中流傳，一個讀完便傳給下一個。」她告訴我，在當時，無論藏書或讀書，都是一種罪名。可是，禁絕往往會刺激欲望。在一個書成了稀有品的年代，人對於書前所未有地飢餓。寥寥可數的幾本書一再被她和朋友珍而重之地重讀，成了餘生難以忘記的內容。

或許，在一個誠實成了違禁品的年代，人們也會因為禁忌而一再穿越誠實，成了更有勇氣的人。

像死那樣強烈的生

當自由的範圍在縮減時，我一再思考，自由是什麼？那是，一群持槍的、預備用靴子或膝蓋壓在人們頸椎上的、可以隨時向人們射出胡椒球或催淚彈的執法者，用圍欄圈出一個範圍，對人們丟出一句：「這是你們獲分配的自由。」還是，許多人的肉身，不由自主地被扔進海裡，或人們不顧一切地跳進海裡，用自己的血肉之軀來填出一片可以供後來者在上面自由奔跑的土地？

時間又是什麼？從一九九七年至今，城市裡的人走了二十三年，從安守本分於自己的生活，至不得不上街；從一小群人苦行、絕食，反高鐵，至二百萬人遊行；從躲避執法者的催淚彈，至第一個人的眼球被射爆；從第一宗沒有可疑的游泳健將浮屍案，至少女報案被執法者輪姦成孕反而成為被通緝對象。我們走了很遠的路。但，摩西領以色列人出埃及，經過四十多年才走到本來只需十一天便可以到達的應許之地迦南。

長路漫漫。重讀《西藏生死書》。

第一次在二樓書店碰到這本書，是十五歲那一年，看到書名，直覺感到這是我要讀的書，但把書翻開，文句並不艱澀，甚至可以說是顯淺，但我不能理解，無法把當時的自己連繫到內容。幾年後，在一齣當年熱播的電視劇《妙手仁心》裡，我看到其中一位後來死於非命的醫生角色，家中的茶几擱著這本書。「或許，這是一本教人如何面對死亡的書。」當時我這樣想。幾年前，腦神經科醫生告訴我，死亡隨時都會發生，我一邊感到驚異悲傷，一邊覺得如釋重負，兩種感覺同樣真切而強烈。死亡是什麼？死亡是一切都有盡時的真實，對照生活日常各種煩惱的虛妄。

可是，生命的終結並非唯一的死亡面相。睡眠即是必須而自願的小死。沒有小死，細胞便沒有機會自我修復和更新。失去是必然會重複地發生的死亡形式。

《西藏生死書》的作者索甲仁波切在西藏度過青少年時期，家族姓卡藏，是西藏最富有以及護持佛教最有力的望族之一。當他們一家隨著多位上師離開西藏，失去家園、擁有的財產以及一切，被迫離開自己土地的悲傷，對他來說即是一種死亡。當然，還有不計其數的上師的死亡。在一九五九年，西藏淪陷，他視如至親的上師蔣揚欽哲逝世，對他來說是雙重打擊。

在書中，索甲仁波切闡述禪坐的方法、人死後的靈魂如何進入中陰階段、如何關懷臨終者、如何面對將死或正在死去時的恐懼、如何為亡者祝禱……就像一本面對死亡的指南。不過，當城市每天都死去一點點，卻總是沒有死光，因此也無法重生，只是，各種惡意的壓迫似乎一天比一天猖獗。《國歌法》在立法會二讀的這一天，截至下午已有六百多人被捕，許多人在街上被截查，許多年輕人被命令並排坐在地上，而執法者獰笑著向人們射出胡椒球。我不止一次感到，每一天都在經歷新的死亡。當我重讀《西藏生死書》，卻發現，那些表面上在談論死亡的句子，原來，其實是在討論如何在各種迫害中好好地活下去，如果死之後，也是另一種生，那麼，人為何懼怕死亡。只有學習死亡、面對死亡，不再恐懼死亡，才能勇敢地活著，不是行屍走肉地存活，而是切切實實地生活。

何其恐怖，活在此時此刻的香港，像從一個陽光下的草坡，被驅趕到無法把身體直立的籠子；何其有幸，活在此時此刻的香港，體驗過陽光、草的氣味、催淚煙灼在皮膚上的感覺、剝奪言論和思想自由的恐懼、以肉身撞擊冷硬高牆的痛苦，這是活著的滋味。

似乎做什麼也沒有用的當下，其實可以做的事情何其多，例如，藉著痛苦，潛進心海最底層，擷取一角寂靜，種在文字之間，傳遞給在不同時間和空間裡，同樣被壓迫的人。

無常的浪

家裡的貓白果，來自衙前圍村。數年前，牠在那裡自由地生活，偶爾被恨貓的人驅趕或被熱水濺在身上要脅威嚇。村子重建，義工把住在那裡的所有流浪貓捕捉，尋找領養人。於是，白果和另外二十多隻村貓，分別被送到不同的家庭。幾年下來，好幾隻村貓已先後離世。

白果的兄弟腐竹，被當天救貓的義工養在家裡。腐竹有先天的貓愛滋病，雖然有強韌的生存意志，不過，身子已一天比一天衰弱。收到腐竹情況轉壞的消息時，我書桌上種植了一年多的多肉植物藍石蓮原因不明地慢慢腐爛枯萎。我一直以為，藍石蓮是一種生命力強的粗野植物，最初，它不過是一片隨機掉落的葉片，不久，就長出了根，慢慢長大成了三朵巨大的綠色花朵。不過，藍石蓮的衰落和寂滅，也不過是幾天之間的事。

白果喜歡在我對著藍石蓮發呆時，突然縱身躍上桌子橫在我和植物之間。看著植物時，我想到，必定是家裡某種高壓的氣息讓它奄奄一息。國安法立法的消息傳來後，我感到一種突然的失去，或對於驟然失去一切生出了預感，連帶而來是各式死亡的想像。我問毛色柔軟雪白、肌肉強健的白果，世上有沒有哪一個地方是真正安全的？牠以僅有的一隻眼睛盯著我，我就知道，活在同一個城市裡的人、動物和植物，根本就活在天壤的層次，人有法律的保障，動物的生命卻往往被踐踏，而植物常被隨意砍伐。即是同是人類，也會因國籍膚色性別外貌和貧富而被劃分。無常可以讓人在不同的層次流動，體會不同的處境，同理他人和不同的物種可以產生連結。或許，無常會帶來新的體驗，我只是不確定，自己有沒有足夠的勇氣，隨著無常的浪走到不可知的境地之中。

六月・彼岸花

自去年六月以來，我培養了一些新的習慣，其中一個——當現實過於尖削，像炸彈一直在爆破所落下的碎片，我就會假想自己置身在安全的未來的某一點，從一個遙遠的距離，回看現在，這個過於靠近而充滿驚嚇的此刻。無論此刻發生什麼事，這也終將過去——這是我給自己僅有的，也是最大的安慰。

新的習慣太多，為了適應每天都出現變幻的現實。另外一個習慣，故意把部分詞語模糊化，使它們變得難以辨認具體所指，那麼，在寫作的人便會比較安全，寫下來的字將不會成為被告的證據。例如，如果我要用第一人稱作出紀錄，當我要寫「抗爭現場」，便會自動刪去「抗爭」，寫成「現場」。（我不能說，心裡完全沒有懼怕，只是在想，如何和這種恐懼共處更久一點，而不是在感到恐懼的一刻，就交出自己的尊嚴。）

從「現場」回到日常的距離，愈來愈遠。六月了。去年六月，城市開始染血，血一直流，並沒有停止的跡象，因為城市的血小板已然失去作用，沒有任何醫護人員獲得拯救的許可，我們只可以看著城市巨大的身體，一點一點地枯乾蒼白。偶爾，我仍然會想起，去年六月之前，如何在抵達自己的臨界點，昏厥或眩暈之前，跳上一輛巴士，或鑽進地鐵站，摻進衣服顏色混雜的人群裡，回到自己居住的地區，便算是，逃進日常。可是，「現場」的範圍，漸漸像發炎化膿的傷口不斷擴大，延展至議會、學校、課本、網絡、商場、街道、車站、車廂裡、所有的公共空間，甚至，我們居住的大廈、單位，以至身體。

「現場」在身體。我所指的並不只是，催淚煙和胡椒噴霧，從空氣中入侵人的身體，也不只是，執法者可以把任何工具，或自己的陽具，放進任何女生或男生的身體內，有些不合法的事，並不會受到法律制裁，而是，所有人的頸椎，身體上最脆弱的一點，脖子背後的命門，都被掌握在極權的手裡。執法者是最先向極權下跪的人，而他們的膝蓋跪在這個城市裡的人的頸椎上。他們下跪的代價，是以所有人的完整、健康以至性命來支付。最初，他們使用棍子打、用靴子踢、用槍擊向頭顱或射爆別人的眼睛，然後，他們壓向所有走避不及的人的頸椎。有一個南亞裔人，被執法者懷疑刑毀車輛後，執法者跪在他的頸椎之上，他受傷送院，到了另一天就死了。為什麼是頸椎，我想，他們如何從身體的地圖上找到要攻陷的一點。從印度瑜珈的觀點來看，人的身體有七大脈輪，每個脈輪掌管不同的生存能量，而第五脈輪喉輪，就在頸椎的前方。喉輪是溝通之輪，各式的表達，包括文字、說話、圖像和聲音的傳遞都在這個區域，不止是人和人之間的溝通，也是人和自己內在的溝通。如果說，射穿別人瞳孔的執法者是為了阻止目擊和見證，那麼，壓壞別人的頸椎，就是極權控制自由的終極手段，禁止溝通，使每個人都陷落在絕對的孤寂之中。

「現場」在大學的寫作課。一月上旬，大學寫作課的第一課，課室裡的同學都戴上了口罩。那時，武漢肺炎仍未在武漢人所共知地爆發，只是，在開課前兩個月，校園發生了一場戰爭，一場學生保衛校園的戰爭，催淚彈的殘餘物質仍在校園各處。那天，學生R發訊息告訴我，因為濕疹引致全身體無完膚，無法來上課，必須立即求醫。幾個星期後，他交來的第一份習作，是一篇小說，關於一個義務急救員，抱著求死的決心，趕赴現場，走到前線，被催淚煙霧一次又一次熏烤自己的身軀。回到家裡，主角的身體經歷了一次比一次嚴重的濕疹，使他痛不欲生，卻也因而質疑自己求死的決心。「為什麼我明明以為自己連死都不怕，卻仍然為濕疹所苦？」R在收到我給他的習作意見後，這樣問我。

佛洛伊德在《超越快樂原則》(Beyond the Pleasure Principle)中提出「死之本能」。這是，原欲或生之本能的相反，卻也是一體兩面的欲望，在潛意識中，他們是勢均力敵的搭擋。所謂的死之本能，即是摧毀和瓦解生之本能所致力創造的一切的一股力量。有些人沉溺受虐或自虐，有些人無意識地享受著痛苦帶來的安全感，即是死之本能在作祟。然而，「現場」激發眾人所生出的死之本能，是一種虐待癖嗎？當然不是。我以為，那是在暴虐的、被欺壓得難以呼吸的、絕望的生存邊緣中，迸發出的一抹黑色發亮的力量——要是生存環境過於荒謬和暴烈，那麼，或許要到死之中，好好地休息一下。這並不代表，人們在求死，那只是一種逃離「現場」的本能。

R真正追求的並不是死，而是一種比生更渺茫的公義，而學生I，她在被毀滅的邊緣，拚盡一切力氣，要朝向生。寫作課完結後，I把最後一份習作交給我時，邀請我去旁聽她的審訊，結案陳詞的一場。她剛收到通知，正式被控暴動罪，此罪若罪成，量刑期以六年為起點。我回信給I說，將要旁聽她每一場審訊。

我想起，這是I在大學裡的最後一個學期，她本來打算在畢業後當一名教師，我想起，她在習作裡描述過的一段快要開展的感情關係。他們青春正盛，但死亡，在我們的四周。

「現場」已經從一個具體的空間，成了一種意識型態。物理層面上的距離，易於量度和計算，因為那是有限的，也可以被同樣有限的身軀跨越和征服。可是，一種意識型態的長度，可能跨越多年，也可能是無限的，因為那是無形的，卻異常切實的。納粹德軍在整個歐洲境內對猶太人進行的迫害，從一九三三年持續至一九四五年；中國的文化大革命，前後為期十年；而台灣的戒嚴時期，則從一九四五年橫越至一九八七年。那麼，剛剛成為「現場」的香港，又要花多少光陰才能重回日常？

盼望是生之欲的其中一種，我相信這城市總會在某天回歸日常，即使那是在我們的有生之年以後。

記憶的幽靈

在我的記憶之中，每年的六月四日，都是有雨的，分別只是，持續一整天的狂風暴雨，還是雨後放晴。

去年的六月四日，人們說，或許這是最後一次被允許的集會；今年的六月四日，在限聚令和國安法之下，以往的集會模式已然消逝。沒有人能肯定，這城市的人是否仍能像以往許多年那樣，能有記憶的自由。這世上，並不是每個人都可以自主地記得或忘記任何事。無論是個人或集體的記憶都是脆弱又易逝的，那些重要的事，必須經過討論、書寫和表達，才能保留下來。不過，從國家安全的角度去看，沒有什麼比鮮明的記憶更具顛覆的力量。

或許，禁絕六四的人，和堅持記得六四的人，都留住了六四的痕跡，即使兩者的方式是迥然的。前者以禁制表示這件事曾經存在過，後者以抵抗的姿態說出真相。雖然，大部分真正經歷過六四的人早已不在人世，而每年在六月四日拿著燭光的人從未身在現場。然而，否認和遺忘，會導致無意識地重蹈覆轍。三十一年前夏天的事，多年以來，早已出現了不同的變奏版本。而「六四」早也不止是一個名詞，也是一個「形容詞」——暴力鎮壓，死傷慘重，真相永不公開。從去年六月至現在，這城市經歷了一遍又一遍，小型和中型的六四。六四像一個無法被超渡也無法順利地投胎的亡魂，幽幽地在世上各處來回踱步，大部分的人都見過它，而它在不同的人眼中，都有不同的模樣。

頭顱

友人提醒，國安法立法之後，寫作環境會充滿變化。

確實是這樣。

但我下意識制止自己去仔細思考這件事，或許是為了避免無意識地種植恐懼（我常做這種事）。

或許，我只可以，閉著眼睛一直向前跑，途中被砍了頭顱也不知道。（其實這樣也很好）

含糊其辭

為什麼他們總是說，國安法只會影響少部分的人，而且，少數要服從多數？少數和多數究竟各有多少？

「危害國家安全」的定義如此含混，閱讀、養貓、思考、表達，甚至一個不夠愛國的眼神，都可能在威脅國家安全。有些人無法忍受暴力，有些人無法忍受貧富懸殊，而我無法忍受的是，含糊其辭。當他們說，國安法只會影響少數人，他們大概是認定了，這個城市的人眼中只有果腹的食物或居住的單位等可見的事物，對於言論、思想自由或創造力缺乏興趣。他們以為這城市的人無法看穿，世上所有無形的物質，都先於有形事物的存在，例如，先有靈魂，才有肉身；先有指令，才有執行；先有意念，才能建構出各種形狀；先有空氣，才有呼吸，是為生命。先有思想，才有語言，最後才是組成世界的法律條文和各種規則。當權者一再以各種方法要求人們接受含糊其辭的說法，一再把謊言和不實的訊息塞進人們的耳朵，就是在鞏固一種從源頭開始不求甚解的邏輯。

我不能接受含糊其辭之中的刪除細節、拒絕思辨和簡化分析，不止因為這會使人慢慢地變笨，還有其中把多元的思維方式變成單一的意圖。含糊其辭是一種柔性的馴服，讓威權得以牢固。

現在，我擔憂自己在某天不再介意，甚至無法察覺身邊含糊其辭的風氣，因為一種成功的馴化，是讓所有人都感到四周非常舒適，因為他們也已成為了含糊其辭的一員。

時間線

去年夏天，美國耶魯大學歷史系教授 Timothy Snyder 的《暴政：掌握關鍵年代的獨裁風潮，洞悉時代之惡的二十堂課》成為熱門讀物，一直長駐書店的暢銷書榜榜首。基於對暢銷作品的懷疑，我延至上月才翻開這本從一篇網絡文章發展而成的著作。令我當棒喝的並不是書中對於培養更成熟公民社會的二十個建議，而是在後記裡，作者提及的現代人兩種歷史觀。一種是「必然式的政治觀」，認為歷史只會朝單一方向前進，必然逐步走向自由主義的民主制，這樣的觀點，容易讓自己的思維停滯；另一種是「永恆式的政治觀」，在回顧歷史上曾經發生的事件時，只熱中於自己的版本，不去看真正的歷史事實，而且總是在懷緬某些「光榮時刻」，這會讓人不再思考未來的可能性。

所謂歷史，其實就是感受時間的方式，以及對時間的想像力。身在這個不斷消失的城市，最初，它以一九九七為一個限期，接著，人們以為二〇四七是它的終點，到了二〇一九年六月，人們才終於確定，每天也可能是最後一天。直至我從「這是世上最安全的城市之一」的夢裡被拋擲出來，才恍惚地感到，歷史並不是被存封在過去的或書本上的時間，而是一道河流，身在其中的人不會重複地經歷同一個片刻。真實的時間，並不是線性的，也不是年輪狀，更不是一個圓，而是根據人每一個瞬間的創造，如煙花般不規則的爆發。

無常

或許這是常有的事。每一刻都有可能失去親愛的生物。

書房窗外，冷氣機頂在半年前成了一所珠頸斑鳩酒店。自從有一雙斑鳩夫婦在那裡築了巢，又飛走了以後，其他的斑鳩便一雙又一雙地前來借住。那就像一所沒有前台服務員的旅館。我喜歡無論室內或室外都有動物，但，會飛的鳥令白果常常激動，心神不寧。那和極恨或極愛的反應非常相近，有時我懷疑白果也像少年維特，也有微妙的煩惱。

珠頸斑鳩會待在冷氣機頂上理毛、睡覺或把身子轉來轉去（其實跟貓日常動態也很相像），但，牠們也會突然展翅向街上飛去——我覺得貓受不了的是這一點，牠非常妒忌，這些鳥有一個更廣闊的空中世界。

今早，有一隻鳥住客又從冷氣機頂飛到遠方去，站在窗前的白果再也把持不了自己，好像要同歸於盡那樣，跳起，立身撲向窗子，那時我正在窗前的書桌專注地寫字，聽到貓撞在窗上的悶響抬起頭，貓的一隻手掛在窗外，我又急又生氣，立即抱住白果立在窗前的身子，把牠放在窗外的手拉回來，但牠的手非常執拗，仍然堅持想要抓住已失去蹤影的鳥。

貓究竟是太愛鳥還是憎恨著鳥，我並不知道。我只是因為太緊張白果，害怕失去白果，把牠抱到地上，打了牠的臀部一下，再把牠關進睡房，監禁半個小時。

我差一點就失去牠，如果窗子的安全裝置那一刻突然失靈，窗子大開，或，那時我不在家，沒有翅膀的白果會否成了空中飛貓。這太可怕——我的意思是，我竟然把自己的心藏在一頭頑劣的貓身上。

非如此不可

沒有人能選擇自己出生的地方，如果這些是必須經歷的，就去承擔。

在樓下的餐廳吃飯時，看到電視新聞上，人大會議巨大的會議廳，那條沒有人知道細節的議案，沒有異議地被通過了，被規管的人卻在會議廳外的另一個城市。

在歷史的洪流裡，人或許不過是蜉蝣。如果逃離不是一個選擇，那麼，自己的性命和安危其實也不是最重要的。

既然如此，心裡很踏實。那是殘暴的法例，殘暴之人會給自己帶來更多殘暴。

昨天很擔心，因為一直盛傳，法例一旦通過，便會抓捕他和他。其中一個他，今早宣布退出一個推動民主的組織，心裡稍稍放下擔憂，感謝他一直以來的付出，從少年到青年。

有許多人會以猶太人的命運來比擬現時的香港，我曾經也有這樣的想法，但，我現在的想法是，歷史不會完全翻版重現，而歷史讓人明白的，應該是以前車為鑑加以創造，而不是被經驗所局限。

沒有任何憑藉，但今早的冥想練習是，觀賞一個有自由民主、獨立司法制度、也有言論自由和安全的香港。

既然每天都可能是生命中的最後一天，我不想浪費任何時間，嚇壞自己。肉身難得，可以做的事，還是有許多許多。

荒蠻的熔爐

我記得，是以二〇一九年六月為分界點，此前，人們身處在一個文明的社會裡，那裡有相對地公義和穩健的司法制度，不過，六月後，不義的事一天比一天更多，作惡的愈來愈明目張膽，指出國王沒有穿衣服的小孩，一個又一個被抓上法庭候判，有的正在面對牢獄之災。城市像一個弱肉強食的森林，於是，一直生活在自由社會裡的人，一下子還沒有學會各種叢林法則。人們不安和無助的時候，管治者才有控制的空間。

不過，在歷史上，我們並不是第一批被極權從文明狀況丟進荒蠻裡的人。那些突然被丟進荒蠻狀況裡的人，因為從一個可以追求精神自由的日常，毫無先兆地掉進了只能為基本生存條件而掙扎求生的境況，因為恐慌或失常，人性裡的集體陰暗面往往會乘時而出。例如曾被種族滅絕的猶太人被關被集中營之後，僥倖生還的，不是終生被罪疚感或恐怖感所苦，就是透過遺忘和否定以繼續活下去；經歷過文革的人，有的對極權深痛惡絕，但，大部分卻因為失去了存活的基本安全感而在往後的人生只滿足於溫飽的物理需求。

那麼，曾經在國際城市享受過、抗爭過的人，被管治者丟進荒蠻的大熔爐裡，究竟要為這世界的未來奉獻什麼？互相殘殺的動物最容易被操控。我只能盡量細察內在的湧動和瘋狂，保持善念，在想像中練習各種失去和死亡，同時心存盼望。在沒有道理的世界裡，盡量活成一個合理的人。

敘事角力

剛剛開始寫作的時候，我在尋找敘述的方式。後來，當我在身體裡建立了一條寫作的通道，許多時候，是敘述的聲音找到我。當那些敘述的魂魄找到我時，我會清晰地感到身體某部分的震動，於是我就知道要寫了。

國安法實施之後，我本來非常緩慢的寫作速度，變得更慢，從心到手，再從手寫下文字的路途障礙重重。我感到，內在有一個審判者在監視我想到的每個字，而且頻繁地警告我不可踰越紅線，同時，有另一個監察者在監視那雙正在監視我的審判者眼睛，同樣頻繁地命令我不要理會任何警告。這樣的寫作狀態不可能是寧靜的，因為恐懼異常聒噪。我知道這是軟弱，但我告訴自己這是合理的軟弱，因為要接近誠實，就得保持不帶批判的覺察。

我有時會想起，因為排華潮而在年幼時跟著家人被驅逐出境的K，多年後仍然視那個炎熱多雨的橡膠園為不可取代的家鄉，同時，和家鄉重量相若的餘悸仍在心裡。K在退休後到馬來西亞旅行，為此而擔心了許久是否能入境。然而，機場的海關裡那個慵懶的職員，只是百無聊賴地掃了她的護照一眼，便把她放行。那暢通無阻的入境過程，帶給她微微的訝異，還有更巨大的孤獨和荒落之感。那些曾經出現在歷史洪流裡的給許多微小個人的悲劇，無法銘刻在歷史的敘述之中，只有在許多並不掌有話語權的人的心裡重複地迴蕩，時而爆炸。

我想像過一種不誠實的、機智而且迂迴的敘事方式。但我所能想到的只是，童年時期常常看到K靠在床上讀書時，沒有任何表情卻非常悲傷的臉。她排遣悲傷的方式，不是靜默地閱讀，在精神上進入另一個世界，就是把以前發生過的事情，以不同的方式，對我一遍又一遍地傾吐。我所能想到的所有其他，是從生命的最初堆疊起來的困惑，只有在一本又一本文學作品裡，拼湊出解決的方法，把一些結解開，而把死了的結儲存在安全的所在，成為某種力量的養分。是以我一直所做的是，透過盡量靠近本質的文字，成為自己，成為所有的他者，成為那個可以承載傾吐和安放死結的世界。要是在各種審查之下，有一點點的扭曲和奉迎，我其實在親手毀滅自己賴以存活的世界。

言論和思想管制是一場當權者和無權者的敘事角力。角力的場所，從某個廣場、區域、街頭、屋苑、大廈的大堂、地鐵站，轉向內在，更微妙的所在，例如課室、交談、書籍、價值和意識。內在的角力，沒有血、缺乏畫面，被壓迫的人無從吶喊。當權者在政府宣傳廣告中建構一種敘述，而那些因為新訂立的法例而在圖書館下架的書籍、被印刷商拒絕的書稿，甚至，被作者腦裡的審判者刪減了的字句，卻藏著多種被禁絕的敘事聲音。

我無法想像，多年後，如果自己仍在世上，會如何憶述從一個失序的夏季開始所發生的事。那可能是一個關於在自己的土地上失去立足之處的故事，也可能是一個關於監禁、死亡、折磨和流放的故事。如果自己的家已成了一座監獄，該如何從監獄回到家？或許先要適應，家並不一定是一個安全溫暖的地方，那麼，就可以從殘存的頹垣敗瓦之間，在一抹微笑、一句被禁絕的句子、一張高舉起來的白紙，或，一種熟悉的失落感裡，找到家的感覺。

安全

她的居所像一個安全的洞穴，木地板、書，還有我們到訪時在一排玻璃杯中搖曳著的燭光。

吃過晚餐後，我們談到，要不要離開這個種植我們多年的城市。

我早已知道，有一條看不見的根部，從我的肚腹，垂到這裡的土壤。沒錯，是這裡一再被挖掘重建圍封和污染的土壤。人沒法選擇自己的出生地，也沒法控制那一條從自己的肚腹長出來的根部的專屬意志。它先於我的理性和大腦，作出了選擇，而我沒法離棄它們。

但她抱持相反的意見，或許，她本來就比我更嚮往自由。早在去年六月之前，她對未來生活的想像就是，在不同的國家短暫地旅居，偶爾才回到這個城市歇息。而我對於生命本身，早已過度疲累，從幾年前開始，我就異常渴望回家，我卻在許多年前遺失了那個家。此後，我寄居在不同的單位，並把不同的空間布置成一個家的模樣。當然，那是假的家。有時候，家就像是一頭出走的貓，沒有人知道牠躲在哪裡，因為還沒有找到自己的家，我是不可能離開這個城市，畢竟，「家」隱身在這裡。即使我到了別的國家，那裡也不可能成為我的家。我可以接受自己住在一個崩塌了的家裡，卻無法接受自己一直是個無家之人。

「妳不是說過，如果這裡建起集中營，妳就要離開嗎？這裡每隔一段日子都會出現無可疑浮屍、執法者為所欲為、法庭裡的疑點利益再也不會歸於被告、義人被關押、持刀重傷別人的人被法官稱讚擁有高尚情操……這裡已跟一個巨大的監獄沒有兩樣。」

「兩者仍然有分別。」我說：「我們仍然可以在這片土地創造屬於我們的理想生活，因為只有這個和我們身體相連的城市，才值得活在這裡的人為此地犧牲，世上再也沒有一個令我們如此甘願付出的地方。」

「香港人和猶太人的處境有相近之處，世上從沒有一片真正屬於我們的土地，為何我們不可以集體移居到另一個國家，在那裡再建立一個名叫『香港』的社群？」

「那不會一樣。」我並沒有說，城市本身也有自己的生命和歷史，脫離了土地，人和城市也會面目全非。

「寫作的人離開了自己的土地，作品也會變得殘缺不全。昆德拉離開了捷克流亡法國多年，作品仍環繞往日的捷克。」我說出的是這句。

「作家也可以在外地以流亡的角度繼續書寫。」她說：「而且，我們無法想像新的法例訂立了以後，情況會有多可怕。我們不會知道，上課是否會有一個監督員坐在一旁審視我們每一課的言行。」

「如果有可怕的事，就去充分地經歷。」我說，然後環視她的家，寬闊的落地窗子，窗外有一個陽台，那裡整齊地排列著不同的盆栽。舒適的沙發、木頭矮几和古董椅子。她有一個溫暖的家，那不止是一個單位，而是具有親密而放鬆的氣息的空間。

她有一個伴侶、一份體面的職業、譯成多國語言的作品，最重要的是，她有對於生命的美好的想像力。她生意盎然。我有一頭傷殘的貓、兼職的工作、受傷的內在。如果我來到這個世界，不是為了修補、安慰創傷的他人和自己，在殘缺中創立新的秩序，來這世界一趟是為了什麼？我無法想像在一個事不關己但制度健全的地方能愜意地展開生活。

命運是什麼？就是自己的根部所作出的每一個不得已的選擇。

鬱憤

週末的輕鐵車廂，擠迫而燠熱，滿滿的都是形容憔悴，幾近失神的人。那天下午，我靠在車廂的一角發呆，一個站著的男人瞪著坐在輪椅上的男人。車門打開，站在輪椅旁的女人請站著的男人讓路，使沉重的輪椅可以在狹小的車廂轉動。那不是電動的，而是手推的輪椅，意味著每一步都是體力和意志力的磨練。站著的男人突然發難，向輪椅上的男人喝罵：「坐在輪椅上就有特權嗎！」輪椅上的男人保持沉默，只有幾個乘客驚訝而不解地看著罵人的男人。輪椅慢慢地從車廂滑到月台上，坐著的男人遙遙看著車廂裡仍然怒罵的男人，眼神盡是悲哀和鬱憤，那裡有一種重量，就這樣盯著另一個可憐的男人，直至輪椅旁的女人終於忍不住說：「阿叔你說夠了，住嘴吧。」語氣不慍不火，只是在陳述一個事實，然後，他們之間的門關上了，車廂把三人分開。

憤怒是一種爆發的能量，可是只有為數很少的人具有開發憤怒力量的智慧，人們多半不是壓抑憤怒，就是以憤怒傷害他人。輪椅上的男人的痛苦顯而易見，而站著的男人是典型的向更弱者抽刃的人。他不但充滿痛苦而且怯弱，只能欺侮行動不便者和女人。車廂裡有許多義憤填膺的人，卻沒有人知道該如何介入這件事，讓站著的男人冷靜，或安慰坐在輪椅上的人。在大部分的人學會駕馭憤怒，通過憤怒來創造之前，輕鐵仍然是一輛輸送疲憊的車廂，就像這城市，或這世界。

烏雲

每天都是新的一天，都會長出新的法例、新的冤獄、新的驚嚇，或新的喜悅。每天醒來，開收音機，都會聽到消息，像夜裡偷偷長大的蘑菇，有些是帶毒的。

我總是要花很長時間才明白自己的反應，原來是驚駭。那只是像被卡在某個關節，無法移動，也沒想要過移動到下一節。只是任由眼睛盯著螢幕，相關的新聞來回滑動。身子癱在椅上，不想做什麼也不知道可以做什麼，不敢去碰觸任何感覺，就像置身在瀰漫玻璃碎片的空氣裡，不敢用力地呼吸。

常常都是僵硬的骨頭，以及拒絕食物而微微發痛的胃部提醒我，這樣不尋常。預備了的午餐食材，得送回冰箱。四肢發麻，血液循環不良。只想喝熱茶、暖水，甚至酒，安慰身子裡的洶湧。總是良久才會發現，或承認，驚駭後往往是長久的遲滯和憂鬱，那時才想起要給自己一點撫慰，以反抗的力度梳理自己心裡直豎的毛。慢慢地深長地呼吸、喝水、蜷縮成一團，抱著自己皮膚下的骨頭，告訴自己現在很安全，探視貓的睡姿，看看雲，燃點友人送的安神蠟燭，寫字，讀書，安住自己。

清晨，他被拘捕。報館被搜查。其實，他早就可以逃，但他沒有。重看六天前，CBC為他做的訪問，記者問他：你在做的事，違反了國安法，你不害怕？

他說：我不能害怕，害怕，就什麼也無法做。

恐懼是烏雲，這裡每天都是陰天，在陰霾密布的時候，我總是在察看自己，和他人如何面對烏雲，尋找陽光遺下的暖意。在困境裡，人的願望，往往非常卑微而純粹，不過是，挺直腰板地做人，暢順地呼吸。可以實現這種願望，就非常強大。

肚腹

那個深夜，經過心力交瘁的一天，我躺在床上疲累不堪，貓仍兀自在漆黑中號叫，久久無法安靜下來。我已無力安撫，只能任由牠透過叫囂發洩情緒。不一會，牠跳到床上找我，不斷以前腳拍打我的背部和肩膊，要我起來陪伴牠。我只好把面向牆壁的身子，轉向牠的所在，閉著眼睛問牠想要什麼。牠只是，靜靜地爬到我的身上，把下巴和上半身，貼在我的肚腹上，不發一言地沉沉睡去了。

對貓來說，肚腹是心安之處。對周遭的環境充滿信任而且感覺愉快之時，牠們反肚而睡，勇敢地以身體最柔軟的部分面向不穩定的世界；感到惴惴不安時，貓則向家人尋求肚腹——牠需要一個溫暖的軟綿綿的位置安放自己。或許，人也是如此。憤怒、急痛攻心、悲鬱之際，往往感到一團化不開的濃稠情緒滯留在肚腹，以至影響了食欲，那是胃部無法消化的霧。每次受驚之後，我只想回到黑暗的房間，蜷縮身子把肚腹包裹在身體的中央。

那夜，我忽然發現維持著蜷縮的姿勢太久，以致忘記曾經有過的反肚時刻。當原本並不完美，但尚算可以信賴的制度逐漸傾斜以至崩潰，當每天都有人被捕，有人身陷寃獄，有人被無了期的羈押折騰至身心耗損，絕食超過四十天而得不到任何回應，人只能收藏自己的肚腹。或許在未來某天，世界會回復安全，讓人們可以隨意展現自己的脆弱，但也有可能，人只能適應，終其一生埋沒肚腹的狀況。

貓橋

數年前，從荒僻的小島遷至屋苑裡的大廈，我感到回歸屬於自己的世界——

小島的人際關係緊密而過於親近，而高樓的住宅卻有著令人舒適自在的疏離——是以，我和鄰居一直保持著見面也不打招呼的默契。如果，我和鄰居不是可以互相看到對方客廳的窗子，或，我們不是各自育養著一頭貓，或，我們的貓不是不約而同地喜歡在窗台曬太陽，這種禮貌的距離，或許可以永遠保持下去。

隔壁住著一對年輕的夫婦，一個年紀幼小的兒子還有一頭灰色虎斑貓。有一段日子，每次我在清晨打坐，都會聽到少婦暴怒的尖叫，用各種充滿仇恨的語言辱罵小孩，夾雜著小孩的哭泣。那時我總是非常驚恐和擔憂，為了孩子，也為了情緒不穩的說普通話的少婦。問候不一定可以表達關心，而且，不當的關心也可能會帶來壓力。我只能站在窗前，看著鄰居的虎斑貓，我和貓都喜歡牠，牠非常安靜。偶爾，少婦毫無先兆地罵人，牠的耳朵會向後扯一下，那是嚇了一跳的意思。

在冥想時，我看到虎斑貓，忽然明白，牠在那個家裡擔當著守護者的角色，靜靜地以毛茸茸的身軀為小孩帶來安慰，也讓女主人感到安全和放鬆。某天下午，我回到家裡，鄰居少婦剛好出門倒垃圾，我們一如以往假裝看不到對方，但，當我打開門，貓衝到門前伸一個懶腰迎接我，少婦看到貓，不禁對我笑了起來，我回她一個微笑。貓成了一道橋，接壤了我和她。

＊　＊　＊

如果那是一種，可以通過在家裡尖叫而得到宣洩的憂鬱，那並不算是一種最嚴重而難以救治的難過。當我看到港大醫學院精神醫學系在今年二月至七月，用電話和問卷訪問了一萬一千四百多名香港市民，發現七成受訪者出現中度至嚴重抑鬱症狀，我想到鄰居的年輕太太，每天持續發狂地尖叫，而當我偶爾在等電梯時碰到她，卻看到一個時尚優雅的美麗女生。大部分在身體內豢養著一個黑洞的人，表面都冷靜鮮亮，運作如常。

我想起賴香吟的小說《其後》。主角的好友某天突然自殺離世，事前毫無先兆。獨自在異鄉留學的主角，無法接受這突如其來的打擊，難以假裝正常生活，每天夜裡，總是忍不住在旅館房間尖聲哭叫。某夜，房門底下塞進一張紙條，上面有鮮紅的筆跡，字句大意是說：「跟你同樣來自台灣，別要這樣每夜丟人現眼。」這紙條像火燙著主角的眼睛，也一直在我腦裡揮之不去，它代表著社會的成規——嚴禁流露你的悲傷，如果無法抹去負面情緒，那是你的失敗。

大部分無法療合的創傷，是因為沒有足夠的空間可以安放，也沒有足夠的時間讓它們得以完成。痛苦或許會過去，但留下來的痛感，即創傷，卻會一直帶來折磨——如果創傷之蛹內的幼蟲無法正常地孵化成蝶，離開宿主的身體。

當我偶爾聽到鄰居少婦的尖叫，或自己無法發出的尖叫，我都會請求自己，別要捂上耳朵，留在原地，陪伴那個冒膿的恍如火山的傷口，讓它從巨獸蜷伏成一隻幼貓，讓它化成蝴蝶，找到它的出路。

遷居之旅

就像以往的許多次，我必須從一所房子，遷移到另一所房子。

如果住在一所房子裡，是一種穩定的狀況，那麼，打從知道自己將要和房子道別那一刻開始，以至尋找房子、收拾細軟、搬運到另一所房子，就是一種懸空。那就像，空中飛人，抓著一根杆子，看著另一個目標，準備，然後把自己拋擲出去，如果有足夠的運氣，便可以把身子準確地掛在另外兩個環扣上。

我已經歷過這樣的遷徙，太多遍，卻還沒有被遷移這件事馴服，因而一再承擔不馴的代價——每次搬遷都感到像被硬生生地甩出子宮的遺棄感，同時對於未來和未知惴惴不安。

那些被頻繁的遷移所馴養的人有著怎樣的面貌？或許他們早已把自己訓練得對居所沒有多餘的感情、行裝非常輕省、嚮往新的風光，而且習慣丟掉家具。他們又是如何在移動中，找到能安住自己的中心點？那是不是我所缺乏的東西？

不馴的人，在一所房子裡安頓之後，仍然會生出可以一直在相同的單位安居的幻想。畢竟人就像樹木，根部愈往泥土深處鑽下去，樹冠便能愈長愈大愈高。可是，城市裡的樹木總是一致地又矮又弱。我漸漸明白，離開一個居所意味著什麼，那是跟窗外的天空、山、樹和海告別；絕跡於附近的餐廳、便利店和超級市場；忘掉樓下那個可以跑步和散步的公園；再也不會看到住在隔壁的貓和鄰居。不願被遷居馴化，就代表著，情感會像死皮般堆疊，直至封住了所有可以呼吸的毛孔。

絕對安穩的生活，或許是不可能的，尤其在一個沒有根部的城市。在一個沒有根部的城市，人要習慣活得像一株水種植物，根部可以不依附泥土，而浸泡在流動的水之中，或，像沒有重量的蒲公英，被風承載。可是，我想，許多跟我一樣，沒有屬於自己的房子，只能漂流在不同的租借房子的人，也在相同的單位裡住上許多年，而我，為何總是不到三年便得再次動身離開原有的房子？

在宮崎駿的電影裡，遷居常常是成長和故事的引發點。《神隱少女》中的少女千尋和爸媽一起搬家的途中，因好奇而走進了山洞，誤闖另一個世界，丟失父母，再失去名字，卻又能憑藉自己的力量，找回潛藏的身分、名字和父母，進入成年人的第一階段；《龍貓》裡的姊妹小月和小梅遷進有「鬼屋」之稱的新居，碰到傳說中的龍貓精靈和貓巴士，她們面對鋪展在跟前的命運都不懼怕，甚至趨之若鶩，因而能開展新的人生。神話學大師喬瑟夫·坎伯（Joseph Campbell）說：「不是每個人都有個命運，只有縱身躍入去觸碰它，並帶著戒指再度出來的英雄才有。」如果每個願意承擔自己的命運的人都是英雄，也擁有著屬於自己的旅程，那麼，新的居所就是歷險之旅的門檻，被迫的遷移也不是流放，而是順從生命之流，就像蛇要在每個春天順利地蛻皮，才能長成應有的模樣。

我記得，孩提時期，並沒有屬於自己的房間、衣櫃、書桌，甚至，抽屜。我曾經渴望擁有一個可以躲藏的私人空間，卻在長大成人的過程裡，慢慢地接受了沒有可能得到的事實。現在，我握著一串鑰匙，通向多於一扇的門，然而，我卻迷失了方向。

有一個我，站在一扇緊閉的門前，嘗試想像室內的裝潢、窗外的風景和牆壁的顏色，讓還沒有出現的房子在幻想中成形。

另一個我，卻早已認定，無論在哪一所房子，都必須把自己蜷縮在角落，藏身在最陰暗狹窄之處，和剝落的牆壁和破舊的窗框共處，才能得到居住的資格。

如果房子是一個子宮，每次被迫搬遷都是一次難產。我在等待著安居的一點——哪怕只是一個短暫的時刻——在定靜中，一個新的自我能順利地來到世上。

家的層層疊

再次搬家是意料中事，可是，搬遷所帶來的慌亂和震懾，並沒有因為慣熟搬家而減低，相反，那種恐慌一次比一次更強烈。

家是什麼？我一再思考這件事。所謂的家，或許是層層包裹而成的一個有機體。最外層是宇宙，下一層是世界，再往下是自己居住的城市，然後是，所愛的人和動物，接著是房子，最後是自己的軀體。這個家的層層疊，每一層的改變都會帶來牽一髮動全身的影響。無論是二〇一九年開始的社會動盪和抗爭，或是去年出現的瘟疫，都已令「家」搖搖欲墜。在這個可以看到海的居所住了三年，穩定和安靜的種子在我的內在剛剛長出了新芽，而我必須把自己栽種在居所土地的根部拔起來，連同所有家具和自己的氣息，從這個單位撤走。

跟朋友或熟悉的人聊天，常常都被問及：「妳打算離開這個城市嗎？」他們似乎已經假設，還可以遠走的就應該動身。可是，我卻希望像公園裡的榕樹那樣，讓粗壯的根部在土裡一直蔓延，氣根垂到地面，發展出跟土地融成一體的意志。但他們說這是個天真而危險的想法，而且必須有犧牲的準備。

為了平靜內心，或許，我必須改變對「家」的既定觀念。這世上有多少種人，就有多少種家的模式。建在浮城上的家，既不會安穩，也不會安全。因為這城市的本質就是時常搖晃，人必須用力地抓緊它才不致被甩出去。人沒法選擇生於哪一個家，卻可以選擇和家並存。

橘色的漁網

那天，執法者拉起的封鎖線是耀目的橘色，在灰色的街道上，被困在封鎖線內的人，有著為數不少的長者、幼童、剛從商店購物走出來的茫然的路人，或，只是想回家的人。

城市成了一片海，執法者是漁夫，封鎖線是網，正如鯊魚嗜血，他們也需要漁獲。人們仍然留著國際都會或文明社會的記憶，因此，對於自己突然遭遇魚，或其他流浪動物般的對待，深感憤怒。即使失去了安定和法治，可是，人們依然保有著完整而敏銳的憤怒，這證明他們仍有著堅固的尊嚴，這是少數值得欣慰的事。

人和魚之間，其實也有著共通之處，例如求生以及離苦得樂的本能。當人們看到那封鎖線，湧起的許多念頭，其中一個是如何避開這個網？最初，人們以為，只要不穿上黑色的衣服，不參與遊行便可以。可是，當城市裡的法律不再為了保障市民，而是為了保護權力，握有封鎖大權的人，便可以任意地，在任何地方，拉起那根線，圈著任何人。而且，有些封鎖線是有顏色的，而另一些則是無色也無形。例如，某天清晨，如果你聽到急迫而霸道的叩門聲，外面站著穿綠色制服的人，那意味著，封鎖線已把你的家重重圍困。

於是我思考，人和魚的不同。當封鎖範圍已擴大至城市的邊界，人們離監獄的距離愈來愈接近，有罪會被撤消起訴，而無罪的會被捕。人不過是微塵，墜落只是為了勾勒社會的破敗和荒唐。

找房子

生命裡出現的許多問題，都和自我價值感相關。得知要遷出目前居住的房子時，就像腳下的地面，忽然搖搖欲墜，再也找不到安穩的立足之處那樣。幾天後，仍然像一棵忽然被連根拔起的植物，無法做任何事，心裡虛浮而不實在，我知道，那是焦慮。

告訴經紀我要找的房子的條件，她首先指出我可以付出的價格太低，然後帶我去看了幾個奄奄一息、沒精打采的單位。我站在空蕩蕩的房子裡，心裡又蒙上了許多灰塵。

如果，現實是心的投射，那麼，當可見的事物改變，就是提醒人們需要加以創造。有人說，要是打算住進可以安居的房子，先要在腦裡清晰地勾勒那房子的模樣，用各種感官在幻想中體驗居住的感受，直至恍如身在其中。不久後，就會在現實中碰到合適的房子。可是，經紀對我說，我必須付出超過能力範圍的金錢才能換取一個溫暖的洞穴，或，走進了那些濕氣凝滯的單位，我都在暗裡虛怯地自問：「真的可以得到夢想中的房子嗎？我值得擁有嗎？」

畢竟，無論在學校、職場還是在商業的世界裡，每個人為了爭取更高的位置或更大的利潤，都在不斷比較和角力，就像用牙齒緊咬對方說：「你不值得。」設法讓對方投降。即使地球的資源本來足夠所有享用，卻因為斂財和囤積而造成極端的貧富懸殊。

尋找房子的過程，就是在反覆失望的處境中，仍然相信，每個人都值得享有理想的生活。

居住資格

這個區域，在我小時候，是個偏遠之地，八年前，仍算是個交通不便之處，可以供不想參與社會階級流動或競爭的人，窩藏自己。然而，整個城市都在發展，無法配合發展遊戲的人，輕則流離失所，重則要把自己驅離此地。

另一個經紀帶我去看一個新型租盤。這是近年流行的出租單位，我會稱它們為「旅館式住宅」，就是，無論大堂、電梯、走廊或單位內的電器都齊備，有開放式廚房、光潔明淨的洗手間，甚至入牆式衣牆和各種方便收納物品的吊櫃，但那裡，缺乏空間。放下了一張床，就沒有放桌子的位置，如果放了床和桌子，就沒有步行的餘裕。而且，住客無法擺放屬於自己的家具或物品，天花板有射燈，但沒有安裝住客的燈的位置。這樣的住宅，或許只適合，只會在居所短暫停留，而不需要「家」的感覺的人，他們也不會有太多隨身之物。因為他們的入住，並不是為了安居，而是為了隨時都能離開。

經紀告訴我，這區的租金，已經和市中心不相伯仲。跟經紀道別之後，我突然覺得，其實我無法在這裡生活。朋友問我，除了這區，還對哪些區域有歸屬感。童年和成長期居住的藍田嗎？那可能只適合存在於楊學德的《錦繡藍田》，我不想回去。曾經蜷伏的調景嶺嗎？我無法負擔那裡的租金。帶著白果，也不能住村屋，因為牠會一天到晚吵著要到外面去玩，只會增添家庭煩惱。我想留在這一區，其實只是因為一種熟悉感，想要把根深植在房子的地板的那種感覺。但，一個家，其實很昂貴，是我無論如何努力工作，也無法支付的價格。

想到這裡，我忽然明白，那種「旅館式住宅」為何近年大行其道，那是一個不會令人留下感情的地方，那麼，住在其中的人，一旦要向下一個人生階段繼續進發，就不會產生任何猶豫和不捨，只有理性而強壯的人，才有資格在這裡活下去。

房子的面相

房子像人，各自有不同的面貌。房子的長相，不但被住在其中的人所熏染和銘刻，也是，所屬之地的集體意識的反映。

頻繁的遷居，使我看過許多房子。看房子是練習直覺力的機會。門是房子的嘴巴（你可以知道，它是否歡迎外來者）、窗子是眼睛（它決定你的觀點和角度）、地板和牆壁是它的皮膚（由此而看出它的主人有沒有重視保養）、睡房是靈魂（如果那是平靜的，就不會引致失眠和流淚）、廚房是房子的胃部（那裡容易藏污納垢）。

我最重視的部分，則是房子的陰暗面，不是它的心，而是腎臟，如果那裡舒適明淨，無論它吸納了多少毒素，都可以順利地排出。這畢竟是個充滿病毒的世界。

不同的國家，會衍生不同氣息的房子。美國的房子多半有花園和火爐，那是戀家者的團聚之地；台北低矮的樓房是為了防範地震；新加坡的面積狹小，居所卻是寬廣的，因為那是人們以溫馴妥協來換取；日本的房子，整潔、精緻而壓抑。

選擇居住的單位，就是在選擇一種生活方式。島居適合人們放逐自己；村屋的族群，可以和其他居民有密切的連繫，深刻地體會四季變化和風雨陽光的暴猛；公共屋邨的牆壁和地面黏滑而濕潮，就像人在剛睡醒時那樣自在而缺乏防衛；沒有保安員的單幢大廈，住著身心強大的人；而附設會所的屋苑，是讓人預備在安全中慢慢老去。

房子的背面

經紀帶著我們，拿著鎖匙，打開了一扇門，又打開了一扇門，再打開另一扇門。最初，我對那些門抱持期待，但隨著打開和關上的門愈來愈多，心裡便釋放出愈來愈多的幽暗。有時候，我甚至懷疑，不斷進入和離開不同的房子，會把人不斷削弱，最後不得不暴露出核心的濕和冷。

經紀把門打開，我們便走到房子的各個角落探看。那個我最重視的部分，在大部分的房子裡，始終沒有得到合理的尊重和對待，水垢聚在鏡面、霉垢長滿在磚間的縫隙。紫紅、粉紅或黃色的磁磚，本來就顯髒，或，這些都是令人聯想到肉身和穢物的顏色，為什麼要用在那裡？我心裡滿布的疑問，從沒有宣之於口。或許，在意洗手間的人本來就少之又少，而願意討論洗手間的人，則絕無僅有。人們心裡到底是如何看待洗手間，他們以為那是短暫停留之處，還是，那空間意味著忍受和解放，以致成了一種禁忌？

在找房子的過程裡，目睹過太多灰心喪氣的洗手間。回到家裡，打開電腦，我點開了《一個男人／一個女人和浴室》的音樂影像，不是為了曲子、歌詞，或男女歌手，而僅僅只是為了，那個作為重要背景的浴室。在搭建出來的寬闊的浴室，看不到座廁（隱去了現實中的污穢之處，或許便能讓人陷入某種想像之中，正如，那裡被喚作「浴室」而非「廁所」），只有掛毛巾的木架、洗面盆、鏡子、淋浴間和浴缸。那裡陰涼和舒適，讓人可以休養生息。那是現實的相反。

洗手間其實是一所房子的背面，就像是一個人深藏著的陰暗面。背面和陰暗面，為房子定了調。無論房子的面積、牆壁、窗外景觀或設備如何美觀周全，如果那裡附設著一個殘舊破敗的洗手間，霉氣還是會從那裡發散出來，形成一種低壓的氣氛。

或許，那個遍地是污水、牆身結著蜘蛛網，空氣中飄滿刺鼻氣味的小學校園洗手間，仍蜷伏在我的潛意識裡，以致，每次我到訪一個新的洗手間，眼前所見總是那段每到小息，都要在洗手間的其中一格，躲避外面的惡意的日子。我太熟悉那個可怕的洗手間，愈是想要忘記它，它的影子便愈發鮮明。

我無法帶走這個家裡的洗手間。對我來說，真正重要的，並不是洗手間裡水泥灰色的磁磚所散發的潔淨感，而是，他和我之間的一場爭吵。

正式遷到這個居所之前，我僱人做了一次簡單的裝修，主要拆除那個引致牆壁滲水的浴缸改成沐浴處，又換上新的座廁和洗手盆。或許是經驗不足，也有可能是我急著遷進新居，並沒有考慮牆身那些新的和舊的磁磚如何融合和配搭。他知道我的裝修設計後，要求我請裝修師傅延後動工，給他一週時間重新繪畫設計圖則。「妳知道現時的設計有多醜嗎？妳不能住在一個有著醜陋古怪的洗手間的房子裡，否則，妳住多久就會不快樂多久。」他的語氣強硬而沒有迴轉的餘地。

我感到生氣而為難。表面上是因為不知如何向只給我一週工作檔期的裝修師傅提出延遲動工的要求，而深層的原因是，他竟然在我為了便利而放棄善待自己的時候，無論如何也不放過我，洞穿了我對洗手間的要求，而且要我照顧自己的需要。在來來回回的爭論之間，我忍不住大哭，獨居的生活，體貼自己的需求，比忘掉和否定自己難上百倍。

我帶不走任何一個外在的洗手間，正如，我早已遷出了他的影子，在沒有他的世界流浪和冒險。

暫居的代價

遷離一個區域，就是把自己連根拔起，不但要和房子道別，再也看不見窗外的景觀，沒法在樓下的公園散步，對熟悉的茶餐廳和員工不辭而別，也沒法再乘搭那些巴士路線回家。

在這個城市，最富裕的人可以擁有許多單位，並透過買賣或放租房子積聚更多財富、收穫更多的單位；次等富裕的人，可以隨意選擇自己喜歡的房子和居住的地區；中層收入的人，可以耗盡一生積蓄換取一個安居的住所；中下層的人，例如我，不斷流徙和遷居，隨著租金的增減，在流離失所中用力抓住任何從岸上伸出的草；活在下層的人，不是住在長滿跳蚤的床位，就是露宿街頭。

我對自己說，我還算是有餘裕的人，起碼，我可以帶著家具、許多書和一頭貓一起遷移。誰都知道，這裡有許多大廈不可飼養動物，面積狹小得沒法放置書架。在許多隨身之物中，無形的東西比具體的事物更昂貴，例如對一個地方的回憶、情感、跟鄰里之間的關係，街道的空氣和聲音，這些全都要在找到新的居所那刻，及時丟掉，否則，在頻繁的遷移之中，人難以安住自己的心。但，也有可能，安心比安身更難抵達。

我曾經想要入住一種「旅館式住宅」，在那個華美而窄小的空間裡，住客沒有空間放置自己的家具和擺設，也無法對房子產生連結和感受，但我始終無法選擇那樣的房子。因為，來到世上一趟，我還是要切實地體會撕心裂肺的不捨，那是存在的感覺。

帶牠回家

事情發生在我遷居到一個陌生區域的次天。我帶著一隻受了輕傷的腳，坐火車，從一個寧靜的區域，到一個熱鬧的區域。假日的車廂裡滿滿的都是人，我找到一個空位，打算坐下，鄰座的女生，卻緊張地盯著我，低叫起來：「別動！」我轉過頭去。「有一顆蟲子黏在妳身上。」她站起來，湊近我，拉著我的衣服，因為用力過度，甚至扯脫了一顆鈕扣。我還來不及告訴她，我並不害怕昆蟲，她已用一種必須除之而後快的語氣對我說：「快用紙巾清理牠。」

我低頭尋找，終於看到牠的身影。那是一條美麗的毛蟲：百足、兩雙鮮紅的大眼睛，深藍底白點長身子，中央有黃底橘色長方塊點綴，像一枚鮮明的旗幟。牠顯然有點慌亂。我掏出一張紙巾，把牠從衣裙接到安全的地方——一個從手袋找到的小紙盒。我在心裡對牠說，請牠放心，我要帶牠回家。牠迷失方向的失措姿態，令我想起家裡的貓，世上所有生物，大概都有某種共通的本性。

車子到達熱鬧的區域，我帶著毛蟲下車，走向那個連接著車站的商場，在地面那一層，推開門，就會到達公園，那裡有幾個花叢，大概適合毛蟲居住。牠可能會發現，已經再也無法回到原本的家，可是，每個生物都要順應生命之流。

我居住的屋苑，嚴禁飼養動物；我居住的城市，懲戒具獨立意志的人。我們都是不受歡迎者，有時候，只能依仗彼此，度過每一條湍急的河流。

根

我會注視別人的手。如果眼睛洩露了一個人的心性，手掌的形狀則透露了一個人另一面的個性。我喜歡肥厚多肉的土形手掌。白果的手掌是一個白饅頭，我的手很小，似乎在十二歲之後，手就忘了長大，我常常懷疑是手掌欠缺支撐的力量，以致無法做到瑜珈式子烏鴉式，只能更頻繁地練習樹式，通過腳掌和土地的接觸尋找植根的感覺。

別人是如何讓自己落地生根？有些人和別人組織家庭，有些人買下一所房子，有些人全副心神投注在工作賺取很多金錢。我卻常常不知道自己要往哪裡去。那天，他問我：為何要搬到粉嶺，是工作嗎？我只能說，不知道。

我也不知道，為何在短短幾年之間堆積了那麼多的書和雜物，以致打包離開時，頭暈腰疼。到了搬家那天，欠缺了和白果搏鬥的力量，只是不斷敦促牠自己進籠，可是牠無論如何也不願進去。我只能改變方向，打算讓搬運先生先把家具和雜物搬到新居，讓白果留在舊居，我再回來接牠。搬運先生們來到舊居時，白果如常嚇得躲在床底。我太疲累，忘記了一扇打門的大門是危險的。終於，搬運先生包裹家具需時，白果大概過於驚嚇，在某個瞬間從床底跑出來，衝出門口，撲向鄰居關上的閘門，我尖叫奔向牠，大聲叫牠不可以離家出走，但，我抓不住牠，牠力氣大動作快，幸好瘋子仍存留三分理性，牠從我的雙手逃出來，又奔回家裡，直衝書房，我跟在牠身後，立刻關上書房門。

嚇呆了的搬運先生這時才說：「幸好牠跑回家，否則，這樣跑掉了很難找回來。」我點了點頭，沒有說出，我已失去過牠一次。

書房門一直關著，直至搬運先生帶著我的所有行裝離開。幫忙看顧白果的朋友抵達舊居時，我對她說：「白果不去新居也不要緊，不要丟失就好。」

搬運先生開車前問我：「妳不帶貓離開嗎？」我說：「會帶啊，待會再回來帶牠。」他大概以為我要棄貓，問我：「不再試一次嗎？」我心裡在說：「在我所有的東西之中，貓最重要，但，現在再勉強我就會失去牠。」我只是告訴他：「我待會再回去。」

那時我並不知道，當我在新居告訴搬運先生家具的擺放位置時，在朋友斬釘截鐵的吩咐和沒有迴轉餘地的催促下，白果已一邊說著各式貓粗口，一邊自行走進貓籠。然後，朋友就用我不知為何會留下的一件衣裙和一個白色宜家儲物袋，包裹籠子，帶著貓乘計程車送到我的新居。我一直在想，為何這世上沒有搬貓公司，但，原來朋友就是一家只對內開放的搬貓公司。

我覺得異常感激，不知如何言說的感激，有時不順利比順利更難得，因為那凸顯了身邊所有的一切，都是僥倖而難得的存在。

然後，我去買了一個濾水器，但，回到家裡，濾水器開關的位置滲水，我想把它開啟再關上，但，已無法扭動，它自行栓塞了。絕望之下，問了幾個朋友，用了他們所說的方法，也無法扭開濾水器。只能繼續收拾，平伏自己的心情。幾天後，一個朋友在網絡上找了許多資料，又買了一個傳說中的開罐器，從市中心遠赴偏遠地區，汗流浹背地在我的廚房耗了半小時，用盡各種方法，終於，把濾水器扭開，而且成功安裝，運作良好。我驚訝得說不出話。

「為何你可以堅持扭開它？」我問。在所有客觀條件之下，濾水器是打不開的。

「我沒有想過放棄，只是覺得反正都來了，就打開它。」朋友說。

開瓶，就是解決問題的能力。對我來說，堅持開啟一個打不開的容器，比持續寫作二十年更難。

搬貓公司朋友，和開瓶的朋友，大概都有一雙厚實的手，或許，他們都可以成功地完成烏鴉式，用雙手把整個自己舉起。

我常常都覺得自己的根無法抓住什麼，可是，每次眼看自己的船快要觸礁，都總是有人前來帶著我的船駛往另一個安全的方向。

沉沒的船

他問我：「她要我來問妳，有想過要再住進以前的那個單位嗎？」

遷進新居一週之後的某個夜裡，收到一個電話，那是曾經駐守在那個我暫居過幾年的島上的保安員。他已經退休，可是仍然擔當著某種連繫的角色。以前的房東託他致電給我。保安員愛貓如命，把流浪貓養在自己的工作室。或許我因此而沒法忘記他，正如我仍然記得，島上為數眾多因為被溺愛而紛紛養出了肥大肚腹的流浪貓，那種印象，跟白果貓在島上離家出走一個多月的記憶同樣強烈。

令我驚訝的是，前房東以為我仍然留戀那個單位。在我的腦海，那個房子，是一艘仍然在沉沒狀態的船。當我住在那裡時，湖藍色的牆壁，常常令我產生遇溺的錯覺。不過，最初我決定租住那個單位，原是為了被某個巨大的陰影浸沒——那房子瀰漫著這樣的氛圍。後來，房子因為牆壁滲水的問題，而必須大幅裝修，我終於得到一個離開的機會，心裡鬆了一口氣。實在，島上大部分的房子，都有著悲傷的牆壁和天花，常常不分季節地流淚。至於少量沒有滲水問題的房子，不過是像船身早已傾斜的鐵達尼號的頂端，沒頂是遲早的事。

我告訴保安員，我再也不會住在島上。掛線後，我反思了一遍，為何令前房東產生誤會，是因為她叫我回去舊居取回信件時，我問候過那房子嗎？還是，我表現了一種不恰當的友善或熱情？或許，前房東只是基於一種直覺，而她的直覺並不是完全錯誤。確實，找到新居之前，在網路上尋找租住單位的時候，我瀏覽過島上的房子，照片中淹沒在某種遺世獨立，或被世界所遺棄的陰影，令我感到非常熟悉，那和我內在的致命的幽暗互相呼應和共振，加上租金相宜，我幾乎想要回到那裡。可是，我知道，這必定是一個錯誤的決定，人有時，或常常，被毒害自己的人和事物，強烈地吸引，終至不能自拔。我記得白果貓如何像被窗外的樹和鳥所蠱惑那樣離家出走多時，終至皮膚敏感，骨瘦嶙峋，差一點死在島上。

死亡是從什麼時候開始，是從出生時開始嗎？離別是從什麼時候開始，必定是從相遇開始。人的存在，生命的確立，是記憶。那麼不實在的虛幻的記憶，卻是生命的核心。人和人，人和貓，人和房子，人和一個社區、一個城市，以至整個宇宙之間的關係，緣起和緣滅，最後留下的不過是一堆恍如灰燼的回憶。關係是把自己刺繡或溶蝕在某個他者之中，讓自己不再孤獨而純粹，直至分離時，硬生生地把自己和他者的記憶情感情結切割，重新回到不完整之中。

或許，我已失去了把自己完全融進一所房子裡去的勇氣，因為一旦開始，就必會帶來結束，而結束是一種能引致死亡的剝離。我並不害怕，甚至喜歡那個島，因為在那裡生活的記憶，全是陰灰灰的幾近折磨，因此，離開時我快樂得近乎解脫，免卻了離別的難過，只是這種輕省，必須以多年的痛苦的日常來換取。

那時候我才真正明白，我對島的緬懷，只是出於一種可以超脫離愁的嚮往，我只能勉力提起精神，拒絕這個黑暗而誘惑的島，在陌生的新居，迎向所有的不可知。

根部的世界

那時候我並不知道，人像樹，也有根部，而且是無形的，只能通過感受或失去，才能發現其所在。我曾經自以為輕省，每次搬家，從不會作出久居的準備，畢竟，租客就像被隨意拋擲的人。我把身心和身外物，都維持在一個可以隨時舒張和摺疊的體積。這是保護自己的方式。

不過，當我搬離居住了八年的屯門，卻開始出現了一種經常迷路而且無法弄清方向邏輯的人常常出現的幻覺——無論跳上哪一輛巴士，都希望窗外會出現以往回家時熟悉的風光，例如屯門公路轉車站旁的無際的海和巨大的落霞；在新居的床上醒來時，恍惚看到舊居窗外的碼頭景色；每天早上，總是想回到樓下那間相熟的茶餐廳，可是，它已在一個需時四十五分鐘車程才能到達的所在。

新居附近有一個公園，內裡滿是參天的榕樹，它們根部張狂，樹木互相侵占空間，形成自己駐紮的場所，因此，樹才會高聳而挺拔。人的根部，其中一個重要的組成，是習慣。每天生活的動線、進餐的地點、經常碰到的人面，慢慢成了一種氛圍，微笑和說話的方式、走路的姿態，成了一種表情和皮膚的摺痕。但這是否就是家的意思？

我忽然想起，遷離屯門的其中一個原因。人和社區的連結雖然令人愈發安穩，但，根部是深入地底的探索。社區的底蘊，就是人性的深層部分。就在抵達那裡之前，我選擇轉身離開。我還沒有勇氣看清楚下面是個怎樣的世界。

情感的陷阱

疫情最嚴重的時候，人們在家工作，減少外出，我從家裡的窗子看出去，逐一想起所有喜歡的店子，而且擔憂那會像城市裡許多人和事物那樣陸續消失。

當人們逐漸適應了和疾病共存之後，街道上的人和車子又像從前那麼擠擁。X書店仍然在相同的位置，只是，更改了營業時間。我走進去，查詢一本之前所訂的書。店員瞥了我一眼，以一種不耐煩的表情告訴我，由於資料太多，她不想查找。而且，店裡並沒有那本書。

離開那書店的時候，我清晰地感到卡在心臟和胃部之間，有些什麼，尖削的、堅硬的，同時黏膩又酸冷。這是強烈情感裡，負面的東西。

當我發現，自己對X書店懷著近乎不合理而且不理性的情感時，有一點驚訝，但更多的是絕望。那是我少年時期，讓我初次接觸文學作品的書店。那時我獨自到城市中心的區域，爬上一道狹窄而灰暗的樓梯，推開門，發現一個新世界的所在。不久後，那就成了生活裡一條經常重複的路線，橫越過生命裡不同的階段，烙成了一道愈來愈深刻的掌紋。我熟悉店內每一類書的擺放位置，也知道台版書和港版書的恆常折扣，甚至可以估計某類書他們會或不會進貨，就像舌頭習慣了每一顆牙齒的位置和缺陷。

只要是濃稠的情感，便會摻雜了各種正面和負面的東西，輕易牽動五臟六腑，貪嗔痴怨怒恨。那就像一個人，不自覺地重複掉進的陷阱。一個怎樣的人，就會擁有怎樣的情感和關係，以及，一系列相關的陷阱，那都是自他的身心所延伸出來的。

我的失望源於，那並非我預期之中的消費經驗，或，更準確地說，因為我從資本主義的消費模式中走出來，就來到了充滿各種體驗，甚至危險的真實世界。為了抵抗財團和大型連鎖店對市場的壟斷，人們常常說，支持社區裡艱苦經營的小店，是為了店家的人性化經營方針，或，賣方和買方的人性化互動、情感交流，甚至情感記憶。只是，幾乎沒有人提及過，但凡是關乎人性，就不免帶著人性裡的陰暗和弱點，如果那涉及感情，就可能會有反目的一天。資本主義的抬頭，原本就是免卻了人和人之間過於密切的接觸所帶來的悸動和煩惱，單一化和麻木，有時也會讓人感到安定而免受傷害。如果一個人堅決要從資本主義世界出走，就必須有直面人性裡赤裸和真實一面的決心和勇氣。因為真實和人性化的世界，並不是烏托邦，而是烏托邦的相反，那可能不會有集團式連鎖店的幽暗，卻有人性的崩壞在其中。

我問自己，如果要透過消費模式創造一個理想的社會環境，那麼，是否有接受一個理想社會的準備？理想的社會，就是由許多不理想的部分組成。

我只是想到在一本書上讀到的小故事，一個人走在街上，不慎掉進了陷阱。第一次，他埋怨自己的壞運氣；第二次，他假裝沒看到陷阱，又掉進去；第三次，他再掉進陷阱，而且知道這是自己的習氣作祟；第四次，他繞過了那陷阱。第五次，他走到另一條街。

麻鷹和小雞

孩提時期，有一個名叫「麻鷹捉雞仔」的遊戲。我不喜歡那個遊戲，因為，在遊戲裡，扮演母雞的人，歷盡艱辛，只是為了保護飾演小雞的人（他的孩子），免受麻鷹傷害、搶掠和生吞。可是，每次的結果都是，總是有小雞被麻鷹抓去。當我還是個孩子，會為了在遊戲中經歷骨肉分離而難過。遊戲是一種教育，以現實邏輯為藍本，為了讓孩子提早適應生而為人在世界裡的種種。

很多年後，我已習慣了那個舊的遊戲，只是在這個新的世界以及新的日常中，一再遇溺。這是一個母雞會通報麻鷹，請牠把自己的小雞抓去，隨牠的喜好生剝活吞的新時代。這是一個大學會報警，讓國安處把自己的學生抓捕的時代。過時的遊戲，在新的世界中紛紛剝落，舊香港人在新香港中，被各種制度和律法，一再削薄。

人們紛紛離開一個被麻鷹接管了的城市，或許只是因為，不忍看到極權讓人性扭曲到極致。黑暗的門一旦開啟，就像在世界投進一枚原子彈，那禍害會蔓延幾代以至幾個世紀。政府鼓勵人們告密，互相猜忌，妻子告發丈夫，子女告發父母、情人互相出賣，師生互相舉報。

當所有小雞都被麻鷹抓去凌辱後果腹，母雞也將無法自保，牠們被悉數吃掉後，世界只剩下麻鷹。麻鷹將自相殘殺。或許，那時候，比此刻更新的世界便會形成。現在，我也不喜歡母雞把小雞獻祭的遊戲，但願我永遠不會順應這遊戲的邏輯和規則。

HALF ECLIPSE

帶罪者

成為自己的人

那時候，我對於真實的理解仍然是片面的，仍然停留在字面上的意義，因此才會在某年的開端，立下了一個當時的我不明所以的願望——更真實地成為自己。

所謂真實，並不等於現實，現實是由不同的視角所折射出的相異的形狀，如果說，現實是組成花崗岩的礦物顆粒，真實則是花崗岩本身。

每個人都活在屬於自己的現實中，在生活中，尋找各自的現實可以互相重疊的人，並與之相交，藉此把自己的現實盡量延伸，直至一切逐漸安穩下來，像一個再也不會出現波紋的湖，那時候，真實會像一頭不期而至的獸，在屋子外每夜徘徊，發出一種剛好令屋內的人不會忽略，也無法輕易分心的低鳴，人心之中某個不知名的部分，終於會不由自主地被牠牽引，原本波平如鏡的人生，就會被狠狠撕開，露出一層又一層難以預料的東西。

榮格把生命中那頭真實的獸，視為一種可供創造、激發出新的生命力的危機，因此，牠是一頭潛藏著善意的猛獸。被陌生的真實入侵，就像活在一直相安無事的現實裡，突然，四周平滑的部分全都長出了細細的尖刺，人無論以哪一種方式走路，都會被碰傷，或，駕駛著一輛車子，在公路上，突然心裡有一股衝動，想要把自己，連人帶車衝進海的底部——是真實的獸所帶來的衝動，但獸其實也是自己的一個隱藏的部分。每個人都具備了在安然的生活裡，努力地過活，卻無可避免地把生命活壞了的因子。

榮格本人，在妻子離世，又與弗洛伊德決裂之後，發現一直以來的生活方式出現了缺口，就像一個從夢裡醒來的人，再也不可能認同夢裡的現實。他依靠著錄夢、繪畫曼陀羅、堆石房子，慢慢發展出新的精神治療及研究方向。

不過，並不是每一個在生命裡遇上真實的獸的人，都有著重獲新生的幸運，為數不少的人，在冒險的過程中，再也無法回到原來的地方，或到達更好的所在，只是一直卡在舊的現實和未竟的真實之間巨大的空隙裡。

我忘記了，多年前一意孤行地從舊的現實裡出走的原因，或許只是因為那時候的痛苦已被眼前的傷痕所取代，我才會對當時的決定感到不解。我也想到被關在獄中的十三個人（和另外的三個人），他們是被一種怎樣的真實聲音所吸引，不斷抗爭，以致被抓，進入監獄——一個試煉的場所，一個在日常各種細微之處剝奪人的尊嚴並使人陷於嚴重的自我懷疑，甚至極可能自我背離之地？只有非常強大的人才會遭到地獄之火的考驗。

有時，我羨慕能永遠活在自己的現實裡的人，他們如此幸福，而且不自覺於這種幸福，而被真實壓至遍體鱗傷的人，卻難以得到快樂，因為快樂並不在他們追求的最高排序，他們在意的是誠實，誠實地追隨內心如同自然般凶險而莫測的聲音。

多年前立願時，我並不知道，「更真實地成為自己」，往往等同撕破原本接近完好無缺的人生。

印傭作家

在港工作十年的她被拘捕，獲法庭撤銷控罪後，又被無理地關押二十八天。於是，人們給她起了一個別號「印傭作家」。這是個鮮明的形容，不僅在於身體的勞動和精神的創造結合為一，也刷新了人們對於印傭或作家的平板想像。

經過了半年以來黑暗的日子，人們不再驚訝於濫用權力的在位者對別人的殘忍和不合情理，只是無法不去追問，她何以掉進這樣的陷阱之中。

擠迫的城市裡，陷阱愈來愈密集，形式也益發層出不窮，隨著掉進各式陷阱裡的人數不斷上升，人們終於發現生而為人，在這樣的世界裡如此脆弱。每個人都至少有一個弱勢的身分——女性／年輕／年老／中年／性小眾／獨身／失業／身或心有障礙的……在社會裡奮發向上，本來就是為了填補先天的弱勢所帶來的缺口，避免自己成為容易掉進制度陷阱的人。制度的陷阱，也是人性裡黑暗所形成的陷阱。無光的時期，這些陷阱非常張狂。她從一個相對貧窮的國家到來，成為一個家務勞動者，女性，仍然帶著反抗的意志，而且，她手中有筆。寫作的女人，對極權來說，是一個危險的標誌，因為獨立思考的人，會危害穩定。在城市的制度裡，傭工和作家其實同樣虛弱，只是處身於不同位置的邊緣地帶。

人們在入境處集體聲援她，最後也無法改變她被遣返的事實，然而，卻通過聲援而發現了像她這樣的女性，身處這個時代的城市，危險得如此光亮美好。

「外傭也是手足。」人們說。

「印傭作家」Yuli 被遣返後表示，會把在入境處青山灣入境中心拘留二十多天的經歷寫出來。對一個寫作的人來說，寫就是在困境時唯一可以走下去的憑據，也是在黑暗的日子可以劃一下而帶來光亮和暖意的火柴。在不公義的時代，寫作或許是弱勢者手裡的武器，即使它是如此虛弱的武器，不一定能震懾他人，而且可能會危害自己。

她依憑著寫作者的本能，讓臨到自己身上的不義，變成寫作的內容，在寫作的世界裡，沒有負面或正面的二元對立，反之，所有的經驗都具有不可取代的意義。如果她並非寫作的人，人們會對她抱持著如何的評價和感受？一名家庭傭工？假日時在維園或中環聚會的女性？人們有沒有想像過她們的精神世界，或是只是挑剔她們的衛生標準，有沒有在工作天開小差？而Yuli在港工作十年，卻憑著寫作的人的敏銳、同理心和對這城市的感情，向同胞述說抗爭運動的來龍去脈，間接導致她被遞解出境。

在一個已發展的資本主義社會裡，人們會認同哪一種外傭？要不，她要像電影《淪落人》中，熱愛攝影而富有才華的Evelyn，要不，她像Yuli，是個記者和作家。

她們都具有某種高尚的知識分子的氣質，才能得到大眾的同情和接納。或許，我是因此而感到不安，這終究是個輕視勞動者的社會，無法一視同仁地保護每一個身處不同階級的人。

剝皮的波利斯

重讀村上春樹的《發條鳥年代記》，那些十多年前讀後不明所以的部分，現在都有深刻的體會。小說的其中一部分，以諾門罕戰爭為背景，在那個容許互相殘殺的時代，許多無原因的仇恨或無意義的殺戮都被默許，甚至鼓勵。其中一個主要的角色，外號「剝皮的波利斯」的俄羅斯高官，深懂剝皮技倆，會以把抓到的俘虜或敵人活生生地、慢慢地凌遲處死為樂。他喜歡目睹痛苦、聽到慘叫，而且極端聰明，始終握有權力，讓自己免於被懲處。

惡人似乎永遠當道。但，這只是由一個局限的時間點才能得到的結論。實在，在生生世世積累的業力循環之中，沒有人能肯定，每個人的終局是什麼。《發條鳥年代記》的背景從現代的日本橫跨至諾門罕戰爭時代，每個人角色到了最後，都為了自己有意或無意地造成的罪孽而付出代價。只有「剝皮的波利斯」的結局，留下了一個尚待填充的空白。

反社會或極端人格者對亂世甘之如飴。他們心裡那些不容於健全安定社會規範的陰暗面，都能乘著混亂狀況而得到舒展。戰爭中的殘暴在人們的認知和想像之中，但，在一個國際城市內，幾乎每天都在發生種種不可思議的暴力，例如各種以折磨身體為樂的毆打和強暴，或明顯被自殺的屍體，我仍然找不到恰切的敘事容器盛載它們。

於是我想起村上春樹曾經寄語香港年輕人：「你們為了民主而走的路，一定不會白費。」

無權者

反修例抗爭超過半年之後，被捕人數超過六千人。今天，九月二十九日的金鐘衝突中，被控暴動的九十六人提堂，控方無法提供足夠證據，要求把案件押後再審。

所謂的罪，到底是什麼？以往的許多年，人們相信法治，因為城市裡有公平的審訊和建全的法律制度。現在，當政府官員以維護法治來指責反對者是暴徒，執法者濫捕年輕人、穿黑衣的人和老弱婦孺，法治便成了，被權貴和握有槍械的人啣在嘴巴裡的武器。當教育局發信學校，要求把八十名被捕而未定罪的教師和教學助理嚴懲，甚至立即停職，法治便成了一柄利刃，架在每一顆保存著獨立思想的腦子上，或指向每一個想要發出異議聲音的喉嚨。在公平的日子，人們涉嫌干犯罪行，進入了被法治審理的範圍，經過某種依據法律的、力求公正的驗證，疑人便被定罪，或脫罪。在黑暗的日子，人治的制度披著法治的面具，人們單是抱持不同於當權者的想法，便會因為各種原因被逮捕，被捕之後，執法者才在眾多的罪行之中，找出一條可以鑲嵌在被捕的人的身上的罪。如果，世人都犯了罪，全民皆罪人，罪便失去了原來的黑白分明的意義，要不，真正的罪犯消遙法外，無辜者被困在牢裡，有權者可以知法犯法，無權者則要花光所有精力去證明自己無罪。於是，每個心裡澄明的人都知道，被捕是不可避免的事，拘留成了一種普遍而日常的體驗。

中醫學生和袋鼠

「國難忠醫」為傷者義診的中醫學生，在廣州的宿舍被帶走，下落不明；前英國大使館職員鄭文傑在高鐵西九龍站被中國警方行政拘留十五日後，回港公開他被拘留期間所受的酷刑迫供，以及當時還有其他香港人正遭受類似虐待的情況。

對於失蹤、抓捕、問話和嚴刑，我已不感到驚訝，只是在想，為何中醫學生頻繁地往返中港兩地，仍願冒著被捕的風險，為抗爭者義診？為何鄭文傑被釋放後，沒有啞忍嫖妓的罪名，而要把被帶走後的遭遇和耳聞目睹的一切公諸於世？為何他們沒有在黑暗中安全地偷生，難道他們並不知道，在這裡，正常的道理都已扭曲？

後來，我看到一段影片，關於澳洲的袋鼠保護區。在山火來襲時，保護區的義工不得不慌忙逃生。情況安全後，義工再回到保護區，袋鼠的數目從六十六隻減至二十多隻，倖存的袋鼠神情呆滯地看著被山火席捲過後盡毀的家園。義工用清水為一隻年幼的、雙腳纏著綠色繃帶的袋鼠洗手，又抱著失神的牠，親吻牠的額頭良久，試圖以愛喚醒牠的神志。對於袋鼠來說，家只有一個，因此並沒有離開的選項，牠們只能留在那裡，祈求得到更高力量的憐憫。對於人來說，「家」就是良心安然的所在，無論如何他們都得留在那裡。純善之人無法忘記生而為人的本能，而苟活則是文明的機智。從那群受傷而仍然留守荒廢保護區的袋鼠身上，我明白了中醫學生和鄭文傑。

「無可疑」者

那則新聞，關於一個人，從紀律部隊宿舍墮下斃命，這就像之前的許多次，有些人在被丟進海裡前已失去生命，有些人在陸地上從生走向死，都是沒有可疑的。

我漸漸感到這裡成為了某個小說中的世界。小說的基本設定是虛構。每個小說，都有一種不同形式的虛構在其中，視乎作者的意志和企圖。二〇一九年六月開始，我感到，城市成了背景，活生生的人（其中一部分後來成了死者）成了角色，規則不動聲色地變了樣子，一種新的邏輯入侵了原來的世界。有人說，有時，作者在寫小說，有時，小說反過來奪去了主導權，凌駕了作者的意志，發出了小說自身的聲音。我不知道，自己和這城市身處的小說，被哪一個人在操控，而很可能，作者並非一個人，而是一個群體的意志。一個人或許可以被輕易打倒，可是，意志則可以隨意滲透和依附。

這個小說像一塊高速滾下山崖的巨石，我在想，身在其中的角色可以如何抵抗下墜的速度？其一是，洞穿作者的邏輯，保持質疑那邏輯的耐心和毅力；其二是，意識到綑縛自身的固有邏輯，然後，開拓屬於自己的邏輯，例如，一種述說世界的方法和聲音。這是個擠擁的城市，要是每個角色都堅持發出遵從自身脈絡的聲音，就能擾亂以至推翻作者至高無上的邏輯。

而清醒的人都知道，在這個新的時期，沒有可疑，就是耐人尋味的意思。

岳

那天，他在抗爭的現場，為了從執法者手中，救出一個人，自己被許多執法者按在地上，臉部和地面摩擦，血流了一臉都是。當然，他被捕了。案件在法庭審訊時，他沒有穿那件印著「岳」字的襯衣，換上了正式的西裝，戴著口罩，眼睛仍是稚嫩的。他只有十九歲，仍是學生，被控襲警罪，打算認罪。

那天，她在連儂牆張貼文宣，遇上一個失控的男人，亮出刀子，斬向她的同伴，她橫在兩人之間，刀子砍向她，深入肺部，她重傷。肉身的傷勢好轉之後，患上創傷後遺症，她問自己，這樣做對嗎？但她沒有後悔。

多年前，在家收看週日禮拜節目，牧師轉述上帝的教誨：如果在街上看到危難中的人，不要只顧念自己的益處或安危，拯救他。我反問自己：我能做到嗎？不要把自己的命看得比別人的重要。

但他們做了。人的本質是軟弱的，所以不免自私，但人的本質也是柔韌的，在某種危急關頭，會顯出高於日常生活一點點的那一個面向，當許多個這樣的瞬間累積起來，人類的整體文明，就有了進步的可能。

他受了苦，未來仍有苦難會降臨在他頭上；她受了苦，仍在苦之中，而每一個人的痛苦都是孤獨的。時代和國家的巨輪輾在每個人的背上，許多人已被壓成肉醬，有些人全身而退，有些人像遵守限聚令那樣，留在自己的殼裡。封閉是安全的殼，除了慢慢缺氧之外，再也沒有別的危險。

裂縫中的人

在反修例的事件中，首名被控暴動罪的二十歲的男生脫罪，法官指無法安心接納警員的供辭。

自二〇一九年六月以來，城市裡持之以恆地運作的體制，無論是公共交通工具、執法機構、政府，以至法庭，紛紛逸出了常軌。於是，人們即使走在每天踏足的相同路線，仍然無法全然安心地生活，因為在眼睛看不見的層面，每一刻都悄悄地改變，沒有人能確定，在熟悉的路上隱藏著多少個隱形的陷阱。城市的土地沒有經歷過震動，但地殼彷彿已遭到徹底的置換，出現了巨大的裂縫，許多人掉進這些裂縫之中，其他人難以對他們伸出援手。他人所受的傷害，成了人們心裡共同的傷口。那名脫罪的男生就是其中一個僥倖地從裂縫深處爬出來的人。

許多人說，法治已死，但，死去的真的是法治本身嗎？根據哲學家阿岡本（Giorgio Agamben），當社會進入「例外狀態」，政權往往會以淩駕於憲法之上的、不受法律限制的措施來控制人民，令人們的生命和安全被棄置於法律以外。

法治其實並沒有死去，只是壓在法治之上的巨手力度愈來愈大，使法治幾乎沒有呼吸的空間。在這樣的狀況之中，人們所需要的是和恐懼共處，同時保持希望。如果每個人在例外狀況之中，即使遭受威嚇和要脅，仍然可以冷靜地在自己的崗位上克盡本分，做該做的事，保持自己的尊嚴，就可以創造出新的日常，一個更適合的環境，讓那些掉進裂縫的人，可以一步一步爬回地面。

駕駛者

六月十二日，圍堵立法會阻止二讀通過送中條例一週年，但，這並不是圓圈上重疊的一點，而是時間往前延伸的其中一點，經過濫捕和濫告後，抗爭的人紛紛被押到法庭。

任職小學教師的他，被控在去年十一月十一日凌晨時分在上水慢駛，被截查期間襲警。在庭上，法官沒有理會他被捕時傷勢嚴重，甚至指出警察聲稱要把他從天橋扔下去的供詞，反而讚揚三名出庭作證、但口供前後矛盾的警員誠實可靠。最後，法官指出被告的眼神帶著憤恨，於是，把他還押小欖精神病治療中心，等候判刑。

社會的邊緣地帶，從警局、法庭、監獄到精神病院。警局是個不見天日的地方，布滿了沒有閉路電視的暗角；法官在法庭裡掌握著判決權力，左右被告命運的人，可是當政治凌駕了法治，法律也不過是一種壓迫人的工具；當人從城市的中心，被帶往位於偏僻地帶的監獄，他們從公民成了囚犯，失去了名字只剩下編號，無法穿上自己選擇的衣服、喜歡的髮型、日常的活動，甚至食物，必須進入一連串被剝奪自尊和自由的再教育程序。如果說監獄磨蝕人的尊嚴，精神病院則從藥物和院舍環境兩方面對正常人的意志和精神健康作出徹底而無法挽回的損害，那是把正常人流放在邊緣地帶的手段。在一個由瘋子和惡意者掌權的社會裡，作出反抗的正常人往往會被逮捕或放逐，要不，他投降了，成為瘋子的一員，要不，他成為遍體麟傷，甚至殘障的反抗者。

從第一個六一二，走到第二個六一二，我想到卡夫卡的〈小寓言〉，主角是一隻老鼠，「這世界真是一天比一天小。起初它無邊無垠大得可怕。我一個勁地往前跑呀跑，當我老遠看見左右兩旁有了牆時還真高興。可是誰料這偌長的牆壁會這麼快合攏下來，將我逼進這最後的一間屋子，我又陷入了設在這牆角裡的圈套。」牠說完了這句話，便給貓一口吃掉了。第一個六一二的傍晚，我坐在家裡的角落聽著新聞報導裡自稱是母親的特首在指摘暴徒，指反抗是暴動。那天，我彷彿和這裡的許多人拐進了命運裡的一條甬道裡，像鼠選擇了其中一條路。到了第二個六一二的傍晚，執法者在多區截查和以過度的武力拘捕街上的人的消息和照片，就像過去一年的任何一天，成了一種日常陰鬱的風景。現實跟寓言不同的是，人們在甬道裡死去了一遍以後，又爬起來鑽進甬道裡的另一條甬道，或許，在前面不遠處，也會被抓起來吃掉，但輪迴也在此生，前面還有無數拐彎的地方。這裡的人早已不再問，何時會回復日常，舊的日常已徹底消失了，我只是在想，何時能完成此生所有的輪迴，城市和人才可以進化到一個適合生存的層次。

法庭

那是我第一次走進法庭，為了旁聽她的案件。我本來就有計畫要到法院去旁聽，只是沒有想過，被告是我認識的人。

在正式開審前，在法院從事文書工作的人，帶著輕快的笑聲和文件在庭中來回處理日常工作，但對於被告和被告的家屬來說，卻近乎生死攸關。天堂和地獄，壓縮在一個空間。法庭是個階級分明的地方，開庭前所有人站立對法官致意，雖然不是對法官本人而是對他所象徵的法治，但法官所帶著的性情氣質、立場和修養，足以判決被告欄內的人是有罪還是無辜，或要在監獄裡度過多少歲月。

當人們說「法治已死」，所指的其實是，法律所依賴的，再也不是法治精神，而是權力或政治要求，而法官的判詞，以至裁決的理據，和人們的常識、道德和對公義的理解出現了巨大的裂縫。因此，當政府官員說出「犯法就是犯法」的時候，並沒有提及，人們所守的法例，其實是什麼。

審訊是一個漫長的過程。當法官宣布押後審判之後，被告又回到不安的生活之中。在這個缺乏制衡的城市，無論是執法者或法官，都擁有無上的權力，可以壓壞任何一個手無寸鐵的人的頸椎或精神意志。我問自己，為何還要留在這個地方？或許是為了對自由有更深的理解，我想試試看，無論外在的制度和條例如何剝奪或侵擾，自己的內在是否仍有穩固如山的定靜。即使無法改變這個世界，還是想要藉著這樣的時機，更深刻地活著。

社工站在抗爭者和警察之間進行調停，卻被控阻差辦公罪成，被判立即監禁一年。看到他終於獲得保釋等候上訴的照片，成了那天我最高興的一件事。

社工

自二〇一九年六月開始，城市裡的人漸漸在不同層面密不可分，這是一種前所未有的狀況。設若這裡有一宗寃獄，除了身陷囹圄的人，其他人也在看不見的層面感到被關押的窒息（誰都有落進不白之寃的可能）；設若這裡有一宗政治檢控，所有人都有陷進相同狀況的風險。當愈來愈多無罪者被裁定為有罪，搖搖欲墜的不止是司法制度，也是人們對於「罪惡」的觀念和定義。有罪和無罪的界線在哪裡，人們的罪疚感分水嶺就在哪裡。一個帶罪的人可能毫無愧疚，相反，沒有被定罪，或從未犯下法律訂明的罪的，也可能在心裡帶著深重的罪疚感。畢竟，社會對人的其中一項規訓就是，通過罪和罰，限制人們的思想和行為。因此，像「犯法就是犯法」

這樣的說法，用意在於喚起人們潛藏在內心深處的罪疚感。適量的罪疚感，能讓一個人順利地融入社會。但，當人心裡的罪疚感愈多，就會愈傾向於遵從規則和權威，因為對於一個愧疚的人來說，沒有什麼比「無罪」更能為他帶來釋放。在許多情況下，即使人們不知道自己觸犯了什麼法例，單是被指犯法，便會觸發內部洶湧的罪疚感以及對懲罰的恐懼。

冤獄的意義，或許在於讓人有機會重新檢視自己的罪疚感，以及罪的涵義。

囚人

那天就像任何一個包裹在晴天中的陰沉日子——氣溫酷熱，天空連續多天呈現詭異的澄藍，而新型肺炎確診人數一百二十三名，達到了新高。只是，下午等待一班列車進入車站時，讀到手機裡的新聞：「赴湯杜火」案中被控暴動的三名被告，包括一對夫婦（湯先生和杜小姐），和一名十七歲的少女，經過漫長的審訊後，被判無罪釋放。於是，在無形的烏雲裡，裂開了一抹久違的光。

大概一個月前，旁聽雨的審訊後，我把雨帶到朋友的上樓咖啡店。她坐在我身旁，吃了一口蛋糕後說：「現在，我們都在觀望『赴湯杜火』案的判決，那是一宗典型的、沒有任何證據，而且被告甚至不在暴動現場的控罪。但，審訊因為疫情，一再延期。」

那是雨季的事。大學裡的寫作課已完結，那個下午，當我如常為了一個截稿時限而在電腦裡進行編織時，收到雨繳交最後一份寫作習作的電郵，附著一封信，其中提及，她已被正式起訴暴動罪。那之前的幾天，我從新聞得知，二〇一九年中大保衛戰中，已有九人被控暴動，但我沒有想到其中有我認識的人。讀過電郵，我蓋上筆電，從書房走到睡房，躺在床上，看著窗外天空裡正在緩緩移動的雲，那種靛青就像打從人類出現之前已經在那裡。我覺得身體的內部某處有一個裂縫正在漸漸擴大。或許那道裂縫正如其他裂縫，存在的時間比我所知道的更久。有些並不是我的想法，而是閃現的念頭，從那些裂縫冒現出來，成了一個無法動搖的決定，其中一個是，陪伴雨，直至她被釋放。對於這個已成為決定的念頭，我幾乎感到驚慌，因為這跟我所定義的和寫作班學生的關係出現矛盾。以往，我可以承受因為一起寫作而跟同學在學期裡保持緊密，近乎親密的聯繫，而我們都感到安全，是由於隨著課堂結束，關係也會回復日常的距離。然而，一直陪伴直至從控罪中得到釋放，對我來說，卻是全然陌生的狀況。我想起，四年前的春日清晨，當救貓的義工短訊留言哭訴有一頭貓在暫托期間意外失去了眼睛時，沒有任何原因，我突然決定要把這頭素未謀面的獨眼貓養在家裡，那念頭未經考慮，卻以凌駕一切的姿態出現在我的腦海，以致我只能臣服，無法拒絕。

我安慰自己，如今，或許，我可以把雨當作是一頭暫養的貓。雖然她是一個成年人。

雨告訴我，如果最後被判無罪，會非常非常高興，但，她已作好了入獄的心理準備。即使事隔多月，她有時仍然會想，如果那天沒有被捕的種種可能性。

「妳覺得妳有做錯嗎？」我問。

「當然沒有。」她瞪大了雙目，堅定地說。

「那麼，無論結果如何，請記住這一點。」我說。

我想起卡夫卡的《審判》。主角K在某天，被登堂入室的檢察官宣判他正式被控告，而罪名，檢察官說，K自己應該心知肚明。於是，K就開展了定期出席聆訊的時期。到了最後，始終沒有一個人指出K犯了什麼罪。我們現在所經歷的，K早已經歷過。卡夫卡早逝，逃過了納粹清洗猶太人的恐怖經驗。他身處正常的時代，卻早已洞悉了其底蘊的不正常本質。審判是一場考驗，考驗人在一種絕對的孤獨和無助之中，是會屈服於自己有罪，還是堅信自己無罪。那並不只是一場意志力的考驗而已。那天，在咖啡店，雨坐在我身旁，但我覺得，她好像其實只是孤單一人。

陷入孤單的絕境中的，並不只是她而已，也是，每個等候審訊的人、等候判決的人、在獄中度過漫長烈日的人、已被捕過可能會被控告的人、還沒有被捕但很可能快要被捕的人。仍然留在這城市的人，會不會已經被監禁？有時我會這樣想。即使是被囚禁，只要沒有人說穿那是一種囚禁的狀態，被囚者往往會幻想，自己仍然在某程度上擁有自由，甚至，非常自由。最初，那個「囚」字的口，是沒有普選制度的城市，但人們認為，四周的邊界是安全的圍欄；不久後，那「口」是權力過大的執法者、被執法部門濫用的限聚令、禁蒙面法、國安法，那「口」再也不是任何具體可見的事物，而是貪念、惡念和恐懼，甚至成了人們心裡的一部分自我。「囚」中的人，最後無可避免地會因為那個「口」而變形。或許，我以為我在陪伴雨，但可能只是在陪伴一個未來會出現的自己。畢竟，每個居住在這城市的人，即使沒有犯罪的意圖，都可能在某天成為階下囚。陪伴本身也是不可能的，在囚、囚和囚之間，包覆著人的孤單是沒有缺口的，無論哪一種形式的陪伴，極其量也只能讓「口」增加溫暖或光彩，而無法使「口」瓦解。除非，社會的制度，產生本質上的變化。

無論我或雨，都有可能成為囚犯，那麼，定義罪名的是誰？雨像城市裡大部分的人，相信沒有觸犯法例的人，也很可能會得到入獄的判決。二〇一九年六月之後，我前所未有地感到，人生在這個世上，既是無可依賴地脆弱，同時又無可避免地會被社會和制度所規管和模塑，即使如何努力阻止自己陷入共謀的把戲，也難以躲過共業，必須承受共同的苦果。那天，我和雨坐在咖啡店，進入咖啡店之前，雨坐在犯人欄內，我坐在旁聽席，但，我感到，我們其實身處在一個相同的屠宰場內，分別只是，她被揪了出去，我仍留在原地。城市早已成了一個巨大的屠宰場。因此，大部分留在這個城市生活的人都知道，掌有權力的人，隨時都可以讓自己變成合法屠夫。

好像只是在不久之前，這個城市仍有相對地健全合理的制度，那時候，守法和刑責是一種社會契約，可是現在，極權之下，那些由政府聲稱為了使這個城市更繁榮穩定的法例，只是當權者用以規管人們而設計的腳鐐。只要人們一旦生出了自由地奔跑的念頭，由腳部傳來的沉重的感覺，就會提示他，該感到內疚，那是藏在潛意識裡的守法觀念所引起的罪疚感，即使，人們知道，部分法例根本毫無道理。

我並不願意離開這個城市，但有時會想，要如何走出這個屠場呢？據說，「赴湯杜火」一案中的夫婦，在街上看到一名被胡椒噴霧所傷的少女倒地上，於是把她扶起來，為她洗眼。三人被執法者追上，一同被捕。在被拘留的晚上，三人分別被囚在不同的囚室，無法看見對方，他們只能以遙遙呼喊，提醒同伴多吃多睡，保持體力在外面相見，以聲音確認對方的存在。那麼，在一個屠場城市裡，在囚、囚和囚之間，每個人其實都被困在自己的無依和脆弱之中。屠場這個處境給人顯示的考驗是，如何在孤單中找到令自己強韌的方法，突破四面圍牆，使無法消解的圍牆成為一個入口。

我想起前清華大學法學院教授許章潤，因為批評習近平和中國在疫情下所暴露的問題，不久後就被控嫖娼，被警方從家中帶走。得到釋放後，他仍然沒有噤聲；還有中國維權律師王全璋，在被拘禁五年，遭遇可怕的酷刑而重獲自由後，他並沒有保持沉默，而是發表了自辯詞控訴獄中情況。這些長期活在圍牆內的人是如何保持勇氣？或許，因為曾經被切切實實地囚禁在地獄的世界裡，人們才因而找到真正的盼望，那盼望並不是寄望現世的制度會隨著人的意願而改變，而是單純地，不由分說地相信，只要一直走，出口有光。

天色入黑之前，我和雨離開咖啡店，為了確保她能準時到達警署報到。我知道，我們或許永遠無法重返正常，因為正常在人心裡已然碎裂，每個人的心裡都被正常分裂出來的碎片刺傷，而又無法拼合成一個完整的畫面。在缺口湧出光之前，那裡似乎是永不止息的黑暗，而從這裡走到光之所在的唯一方法，是讓自己先在黑暗中沒頂。

講師和教授

我曾經以為是時間過得太快，事情以迅雷不及掩耳的速度發生，擠破了每一天。但後來我知道，那跟時間無關，只是包圍著我們的世界正在快速地解體，每天都碎裂成更小的分子。轉眼間，我們已活在不知名的顆粒裡。

不久之前，我和朋友之間偶爾會說，大學讓不少寫作的人可以謀生。可是，在幾天之間，一位兼任議員的社工被其任教多年的大學辭退、另一位法律系終身教職教授遭解僱，還有一位在大學文化研究系任教多年的教授不獲續約。他們都有鮮明的政治立場。我們曾經以為，大學是象牙塔，但現在，人們都知道，只有在繁華盛世，大學可以有成為象牙塔的餘裕。在紛亂的時代，大學不免是被整肅的目標。

那只是八年前的事，我有時會坐在連鎖咖啡店，讀那位社工在時尚雜誌裡撰寫的愛情專欄，而法律系教授一直被嘲是天真的理想主義者。現在，他們先後因為政治原因而入獄，獲釋後，甚至失去教職。

當壓迫滲進生活裡各個必要的微枝末節，那些認真地活著的人，每一天或每一刻都在做攸關未來、甚至生死的決定，而每個決定都在詰問：「你是一個怎樣的人？」有時我不免懷疑，此刻，我們是否只剩下兩個選擇，吃盡苦頭地維持自我，或，安穩地扮演自己所鄙夷的人。人們作出的每個選擇都誠實地反映其內在世界，當然，逃避選擇也是。每個選擇都不免會帶來至少一種失去，設若一個人失去了所有重要的東西，他還會是原初的那個人嗎？個人所承受的壓迫如此具體而漫長，而且只能獨自承受，或忍受。極權是一部高速運作的巨大機器，我們是礦石，在被打磨或碾碎之間，只是一線之差，要不，終會閃耀內在之光，要不，消失在風裡。

離家者

如何令一個人痛不欲生之後，還讓他受苦更深，那就是，不承認他所受的傷害。例如，把一個承受了暴力後滿身傷痕的無辜者判決有罪，並指出他是個罪有應得的可恥的人。國安法在這城市實施的前一天，一位年輕人離開了這地方，繼續在外國述說自身的經歷、和政要見面，從他的角度，說出一個被禁止的關於這城市的故事。誰都知道，他是再也不能回到自己的家，一旦他踏入邊境，就會被捕。他被通緝的那天，在臉書刊出公告，說明已跟家人斷絕關係。

如何在否認一個人所受的創傷後，再踐踏他，方法是，以不同的方式或威嚇，捂著他的嘴巴，讓他無法發出聲音。因此，要把自己從地獄深處，一點一點地拉出來，方法是，盡一切方法叫喊，找回屬於自己的聲音。接著，辨認自己所受的傷害，最後，釋放這種痛苦。那位年輕人因為自身的知名度，他不顧一切發出的吶喊能被聽見，同時，他也代表著身在暗處無人關心，卻跟他有著相近命運的無名者。

到過地獄的人才會明白，每個人都有屬於自己的地獄，而每個人的地獄都不盡相同。創傷者得到的最珍貴的禮物，以及可以生出的最大慈悲是，明白人和人之間無法完全理解對方的傷口，由此才能給予彼此適切的陪伴，互相幫助一步一步走出地獄。殘忍的時刻適合練習善待他人，恐怖的時刻適宜安住自己的心。對我來說，這是壞年代需要存在的原因。

旁聽者

法院、監獄和醫院，都是社會的邊緣地帶。人們一般會盡力和這些地方保持距離，就像努力活成一個正常人，避開人世裡種種可能的苦難那樣。然而，在某種處境下，人們必須面對生命給予的各種課題，在這些地方，人們無可避免地會目睹許多不忍卒睹的恐怖，甚至會輕易忘記了所有恐怖皆是幻象，那是幫助人抵達真實的階梯。

起碼，我忘記了。

那天，在法院的旁聽席上兩小時，那並非正式的審訊，而是之前的冗長的程序。

我只是在看著控辯雙方的律師輕輕地拳來腳往。法官也沒有流露惡意。但，不知道為什麼，坐在那裡卻感到，又濕又冷又餓，就像以往在龍珠島居住時，狂風大雨，風可以不費力地把一個人吹到半空中，人只能在海中央的短堤上奔跑，四周都沒有可以躲避風雨之處，人能做的只是以血肉之軀正面迎擊自然的暴猛。為了抗衡這種濕冷，我只能在腦裡回想白果毛茸茸的身軀，各種熱飲和美食。不知道為何肚腹有一種餓荒般的餓，明明中午才在家裡吃了日式野菜咖哩和糙米飯。

次天，早起給貧血的K熬了一鍋牛肉湯，然後坐車一小時，從偏僻之地到達城市中央的公立醫院，陪伴K複診。我以為，那只是一個簡單的過程，根本什麼也不用做。醫護人員也是親切的。可是，下午回到家裡，卻像給野獸吃光了內在，只剩下一具軀殼那樣，什麼也無法做，只是，情緒異常低落，持續了幾天。

那是一種物理性的身體感受，到了現在，我也無法清晰地分析是什麼原因，唯一想到的是，法院和醫院，都被制度嚴實地包裹著，而那制度的主調是一種理性的瘋狂。或許，身體的反應是，感到難以言喻的恐怖。

白俄羅斯的被捕者已被釋放，政府也為警方所為而道歉，可是，偶然看到獲釋者述說被囚時的經歷，那些經歷已把他們毀掉了大半。那些畫面太熟悉，殘暴是不分國族和年代的，我只能看一點點，無法仔細地看太多。

坎伯這樣述說「恐怖」：「依喬哀思的分析，我們有憐憫和恐怖的情緒。恐怖不同於害怕或憎惡。它是一種同時了解到超越界運作原理和時光隧道效應——即世界的苦難——的狀態。它是一種靜態、靜止的恐怖，而不是奔放遷移的恐怖。它是對慈悲的體認：一種將自己與人類受苦者等同的情操：不是貧窮的受苦者，黑人的受苦者，共產主義或法西斯主義的受苦者，而是人類的受苦者，這就去除了為社會說教的意味。」（《坎伯生活美學》）

沿著恐怖一直走，走到慈悲，是一條很長的路，我不知道在有生之年，有沒有辦法到達目的地。

無罪者

去年，一名的士司機把車子開上行人路，把一名女生的腿撞斷，立法會議員提私人檢控，被律政司介入，撤回檢控。議員說：這是在傷者的傷口上撒鹽。

我在想，「在傷口上撒鹽」的比喻，放在眼下的城市，可以有多少個解讀的可能。這本來意在控訴撒鹽者的鐵石心腸，對別人受傷的狀況視若無睹，令傷者蒙受不必要的痛苦。城市裡的傷口太多，舊的傷口還沒有痊癒，又種出了新的破口，死去的人死了，倖存的人的身心早已血肉模糊。那些傷口全都像飢餓的雛鳥，紛紛張開了又餓又渴的嘴巴，但牠們得到的不是甘露，而只是過量的鹽而已。有些人撒鹽是為了徒添痛苦，有些人撒鹽卻是為了令傷者早日適應受傷是生存常見的狀況，例如傳統而嚴苛的父母，常常以愛為名，像煮一鍋佳肴那樣，在子女的傷口上加一點鹽，讓他們嚐到受傷的深刻滋味，而且認為這是一種絕佳的教育方法。

不過，鹽其實有許多妙效，例如，消炎殺菌、舒經活血、收歛皮脂、深層清潔，甚至，淨化能量場等。撒鹽者有著自身的意圖，但，任何人都無法以一己之力阻礙生命之河的流向。因為身體有自癒的能力，城市裡無處不在的傷口，以及那些傷口連結到人們身上的部分，經過鹽的洗禮，或許可以癒合和結疤。正如過度的痛苦不一定會引致麻木，也可以喚醒深藏的敏銳的感官。我所指的並非腿部受傷的女生，而是城市裡每個受傷的人。

漂流者

他們仍在海上。

自從知道十二個年輕人在海上被攔截和逮捕的消息，我就無法把關於他們的畫面摒除在腦海之外。

海是一個包納了一切可能性的地方。畢竟，在不太久之前，曾經有源源不絕的人，從北方的邊境，押上性命，日以繼夜地橫渡一個比原始森林更凶險的海，來到這個城市投靠自由。有些人進入城市，落地生根，有些人在海裡成了鯊魚的食物，消失了。現在，那些人的下一代，不得不坐上一艘單薄的船，從這個法治和自由已日漸剝落的城市，橫越相同的海，逃到第三地。

他們坐在船上時在想什麼。會不會像跟在摩西身後的以色列人一樣，在曠野裡迷路，法老王派來的追兵在身後，他們被迫到紅海前。但，十二個年輕人沒有摩西，也沒有摩西的手杖，為他們把紅海分開，給他們一條逃生之路。

或，他們會不會像在黑夜遇上巨浪的彼得，身旁有耶穌可以命令風浪平靜？但，我們早已來到，看不見上帝的時代。在彼得的世界裡，只要他堅定地看著耶穌的眼睛，就可以在海上步行，走到耶穌的所在。祂說，只要充滿信心地呼救，祂就會出現。

我們在一片廣袤的海，看不到岸和燈光。那十二個年輕人從海裡被帶到北方城市的看守所，那是海裡的漩渦。浮在空中的城，早已掉到海裡。每天都有人自欺欺人地說，這裡仍然繁榮安定。每天都有人呼救，卻彷彿被困在一個噩夢那樣，張大嘴巴，發不出任何聲音。

站在峭壁

「發表煽動文字罪」的意思，究竟是寫下了什麼，又引致了什麼後果，而被拘捕？我只看到，罪名，以及一個人被執法者扣上鐐銬帶走。至於犯案的過程，則是一片等待定義的空白。

我看到每天都在膨脹的恐懼的形狀。人們在討論：什麼時候離開？有些人已經到了另一個國家生活，有些人正在磨拳擦掌地計畫。人面對恐懼，本能的反應是逃離。然而，對我來說，要離開出生和長大的城市，就像在攀岩的時候，不慎把手或腳卡在岩石和岩石之間，拔不出來，又求救無門，那究竟是，果斷地斬去手或腳，立刻帶著殘缺的身體離開以保命，還是，保留完整之軀等待噩耗到來？

從二〇一九年開始，我目睹許多殘忍，那些畫面留在心裡，發酵成了不同層面的恐懼——從身體被傷害、作為人的尊嚴被踐踏、性命被奪去，以至，被逮捕的人等待審訊的焦慮和不安，甚至，層出不窮的各種罪名，都在對倖存的人作出威嚇：你現在的安穩在下一刻就很可能會蕩然無存，被拘留、被監禁、被送到沒有公平審訊的地方，關在不見天日的牢房裡。死亡的過程，有時非常漫長。

但，我仍然無法決斷地切除卡住的手和腳，因為心裡依然有著和恐懼抗衡的希望。希望和恐懼都是不理性的。希望就是相信難關會迎刃而解，那可能源於愛，但也有可能只是源於一種接近盲目的天真。我只是，依循了心裡的不捨，而非恐懼，狼狽地留在那峭壁之間。

無愛者

每個人來到這世上，跟離去時一樣，都是赤條條地，一無所有地來，離去時什麼也帶不走。但，她的情況有點不同。當她被發現泡在海水中時，不但已失去生命跡象，也失去所有蔽體的衣服，那個只有十五歲、仍在急促地成長的幼嫩的身體，裸裎、發黑和腫脹，內裡所有細胞都已枯萎。這樣的死亡，帶著太多難以言喻的訊息。

經過了大半年，死因聆訊結束之後，被裁定「死因存疑」後，女孩的母親說，希望事情盡快過去，可以恢復上班和正常的生活。在新聞中讀到這句話，忽然感到澈骨的孤寂。那不止是已逝女孩生前所感受到的孤獨，而是整個家族，從一代傳遞到另一代的深沉的孤單。一個真正無情的人，只要有著正常的社交能力，就能輕易地戴上各種情感面具，即使內心空洞洞的什麼也沒有，也能隨時七情上面。許多看來冷漠無情的人，卻是因為難以處理心裡千絲萬縷的情感枝節，只能把心完全關閉起來，只要不顯露出脆弱，就不會有難過，生命似乎因而可以順遂。

有些人說，女孩的母親似乎過於冷酷，可是，為什麼人們要假設，母愛是與生俱來的本能，而不願承認，那更多是一種社會為女性設定的身分價值？如果一個人從來沒有感受過足夠的愛護和安全感，也難以讓另一個人（即使那是自己的骨肉）得到深刻的溫暖和愛。

一條無愛的傳染鏈，在一個家族內蔓延，慢慢擴散到整個社會，以至城市。

殺動物者

我擔憂自己一不小心，會把心愛的貓殺掉。這並非不可能，甚至是愈來愈有可能發生的事。人無法成為一個絕對的孤島，其精神狀況和價值判斷，往往和他人以及社會緊密相繫。

那兩個人，在情人節那天，把家中的二十九隻寵物悉數扔到街上去。於是，那些視他們為家人的貓、兔、倉鼠和龍貓等，不是死於非命，便是受了重傷。律政司終於還是決定不起訴他們，沒有人要為十五條枉死的性命負上刑責。我想起很久之前讀過的一宗新聞。男人威脅離家出走的女友說，要是她還不回家，就把他們共同飼養的貓，扔進洗衣機去活活淹死。女生非常害怕，既擔心那個有暴力傾向的男人會對自己不利，也憂慮貓的安全。男人被捕後，對警方說：「你知道嗎，殺貓比殺人難上百倍。」牠曾經睡在他的胸口上，甚至，牠被扔進洗衣槽裡的時候，仍然沒有想過他要殺害自己。男人的說法具有說服力，因為他也曾經殺人。

活在這樣的一個城市——執法者不斷棍毆被制伏者，聲稱只是為了使他冷靜；法官說，使用利器刺傷人的男人，犯案只是因為熱愛社會；無辜者隨時會被捕，而凶手常常消遙法外——我愈來愈無法信任人，也無法相信我自己，因為我也是人類之一員。

但，當我把臉埋在貓朝天坦露的柔軟肚腹之上，貓並不退縮，就像在說：「我信任，不是因為妳不會傷害我，而是我知道，受傷是生命的一部分，我可以包納它。」

兩個母親

那個母親每天晚上都在夢裡看到死去的女兒，身體留在草叢裡，只有野狗知道的地方。野狗難抵飢餓，又覺得屍身已沒有生命跡象，吃一點肉無妨。於是，她和女兒看著一群野狗把那具對她們來說非常重要的身軀，一點一點地吃了大半，而且感到非常無助。那個母親在夢外的人生是無權的，而在夢裡，她也無法驅趕野狗，因為她並不存在於自己的夢。女兒在死的世界裡，對於自己留在生的世界的屍體，愛莫能助。

一個掌有權力的母親，勸籲無權的母親對這件事釋懷。所有人都知道殺掉女兒的人，就在城市裡，住在一個被執法者保護的安身之所。那個母親的肚腹曾經孕育著一個胎兒，胎兒一點一點地長大成了一個女生。然後，她在夢裡看到那個熟悉的肉身被吃掉。無論夢境和這個世界，也不是一個溫暖的子宮，而是其相反。

擁有權力的母親管治著一個城市。作為一名管治者，她並不負責滋養或哺育。當城市成了一個子宮的相反，例如，一部龐大的攪拌器，管治者就確保和協助機器暢順地運作，碎掉更多人和事物，給更多飢腸轆轆的野狗果腹。許多母親，或不是母親的人，都看到野狗吃掉活生生的人的身體或本來健全的靈魂。管治者說：希望你們能釋懷。他們看看自己懷中所有，只是自己的心，而心包裹著他們所創造的世界。釋懷的意思，會不會就是把懷裡僅餘的東西像羔羊獻祭？這並不是一個夢。

殺人者

人是在哪種情況下，決定取去一個人的性命？在世間各式的盜取之中，掠去生命是終極的沒法償還的一項，但在盜竊的同時，行凶者也以自己的靈魂裡重要的一部分，作為交換——終其一生，他將永遠馱著被害者的影子。也有可能，殺人並不是一個決定，而是在無意識的狀況下，像被浪帶走的一個衝動。

人又是在哪種情況下，決定縱容一名殺人者免於牢獄之災？沒有人知道，城市裡的律法是在什麼時候開始，是非和黑白逆轉，在道德無法照亮的所在。究竟是，一個殺了另一個人的人，罪孽深重，還是，一個沒有親手殘殺但擁有權力的人，容許無數人殺害他人而不必負上刑責，罪孽更重？在無光的時期，殺人的意念，像電腦內的病毒，短時間內被不斷複製。在這段時期之內，殺人者，如果懷著一個被允許的政治理念或目的，他們便是無罪的。有些人說，這是政治引發的惡果，但他們看不到，這是人們利用政治，把惡念建造成現實的結果。

那個不必承受罪責之殺人者，只是一個象徵，代表著城市裡新的法治時期已然展開——律法再也不是保障安全的大門門鎖，而是無權者腳上的鐐銬。地獄更深的一層是這樣的：當城市內的每個人，掙脫腳鐐的方式，再也不是重整法治，而是，踩著別人的頭或手，爬上更高的權力階梯——那時候，他們將失去清澈的眼睛，無法洞悉自己和其他人全都成了遇害者。

被困者

有時，我們會以為，現在就是地獄的深處。過不了多久，我們會發現，自己對世事的認知，欠缺了足夠的深度，趕不上事情的發展和變化。因為，不久後，事情會往更可怕的方向鑽下去——如果人們定義了那是「壞」，就在以意志和想像力給這種「壞」加添更大的力度。

我們被困了。被困或許可以是穩固和安全的，但當人們生出了被困的不適，即是，既有的安定感已無法抵消，被困的失控和不公義。只是，長久的安逸磨蝕了人的應變和抵抗的能力。於是，一個又一個年輕的，或強壯的，或手無寸鐵的人，在熱鬧的街道上，被從私家車內跳出來的人擄到車裡去，我們已經目睹過，而且以後還會再次目睹，或許，自己將會成為當事人，可是，除了努力發出呼喊，已經無路可逃。

無論法庭，或法律的地面，都已經慢慢地傾斜，一旦踏在上面，缺乏被審判經驗的人，就無法制止自己下滑的速度。而且，他們將要孤單地滑落，因為在制度的凹陷處，就是森林裡最凶險的所在，人們必須承擔生存的虛無和沉重。

我看過在法院的犯人欄裡，一些倔強而無助的眼睛，他們在等待命運墜落在自己身上；我看過監獄裡無比清澈的眼睛，他們已經接受了自己掉落在命運的深淵之中，而且洞悉了，地獄的最深處有一道縫可以洗練靈魂。我覺得自己，以及城市裡每個人，都可能將會成為他們之中的一員。

認罪者

於是，人們輕易認罪。

進入群體，先被社會馴服，其中一個條件是，承認「世人都犯了罪」。這不只是基督教式的悔過和祈求赦免，也是，一個社會要通過罪責確立賞罰和體制的過程。

從佛家的角度，人在出生前已有業，即使不是今生，也在前生，不在己身，也在和自己密不可分之人身上，所謂共業，也要一同償還；從基督教的角度，人本來就有原罪，從夏娃偷吃了禁果，被逐出伊甸園開始；從人民的角度，制度腐壞，不得不盡一切努力改變社會，但從當權者的角度，一個社會出現了問題，必須盡力改變人民，如果現行法例無法規管，也一定可以，訂立新的規條，以今天的律法，去審判舊日的罪，如果大部分人都不願認罪，就加重刑罰，如果大部分人不願屈從，就把另一個地方的人引入這城市，以新人取代舊人。

或許因為，人們從來習慣認罪。

諉過自身總是比據理力爭、尋求公義，來得更合理容易而且符合大勢所趨。行之有效的不打自招邏輯：認罪邏輯，女生被非禮，因為言行不檢，一個人被偷竊，因為他把錢財放在顯眼之處。在法庭裡，只要認罪，刑期就可以獲得減免，也可避免漫長的煎熬。罪疚感讓人願意從容地成為理虧的人，在安穩的年月，或許還有助一個人改進和完善自身，同理他人，培養集體意識等，可是在日漸黑暗崩壞的社會裡，罪疚感卻成為當權者剝削人們的幫凶。於是，只有兩種人，已被捕的或還未被捕的，罪名已經確定，只是等待承認或不承認。

我知道，自己還沒有堅強得，可以否定一條不屬於自己的控罪。

罪疚感

某天，研究心理學的朋友說：「強迫症患者，多半是善良的人。」

我不解。他說，因為強迫症源於一種罪疚感，而罪疚感會規限人的行為，促使人們反思和修正自己的錯誤。

後來我想，社會的教育，首先讓一個人培養適量的內疚。換句話說，就是「你不夠好，也永遠不會夠好。」從學校、家庭、職場以及各個層面的競爭。似乎只有在各種角力中，勝出者才是暫時的優異者，而他的腳下，無數的失敗者都是，不夠好的人。不久後，在下一輪競爭中，又有新的，唯一的勝出者。內疚讓人自覺不值得擁有最好的東西，例如，自由。內疚也常常令人生出各種劃地自限的觀念，例如，人必須先經過艱苦的日子，才能享有片刻的快樂和豐足，或，世上大部分的人都在受苦，所以自己也沒有幸福的權利，甚至，魚與熊掌，不可兼得，只有通過犧牲才能得到珍貴的東西。

自由的意思，並非想到什麼就去做，而是清楚知道，每個決定會帶來的結果，以及自己需要負上的責任和代價，然後義無反顧地行動。當然，有一種人，他們心裡毫無負擔是因為，從來沒有或很少會顧念他人，也不會生出窒礙行動的罪疚感，所以，只顧自己，一往無前。

不過，我並不羨慕自私而毫無罪疚感的強大，我想要的是，可以和自身罪疚感並存，以至穿越罪疚，找到自我的強大。

或許有一天，世界不需通過培養罪疚感深重的人，也能維持文明健全的制度。

密林

那是一團黑色的、黏滑而有點濃稠的影子，總是會迅速地生長。至於刺激它們生長的物質是什麼，我一點也確定，或許那潛藏在我的身體之內。這樣的一團影子，起初是沒有形狀的，在我跟某個密不可分的人之間，不久後，就像一株生長迅速的植物，飛快地萌芽、長高，生機勃勃地發展成一個陰影森林。或許那就像皮膚上的一個胎記，別人總是以為那是一個瘀傷。但，那並不是一個會隨著時間而慢慢痊癒的傷勢，而是在出生之前已經存在，直至生命終結那天才會灰飛煙滅的一個黑影，那樣的一個記號。

它讓我不得不確認它的存在。

每一次，一棵黑色的樹又快速地長成，那總是迫使我回想，它們是如何從一顆小得幾乎肉眼無法看見的種籽，發展成不可收拾的局面。

我想起了幾個人，他們都有共同的特質。剛剛認識的時候，他們慷慨、熱心，擅長觀察和了解他人，適切地供應各種需要，不管那是聆聽、同理、回應和各種援助，彷彿可靠而溫暖，就像陽光熾烈而暴猛的日間，巨大的樹冠可以提供一個乘涼的休憩之處，到了深沉的夜，樹葉便會釋放二氧化碳，這並不是一種送贈，而是一種要求回報的交換。（他們是清楚地意識到這種意圖，還是一種無意識的行為？）不久後，共處的模式便確立，施予的一方是強壯的，而接收的一方虛弱無力，在對話的時候，他們渾然自成的國度和邏輯，不可被任何說法挑戰和推翻，他們的道理像堅實的圍牆，只能往外灌輸，不能接收新的意念和事物。

當我發現，站在他們身旁，只能飾演唯命是從的弱者時，便感到非常疲累，常常在聽著他們自顧自地說話的途中，昏昏欲睡。只是，因為禮貌的緣故，我奮力睜開眼睛，那時候，我總是覺得眼球像乾涸的池塘裡快要失去生命的魚。

＊＊＊

我一直懷疑，法院的空氣會汲取身體內儲存的能量，以致，每次坐在那裡，不管停留的時間是半小時或半天，步出法庭時，總是又冷又餓又累，必須盡快進食和休息，補充失去的生命力。

不過，有許多人，身體離開了法院之後，精神仍被綑縛在那裡，那斷斷續續的折磨，可能經歷半年、一年、數年，或更久，有些人則被直接送進監獄裡去。

我並不認識他們。那些站在犯人欄內的被告。那一節的法院時間，原是為了他們而設，但他們在那裡是無聲的。他們的聲音，要不，由辯方律師代言，要不，淹沒在控方律師的指證之中。在審判完結之前，他們仍保有著疑犯的身分，未被定罪的人，卻充滿了罪疚感，沒有人能確定，他們是無罪的。他們身旁可能有律師或到庭上支持的親友，可是在被告的路上，每個人都是孤單的，因為內疚的感受，藏在心裡最深的部分，只能一力承擔。我只能從他們無措的姿態，或看著旁聽席似乎在尋找著什麼的眼神，或迷茫的表情，感受他們的狀況。

當城市像一艘傾斜而即將沉沒的船，無法離開的人，命運便變得非常接近。因此，有時我會想，為何坐在犯人欄裡的，不是我；那些冤枉地死去的，很可能也是我；失去完好身心的人，幾乎就是我；失去家人或朋友的人，也有可能是我。人和人之間的命運有許多重疊的部分，而每個人的命運裡又有許多扇不同的門，打開了這一扇而不是那一扇門，便進入了迥然不同的結果之中。

＊＊＊

在那幽暗而不見天日的森林裡，我遇見了滿懷怨恨的自己。最初，我總是在想，為何會吸引到一群充滿控制欲的人。過了一段日子，我慢慢感到，其實我在惱恨著自己，為何把這一群人內在的掌控欲望勾引了出來，並在我們之間築起了一個恐怖的地獄。如果命運是多變的，人也是充滿各種可能性的有機體，身上布滿各種紋理，天生的掌紋和後天的習慣和表情形成的皺紋交錯，象徵著人在生命裡走過的路。有時，我在沒有多餘憐憫的陽光下細看自己的手，清楚地看到，皮膚上的紋路，不是歲月的痕跡，而是我每天在無意之間，用情緒之刀刻下的成品。

榮格以陰影（shadow）來表示性格裡的潛意識部分，代表著未知或所知甚少的自我屬性和特質。一般來說，陰影就是，人們下意識地否認，但別人卻清楚地看到的個性特質——那常常都在一個人衝動或不加思索的行為中顯現出來。另一種情況則是，一個人對另一個人某種個性恨之入骨的情況中反映，那是「投射作用」。

我逃出了一個黑暗的叢林，不久後，又跌進了另一個危險的密林裡。於是，我所遇到過的人是誰，他們的面目、聲音和氣質，再也不重要，重要的是，惡的種籽如何在我們之間蔓生。我在自己的肩膀上找到一個瘀青的痕跡，那是跟隨我多年的胎記，如果藏著惡的人其實是我，也沒有關係，只是，作為符號的胎記，所指的究竟是什麼，我始終無從得知，或許是因為，我總是在睡醒後忘記做過的夢，而榮格說，陰影常常通過夢而完整地呈現。

＊＊＊

有人說，客觀的世界，只是內心的投映。莊子說，生命不過是夢，自己是蝴蝶夢中的過客，或，蝴蝶經過自己的夢。在陰暗的森林裡，每個人都自覺被虧待，或許，那些在我看來充滿掌控欲望的人的眼中，我也是一個辜負他們的人。每個人都只記得夢裡的一個角落。在濕冷的法庭裡，當我因為飢寒交迫而意識模糊的時候，忽然想到，為何我們（旁聽者和被告的人）在這裡？不久之前，我們都是在外面的自由人。或許是這世界所組成的邏輯——追求公義的過程，便會遇上不義的對待；追求愛與親密，便會經歷深刻的冷漠和無愛；在深刻的生之中，藏著死亡的欲望。走過事物的正面和反面，便是一個完整的旅程。為何我們（旁聽者和被告的人）被驅趕到社會的邊緣地帶？是否因為在人的心裡，罪疚感和無價值感，始終占據著潛意識的一個重要部分，以致，只有在承受懲罰時，某個自己才會像完成任務那樣鬆一口氣。

＊＊＊

那一場審訊，法官判定被告的八個人，全都無罪，獲得釋放。

一星期後，作為控方的律政司提出上訴，意圖推翻法官的判決。

在這個安全安定的城市，沒有人是真正無罪的。要不，我是被告，要不，我已被捕而等待被告，要不，我將會被捕。

還押者

香港也進入了漫長的寒冬。

三個年輕人選擇認罪，還押候判。其中一人早預料可能得面對牢獄之災，在訪問中說，必須帶進監獄裡去的是，韓文教科書。隨身物品意味著對生活的想像。牢房的存在是為了剝奪人的自由，可是人的創造力在於，在被禁制和壓迫的環境裡，盡其所能，活得像一個人。有人讀書，有人寫作，有人運動強健身體，有人自習語文，利用限制，保住作為人的尊嚴。

因為他們具有知名度，入獄才會成為一宗新聞。其實，這裡在很久之前，已經幾乎每天都有人因為反抗政權，或同情具有反抗意志的人而被上門或預約拘捕，被判重刑或還押候審。或許，這只是永劫回歸的其中一瓣。

米蘭．昆德拉在小說《生命中不能承受之輕》的開首，即以「永劫回歸」的概念，指出生命的虛無。實在，納粹德軍過去了，紅衛兵過去了，但集中營又在現代重臨；希特勒不在人世，文化大革命是一道傷疤，布拉格之春已成歷史，但在香港，二〇一九年成了一道黑色的未痊癒傷口，泰國的火仍在燃燒之中。

在歷史的洪流裡，不屈的靈魂所作出的抵抗，到底帶來了什麼？當我這樣想，就知道這是傲慢的念頭。在浩瀚的宇宙裡，人只是如臨水的飛蟻，終將面對短暫生命的結束，牠會問，自己掉落的翅膀會為世界帶來什麼改變嗎？一個人的苦難的最大力量，或許只在於改變和成就自己，接下來的事，並不在任何人的掌控之中。

中陰生活

HALF ECLIPSE

我死過。

每個人在死透之前，都死過。

大部分的人並沒有發現這一點。人們每天經歷著不自覺的小死——掉落頭髮和皮屑，像失去意識那樣的睡眠，必要的遺忘——這一點一點地延續著生。在生命裡某個段落，跨過比日常的小死更深刻而難過的失去和撕裂，然後，或死裡逃生，或沉溺至一蹶不振。

每次的小死和比小死大一點點的大死，都是一個練習，為了抵達生命裡更深層的部分，直至終極的死亡到臨。

＊＊＊

那是一次激烈的大死，像一個巨大的熱帶森林，我自多年前開始陷進那裡。

事情源自他開啟了我內在一個隱蔽的盒子，那盒子一直藏在黑色房間裡，我從不知道它的存在。因為他的掌控欲、惡意或喜歡目睹別人痛苦的特質，無意地挖掘出了那個盒子。那就像孩提時期流行的一種音樂盒，把盒子打開，跳舞的洋娃娃便會站起來隨著旋律不斷轉圈，只要蓋子沒有關上，音樂一直持續，洋娃娃便得不斷維持舞步。我看見自己隨著仇恨的樂曲在舞動，不由自主地。我責怪那個翻出並打開盒子的人。

印度上師薩古魯說，業力就是回憶。記憶從不客觀，那是經過心的過濾而留下來的片段。人們所記得的在腦內重播的事，那些不斷縈繞的念頭，塑造了外貌、體態、皮膚，以至包裹著他的外在世界。

可是，根據佛洛伊德，記憶分為冰山表層的意識，和藏在水裡的冰山底部般的潛意識。人們無法想起而自以為遺忘了的事情，卻在更根深柢固的層面，影響著他所有的身語意。每個人都有一個黑色的房間。

那麼，所謂的「共業」會否就是榮格所說的集體潛意識？早在人們出生之前，其家族、祖先、國家，以至人類的共有的歷史裡，所銘刻著的各種記憶疤痕，都烙在他的記憶庫之內。有時，人必須為了並非由自己直接造成的業，而承受結果，因為，人和人之間，即使生於不同年代、相距甚遠，甚至素未謀面，也有著無法解開的結。

我記得的太多，以致每天早上，從夢中醒來，總是無法關掉從腦海裡源源不絕地蹦躍出來的回憶，那就像一根無形的繩索，把我一直往懸崖的方向拉扯。

我為自己調製不同的藥物，每天服用——清晨醒來，抱著貓說我有多愛牠；打坐、冥想，做瑜珈；讀書，寫永不發表的文字；專注呼吸，放棄和自己對抗。有時候，我幾乎以為已走出了那個濕滑的森林，可是，轉眼間，又掉進森林中央泥沼裡。陷入過相同森林的人說，反覆的進和退是一種正常狀況，畢竟康復是一條艱辛的上坡路。

* * *

死去的細胞滋養著身體，激活新的細胞，讓血液和內臟不斷更生。

我選擇相信，死去的肉身和靈魂，埋在泥土深處，為城市提供著繼續運行的養分。這些年來，城市一直經歷著暴猛而頻繁的大死和小死。許多年前開始，人們就說：「城市正在死去。」「此城已死。」「這裡已徹底地死去。」或許，這都是精準的觀察，而死和生，是一體兩面的事。所以，人們其實也在說：「城市正在重生。」「此城有了新的面貌。」「這裡快要真正地誕生。」

以往，外面的人談及這個城市，指出的只是它的經濟和娛樂的面向，或直接搬出一個陳套的比喻：「文化沙漠。」可是現在，他們看到一個敗壞的城市裡，住著許多不屈又勇敢的人，有些仍然活著，有些已成塵土。

沒有人會相信，這是個可以自主的城市，因為它一直沒有根莖，只是依附在更大的權力之上。然而，這個城市真正的主幹，其實是反覆的消逝和變形——在虛無中創造。當它遭遇前所未有的打壓和攻擊，就意味著人們漸漸看到自主的雛形。

* * *

一個醫生站在電腦掃描影片旁，以一種權威的語氣指出，死亡隨時都可以吃掉我。另一個醫師坐在狹小而凌亂的診療室說：「病灶是累世業力的結果。」然後，他送我一本《地藏菩薩本願經》，囑我得空時多念誦。

但我沒有念經，只是翻開了一本又一本關於業力的書。其中一本書這樣形容「業」的形成：每個人都在無意識地每一刻耕作一塊業力的田，以念頭說話和行為作種籽，埋在生活的土壤裡。經過時間的溫床，小得肉眼難以發現的種籽，也終會發芽長成樹，在某個時瞬間結出纍纍的果實。

「我究竟做了什麼？」我這樣想過，但沒有深究下去。「現在可以做什麼？」根據一本書上的建議，我每天早上在筆記本寫下十件可以感恩的事。有時，那只是生活裡其中一個步驟，有時，那令我發現許多容易忽略卻至關重要的僥倖。死亡是一個陪伴在側、暫時不露出面目的鬼魂，因此，每天早上睜開眼睛看見天空，無論那是晴朗的藍天還是陰雲密布，都是一種幸運。

某天，盒子又自動地開啟，仇恨的音樂響起，我無法自制地一直打轉，直至，在某個裂縫中忽然想到，這也是一份難得的禮物，我從來沒有如此毫無保留地恨過憤怒過扭曲過爆裂過，原來這就是深切地活著的感覺，即使並不是我想要的。

＊＊＊

瘟疫蔓延至不可收拾，足不出戶的時候，台灣好友S寄來了一個箱子，內裡有各式用品——不同顏色的口罩、潤手霜、海邊走走蛋捲、果醬、書和一封信。數月後，第四波疫情來勢洶洶，我再次收到S的箱子，那是生日禮物，箱子裡全是我渴望但沒有宣之於口的東西。他都知道。我把箱子裡的物事一件一件地取出來，忽然，一種深深的內疚和自我厭惡感從身體深處湧出來。

把音樂盒開啟的人已離我很遠，像死去很久的蟬，只餘下半透明的蟬蛻。原來，對我懷著最深恨意和惡意的人，不是他者，而是我自己。他把音樂盒翻出來，成了我必須通過的隧道，讓我到達心裡更深的部分。

我讀到命運的脈絡，每件事情的發生都有原因，一環緊扣著另一環。

在病毒來襲之前，城市的空氣已瀰漫著催淚彈和胡椒噴霧的殘餘物，還有歪理和謊言，人們的身心便因而被鍛練得強壯了一點。苦難成了一種鋪墊。有些人把自己隔離在家裡，有些人被關進牢房裡，有些人被迫出走。但我從來沒有這麼強烈地感到，和城市裡無數陌生人如此緊密地連繫著。

城市在分崩離析的時候，長出了粗壯的枝椏，這是一株特異的植物。

＊＊＊

「如果想從政治、經濟和社會方面來改變這個世界，就必須先改變意義。但那種改變必須從個人開始；對個人的意義必須有所改變……如果意義是實相的主要部分，那麼只要社會、個人和人際關係被視為具有不同的意義，一種基本的改變就會發生。」

物理學家大衛・波姆（David Bohm）在其著作《Unfolding Meaning》中這樣說。

後記

EPILOGUE

變形

必定有一些話，在我決定要寫下來之前，就已被吞沒到意識中的黑色房間裡。那個黑色房間有一扇永遠無法被人找到的門。門內的東西總是在那裡，不會消失或分解，也不能被看見，漸漸成了陌生的影子。本來在外面的監視者已在我之中內化，成了我的一個部份。如果我要逃過他，就得設法逃過一部分的自己。

我想起，多年前，當寫下來的文字還不會觸犯任何一條罪名的時候，人們在談論的是「經驗匱乏」，距離目前彷彿那麼遙遠，就像發生在生之彼岸的事情。現在，人們被異常的泛濫的經驗之海嘯淹過眼睛，卻同時被掩上嘴巴。

死亡異常茂密，在許多建築物的窗子和人們的眼睛裡茁壯生長。如果任何形式的死亡，終究是不可避免之事，我渴望它至少可以打開第三隻眼睛。

在生命裡的低谷，我好像走了很遠的上坡路，卻依然在一個深谷裡，那段時間，我放任自己做各種奇怪的事。例如，在某個周末的下午，參加一個在半山的高尚住宅裡舉行的私人聚會。只有受邀的少數人才知道地點和時間。在那裡，除了S之外，全都是素未謀面的人，但我們之間有一個共通之處——在各自的死蔭幽谷，跋涉過久。每個人都帶來了自己可以付出的，有些人帶來了昂貴的巧克力、有些人帶來了甘醇的咖啡和茶、有些人帶來蛋糕、有些人帶著伴侶，有人把自己的單位提供作聚會的場地，S帶來了作為靈療師的自己，我則帶著一扇找不到鎖而且緊閉多年的門。在那裡發生的事情和對話，大部份已被我遺忘，我只記得，那天的小休時間，我很餓，而茶點精緻而美味。

S領著我們進行一個冥想，讓房間內的每個人，沿著腦海深處的迴路，慢慢回到出生之前的混沌之中。那裡很黑，有星，但無時間。「你為什麼要來到這個世界？」S問。我要陪伴和愛護一個受盡了各種創傷的人。但那個人，對於我的出生，並不欣喜，她憂慮而不安，就像曾經想要放棄自己那樣，她想放棄我。她在一個低谷裡。生命本身於她而言，就是一個漫長而無盡頭的低谷。

「那你為什麼還要來呢？」S再問。

「因為，我愛她。」我聽到自己這樣說。

顯然，這是一個隱喻。

我如此擷取這個隱喻的意義：終此一生，都遭受排拒你的所吸引，包括，住在一個留地不留人的城市裡。

當人在一個低谷中，就像處於一種難得的例外狀況，為了開啟那扇沒有開關而密封的門，嘗試日常之外的冒險，或許，只是在尋找一種體驗，希望在那體驗中，有著能對應當下困局的啟示，甚至答案。好幾個朋友，分別告訴我，他們曾經到達一個房間，躺在某張舒適的沙發椅子上，閉上眼睛，在半夢半醒之間，藉著催眠狀態，滑進自己的前生，有時候，不止一輩子，而是多輩子。

顯然，對於此刻，前生是隱喻。有時，人們就像在沙灘上搜尋貝殼那樣，蒐集隱喻，放在耳畔，試圖從中找到一種詮譯，可以解開此生積存的死結。

＊　＊　＊

每個星期，都有一個早上，我們坐在課室裡，圍成一個圓形。某個清晨，我們在研讀幾個文學作品，包括：小說、日記、報導文學、佛教典籍以及一部難以歸類的文字作品。這些作品都有一個共同主題，就是，以文字回應苦難，關於生命，無論是個人或時代的，深邃的苦難。其中一部小說的作者，在完成作品後兩年，結束了自己的生命。

圓形中的我說：「把無法言說的痛苦，無法伸張的公義，無法得到的渴望，轉化成作品，文學的生命畢竟比一個人的壽命更長。」

圓形中的一位男生說：「意念一旦化成文字，意義就會扭曲和變形，那麼，為何還要把字寫下來，而不是，轉化成其他媒介的作品？」

或許，這一切只是為了借用一個假象。例如，一個人借用了作者的假象，把肚腹內積壓多時的東西搓捏成文字，再借用文學的假象，為了使它可以在時間的洪流裡漂流，觸碰將會在未來伸進水裡的手；或，我借用了老師的面具，他們借用了學生的身份，再借用課堂的假象，練習一種腹語術，為了在被捂著嘴巴的時候，仍然可以藉著振動傳遞信息；或，靈魂借用肉身，到達這個以假象築構而成的世界，完成纏繞了多生多世的課題。在某種情況下，人只有在無數假借和變換之間，能抓著的某種真實，而且漸漸形塑出一種堅實的形狀。

* * *

我從不擅長起名，總是停留在一片混沌。直至此刻，我仍然沒有感到，這本書就是《半蝕》，只是覺得，它只能是《半蝕》。我讀了《西藏生死書》許多年之後，才深切地體會到，那是在極端的殘酷絕境裡把希望築造死後和來生的書。如果每一本書，都是一個飄浮在時間之海中的玻璃瓶子，但願此書在時光的洪流裡，所觸碰到的每一雙手，都活在一個平靜溫暖的世界裡，不必以恍如血管被切開之經驗去體會任何一段文字。

這也是一個隱喻。

Being
06

半蝕

作者 韓麗珠

執行長 陳蕙慧
總編輯 張惠菁
責任編輯 張惠菁、宋繼昕
行銷總監 陳雅雯
行銷 趙鴻祐、張偉豪
封面設計 井十二設計研究室
排版 宸遠彩藝

出版 衛城出版／左岸文化事業股份有限公司
發行 遠足文化事業股份有限公司（讀書共和國出版集團）
地址 新北市（23141）新店區民權路一〇八～三號八樓
電話 02-2218-1417
傳真 02-2218-0727
客服專線 0800-221-029

法律顧問 華洋法律事務所蘇文生律師
印刷 呈靖彩藝有限公司

初版 2021/05（一刷）
2023/07（三刷）
定價 NT$420

ISBN 9789860625332（平裝）
9789860625394（EPUB）
9789860651805（PDF）

PRINTED IN TAIWAN

半蝕 / 韓麗珠著 . -- 初版 . -- 新北市 : 衛城出版 , 遠足文化事業股份有限公司 , 2021.05
面； 公分 . -- (Being ; 6)
ISBN 978-986-06253-3-2(平裝)

855 110004610

● 親愛的讀者你好，非常感謝你購買衛城出版品。
我們非常需要你的意見，請於回函中告訴我們你對此書的意見，
我們會針對你的意見加強改進。

若不方便郵寄回函，歡迎傳真回函給我們。傳真電話——02-2218-0727

或上網搜尋「衛城出版FACEBOOK」
http://www.facebook.com/acropolispublish

● 讀者資料

你的性別是 □ 男性 □ 女性 □ 其他

你的職業是 ____________________ 你的最高學歷是 ____________________

年齡 □ 20 歲以下 □ 21-30 歲 □ 31-40 歲 □ 41-50 歲 □ 51-60 歲 □ 61 歲以上

若你願意留下 e-mail，我們將優先寄送 ____________________ 衛城出版相關活動訊息與優惠活動

● 購書資料

● 請問你是從哪裡得知本書出版訊息？（可複選）
□ 實體書店 □ 網路書店 □ 報紙 □ 電視 □ 網路 □ 廣播 □ 雜誌 □ 朋友介紹
□ 參加講座活動 □ 其他 __________

● 是在哪裡購買的呢？（單選）
□ 實體連鎖書店 □ 網路書店 □ 獨立書店 □ 傳統書店 □ 團購 □ 其他 __________

● 讓你燃起購買慾的主要原因是？（可複選）
□ 對此類主題感興趣
□ 參加講座後，覺得好像不賴
□ 覺得書籍設計好美，看起來好有質感！
□ 價格優惠吸引我
□ 議題好熱，好像很多人都在看，我也想知道裡面在寫什麼
□ 其實我沒有買書啦！這是送（借）的
□ 其他 __________

● 如果你覺得這本書還不錯，那它的優點是？（可複選）
□ 內容主題具參考價值 □ 文筆流暢 □ 書籍整體設計優美 □ 價格實在 □ 其他 __________

● 如果你覺得這本書讓你好失望，請務必告訴我們它的缺點（可複選）
□ 內容與想像中不符 □ 文筆不流暢 □ 印刷品質差 □ 版面設計影響閱讀 □ 價格偏高 □ 其他 ________

● 大都經由哪些管道得到書籍出版訊息？（可複選）
□ 實體書店 □ 網路書店 □ 報紙 □ 電視 □ 網路 □ 廣播 □ 親友介紹 □ 圖書館 □ 其他 ______

● 習慣購書的地方是？（可複選）
□ 實體連鎖書店 □ 網路書店 □ 獨立書店 □ 傳統書店 □ 學校團購 □ 其他 __________

● 如果你發現書中錯字或是內文有任何需要改進之處，請不吝給我們指教，我們將於再版時更正錯誤

請沿虛線剪下

廣 告 回 信
臺灣北區郵政管理局登記證
第 1 4 4 3 7 號

請直接投郵•郵資由本公司支付

23141
新北市新店區民權路108-2號9樓

衛城出版 收

● 請沿虛線對折裝訂後寄回，謝謝！

ACRO POLIS 衛城出版

Being 03

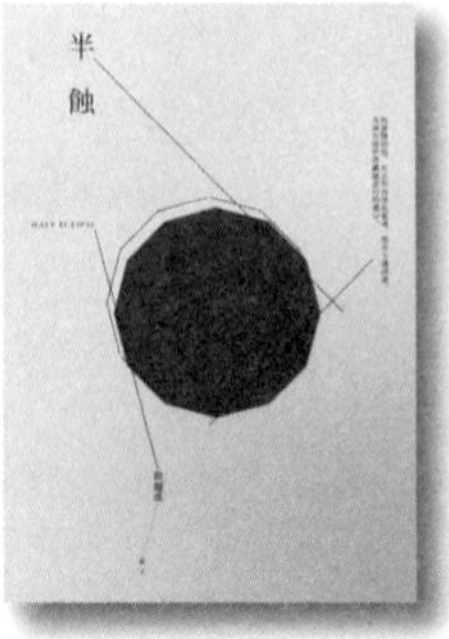